Kleine Freuden

*Geschichten über alles,
was das Leben schöner macht*

Ausgewählt von
Martha Schoknecht

Diogenes

Mit Exklusivgeschichten von
Thomas Meyer und Simon Froehling
Textnachweis am Schluss des Bandes
Covermotiv: Illustration von Anna Sudit

Originalausgabe

Diogenes Verlag AG Zürich
info@diogenes.ch · www.diogenes.ch
In Fragen zur Produktsicherheit (GPSR):
truepages UG (haftungsbeschränkt)
Westermühlstraße 29, 80469 München
info@truepages.de
120/25/36/1
ISBN 978 3 257 24793 0

»Gern bin ich vor
Freude außer mir.«
Horaz

Inhalt

FRANZ VON ASSISI

Von der vollkommenen Freude*

Wenn auch die Minderbrüder auf der ganzen Erde ein gutes Beispiel großer Heiligkeit und Erbauung geben, so ist doch darin nicht die vollkommene Freude. Und wenn auch ein Minderbruder Blinde erleuchtete, Verwachsene streckte, Dämonen austriebe, Tauben ihr Gehör, Lahmen ihren Schritt, Stummen das Wort wiedergäbe und, was mehr ist, einen vier Tage lang Toten erweckte: da ist nicht die vollkommene Freude. Und wenn ein Minderbruder die Sprachen aller Völker und alle Wissenschaften und Schriften wüßte, so daß er wahrsagen und offenbaren könnte, nicht nur das Künftige, sondern auch das innere Wissen der andern: da ist nicht die vollkommene Freude. Wenn ein Minderbruder mit Engelszungen redete und Sternenlauf und Kräuterkraft wüßte und alle Schätze der Erde ihm ent-

* Nach der Legende diktierte Franz diese Betrachtung seinem Begleiter, als sie eines Wintertags zur Portiuncula heimkehrten (vgl. Blümlein 8). Sie ist abseits von seinen übrigen Schriften überliefert und zu poetisch, um ganz echt zu sein. Aber echt ist der Gedanke dieser herrlichen Rede, und auch ihre Sprache entspricht dem Heiligen wohl. Wenn der Blütenhauch des späteren Dugento über sie hingegangen ist, so blieb doch in diesem Fall genug von der ursprünglichen Nüchternheit und Hoheit erhalten: wir dürfen gern glauben, daß von Franziskus manch ein Wort dieses Tones ausgegangen ist, den er selber der Schrift nicht für würdig hielt.

hüllt wären, und wenn er die Kräfte und Eigenschaften von Vogel und Fisch, Tier und Mensch, Wurzel und Stein, von Baum und Wasser kennte: da ist nicht die vollkommene Freude. Und vermöchte ein Minderbruder so erhaben zu predigen, daß er alle Ungläubigen zum Glauben bekehrte: da ist nicht die vollkommene Freude. Aber wenn wir jetzt zur Stätte der heiligen Marie von den Engeln kommen, so im Regen gebadet und vom Frost erstarrt, auch beschmutzt und ausgehungert, und dann an die Pforte klopfen und der Pförtner zornig kommen und sagen wird: »Wer seid ihr?« – und wir dann sagen: »Wir sind zwei von euern Brüdern« – und er hinwieder sagte: »Nein, ihr seid zwei Landstreicher, ihr lauft überall in der Welt herum, um den Armen ihr Almosen zu rauben« – und wenn er uns nicht öffnete und uns bei Schnee und Regen, in Frost und Hunger bis zum Tode stehen ließe: dann, wenn wir so viele Widerwärtigkeit und Unbill ohne Unruhe und Murren geduldig ertrügen und demütig und liebreich dächten: dieser Pförtner kennt uns nach der Wahrheit, und Gott reizt seine Zunge wider uns – schreib; dort ist die vollkommene Freude. Und wenn wir dann immer weiter klopften und der Pförtner nun, als wären wir Zudringliche, gegen uns herausträte, uns grausam mit Maulschellen bedächte und sagte: »Macht euch fort von hier, ihr elenden Lumpen, und geht zum Spital! Wer seid ihr auch, hier bekommt ihr gewiß nichts zu essen« – und wenn wir das dann geduldig hinnehmen und die Kränkung von ganzem Herzen in Liebe vergeben – schreib: da ist die vollkommene Freude. Und wenn wir völlig niedergeschlagen unter der Pein von Hunger und Kälte und schon im Nahen der Nacht wieder klopfen, schreien und mit Weinen flehen, daß er uns öffne, und er dann empört sagte: »Das sind ganz unverschämte, kecke Menschen, ich will sie zur Ruhe bringen« – und er käme mit einem knotigen Knüppel heraus, packte uns an der Kapuze, würfe uns in Dreck und Schnee zu Boden und prügelte uns derart mit seinem Knüppel, daß er uns ganz mit Beulen bedeckte: wenn wir so viele Übel, wenn wir so viele Kränkungen und Schläge mit Vergnügen ertragen, bedenkend, daß wir die Pein Christi des Benedeiten dulden und ertragen sollen – schreib und merke es wohl: da ist vollkommene Freude. Und vernimm den Schluß: unter allen Begnadungen des Heiligen Geistes, die Christus seinen Knechten gewährt hat und gewähren wird, ist die vornehmste, sich selbst besiegen und gern um Gottes willen und Gott zuliebe Erbärmliches aushalten. Denn in all dem Wunderbaren, das zuvor genannt ward, können wir uns nicht rühmen, weil es nicht unser, sondern Gottes ist. Was hast du auch, das du nicht empfangen hättest? Hast du's aber empfangen, was rühmst du dich, als hättest du's nicht empfangen? Aber im Kreuz der Trübsal und Widerwärtigkeit können wir uns rühmen, denn das ist unser. Und darum hat der Apostel gesagt: »Mir aber sei es fern, mich zu rühmen, außer im Kreuze unsres Herrn.«

PATRICIA HIGHSMITH

Die neue Stadt

Der Zug, der über eine Stunde neben einem klaren Flüsschen entlanggefahren war, umrundete eine bewaldete Biegung, ließ sein Signal ertönen und tuckerte gemächlich einer kleinen Stadt am Fuß eines Berges entgegen.

In einem der Waggons näherte ein Mann, der unterwegs jede Stadt gemustert hatte, sein Gesicht aufgeregt dem Fenster. Seine Miene entspannte sich, er hörte auf, nervös an den Fingernägeln zu kauen. Ein langer erregender Schauder des Entzückens durchfuhr ihn, denn er wusste, dass diese Stadt, die er nie zuvor gesehen hatte, die Stadt war, nach der er suchte.

Unter dem verhangenen Himmel sah der Ort nicht gerade verheißungsvoll aus, dachte er, und dennoch einladend und freundlich, befand er sich doch genau an der Bahnlinie, wie um jedermann gefällig zu sein, der an dieser Stelle auszusteigen wünschte. Er konnte eine Kirche sehen, ein Amtsgebäude und eine Hauptstraße, die parallel zu den Gleisen verlief und von allen Läden, die ein Mensch brauchen konnte, je ein Exemplar aufwies. Und hinter dieser offenen und gastfreundlichen Fassade lagen ordentliche zweistöckige Häuser, die auf ein Grün gestellt waren, das in die noch grüneren und blaugrünen Berge überging, die sehr wohl den Rest der Erde bedecken mochten.

Er legte seine zehn Fingerkuppen, die unter den fast ganz abgenagten Nägeln geschwollen und sauber hervortraten, auf den Fensterrahmen, als schlage er den Schlussakkord einer Schicksalssymphonie an. Er stand im Begriff, auf die Knie zu fallen und »Dem Herrn sei Dank!« zu murmeln, als er ein heiseres »Einsteigen!« vom Bahnsteig vernahm.

Den Koffer unterm Arm, eilte er den Gang entlang und stieß beim Aussteigen mit dem Schaffner zusammen.

»Ich muss aussteigen!«, sagte er und sprang von dem Zug, der sich langsam in Bewegung setzte.

Der Zug fuhr nach Norden weiter und trug den Abdruck der zehn Fingerspitzen auf einem seiner schmutzigen Fensterrahmen nach Nirgendwo davon.

Ein paar Schritte vom Bahnhof entfernt erreichte der Mann die geteerte Hauptstraße, die Trevelyan Boulevard hieß. Die Markise des Kinos kam in Sicht; die angekündigten Filme klangen verheißungsvoll – er liebte Filme; der Reklamepfosten des Friseursalons drehte sich fröhlich im Gegenuhrzeigersinn, die Gittertür eines Cafés klapperte, als ein Mann heraustrat, und zwei kleine Mädchen mit Eiswaffeln, eine Hausfrau mit Einkaufstasche und ein Farmer in Arbeitskleidung gingen an ihm vorbei, so passend und pittoresk wie Bühnenfiguren. Und doch war es keine Bühne, sondern eine wirkliche Kleinstadt, in der wahrscheinlich jeder, den er zu sehen bekam, geboren war und sein Leben verbringen und sterben würde. Ihm war schon, als fühle er sich den Leuten verwandt.

Es fiel ihm schwer, daran zurückzudenken, dass er heute Morgen mit dem Quietschen eines Zugs auf einer Brücke in den Ohren aufgewacht war und dass er an diesem Morgen am Steuer seines Taxis gesessen hatte. Hatte er heute Fahrgäste gehabt? Er erinnerte sich, dass er langsam gefahren war und Leute, die nach ihm winkten und pfiffen, ignoriert hatte, so widerwillig wie immer, sich in die New Yorker Hysterie zu stürzen, und mit einem Mal außerstande dazu. New York an diesem Morgen! Wenn er aus einer Distanz von acht Stunden zurückblickte, kam ihm die krampfhaft gezügelte Raserei der Stadt wie eine Krankheit vor. Er dachte an New York, eindringlich und zum letzten Mal. Dann schaltete er seine Gedanken ab wie ein Radio, das ein Footballspiel übertrug. Glücksgefühl, guter Wille und Optimismus ließen ihn wie auf Wolken gehen. Eine neue Stadt, jungfräulich, voller Möglichkeiten, wo er von vorne anfangen konnte! Er fühlte sich wie neugeboren. Am Sonntag würde er in die Kirche gehen, deren schwarzen Kirchturm, bekrönt von einer goldenen Kugel und einem Kreuz, er über den Baumwipfeln sehen konnte, und Gott zusammen mit den Bewohnern der Stadt seinen Dank darbringen.

Gerade als ein hungriges Knurren ihn an seinen Magen erinnerte, fiel sein Blick auf ein weißes Gebäude ein paar Meter weiter vorne am Trevelyan Boulevard. Große schwarze Buchstaben schrieben von oben nach unten das Wort IMBISS, und kleine Neonschilder davor und dahinter verkündeten: Die heiße Kiste.

Die Tür war widerspenstig, und eine Stimme aus den Dampfschwaden dahinter rief etwas, was klang wie: »Sachte, sachte!«

Aaron schlüpfte hinein, und die Tür schloss sich sofort wieder. Drinnen war es warm; es duftete nach Spiegeleiern in Butter und frisch gebratenen Hamburgern.

»'n Abend!«, sagte dieselbe Stimme. Sie gehörte einem heiseren Mann im Drillichhemd hinter der Theke.

»Guten Abend!«, erwiderte Aaron und nickte allen Anwesenden zu. Er setzte sich auf einen Hocker.

Seine blauen Augen ruhten vergnügt auf den hausgemachten warmen Kuchen mit ihrer hellen Kruste, den Reihen zischender Hotdogs auf dem Grill, der Schüssel mit glänzender weicher Butter und den verschiedenen süßen Brötchen auf Tellern in ihren Fächern. Für gewöhnlich standen seine Augen leicht hervor und waren von der Seite gesehen unergründlich wie Katzenaugen, doch jetzt traten sie noch weiter hervor, als sie den Laden auf jede Einzelheit abtasteten. Er nahm den Hut ab und fuhr sich mit der Hand oberflächlich über sein braunes Haar. Er sah zu, wie der Mann hinter der Theke eine Waffel aus dem Waffeleisen nahm, sie großzügig mit Butter bestrich und vor einem Mann abstellte, den sein blau-weiß gestreifter Overall als Gleisbauarbeiter auswies.

»Sirup?«

»Klar doch«, erwiderte der Mann mit rollendem R.

Der Imbissbetreiber stellte ihm einen Krug mit Sirup hin und trat zu Aaron. »Was darf's sein?«

Aaron presste die Handflächen aneinander, erhob sich unmerklich mithilfe der Fußstützen und bestellte einen Hotdog, eine Waffel, ein Stück warmen Pfirsichkuchen, ein süßes Brötchen und Kaffee. Während all das zubereitet wurde, hörte er dem scherzhaften Geplauder des Imbissmannes und des Gleisbauarbeiters zu und dem leiseren Gespräch der zwei Schwarzen, das immer wieder von Gelächter unterbrochen war.

Das Summen des elektrischen Ventilators bündelte die Welt in dem Imbissladen zu einem vollkommenen Ganzen.

Das Telefon läutete, und das junge Mädchen, das neben der Kasse mit offenen Augen geschlafen hatte, sprang hin. »Du-u!«, gurrte sie lächelnd. »Mac sagt, ich muss heute bis um halb neun die Stellung halten.«

»Ach was, du kannst frei haben«, rief Mac gutmütig. »Arbeiten tust du ja sowieso nie.«

Als ihm die Waffel serviert wurde, fasste Aaron sich schuldbewusst ans Kinn. »Ich hätte mich wohl erst mal rasieren sollen«, sagte er und lächelte den Imbissmann an.

Mac lächelte zurück. »Ach, das macht doch nichts. Wir sind hier nicht so. Sehen Sie mich an.« Er lachte. »Wo sind Sie her?«

»Aus New York.« Aaron duckte den Kopf und begann die Waffel zu essen. Er goss eine bescheidene Menge Sirup darauf (als New Yorker wollte er sich nicht so gierig aufführen wie diejenigen, die er in Raststätten beobachtet hatte – so gefräßig, dass Sirup und Sahne ihnen in vernünftigen Portionen zugemessen wurden), und zwischen den einzelnen Bissen las er die Anschläge an den Wänden.

KOMMT, LEUTE, KOMMT!
WILLIE WALKERS BERÜHMTE SIEBENKÖPFIGE KAPELLE
EINTRITT $ 1.50 PRO PAAR
FREIZEITHALLE BRIGHTON
BRIGHTON, VERMONT

Der Anschlag war einen Monat alt. Er fragte sich, ob das junge Mädchen heute Abend zu einer dieser Tanzveranstaltungen ging. Von keiner der Städte, in denen sie stattfanden, hatte er je gehört. Dann sah er einen Anschlag, der besagte:

ZIMMER
MRS. HOPLEYS KOMFORTABLE MÖBLIERTE ZIMMER
WÖCHENTLICH UND MONATLICH
PLEASANT STREET 17, CLEMENT, N. H.

»Wo ist die Pleasant Street?«, fragte er Mac, so ängstlich besorgt, diese Stadt könne nicht Clement sein, dass er die Frage fast nicht zu stellen wagte.

Nach einer Weile nahm Mac die Hand vom Nacken, deutete auf eine Ecke der Imbissbude und erklärte Aaron den Weg, den dieser sich in seiner Aufregung nicht merken konnte. Vor seinem inneren Auge erstanden Bilder des Hauses, des Zimmers, das er bewohnen würde. Er staunte über sein Glück, auf eine Straße namens Pleasant gestoßen zu sein; allein schon Clement klang angenehm und beschwor in ihm das Bild einer sonnenbeschienenen Landschaft und einer Picknickgesellschaft herauf.

»Sind Sie länger hier?«, fragte Mac, der ihm die Rechnung überreichte.

»Das hoffe ich«, sagte Aaron lächelnd; er legte einen Dollar hin und glitt zur Tür. »Danke, war prima!«

»Bis nächstes Mal!«

»Tschüs!«, sagte das Mädchen.

Aaron folgte der Richtung des Fingerzeigs zu einer Straße, die hinter dem Drugstore lag. An der Straßenecke blieb er stehen und bewunderte ein bescheidenes Kriegerdenkmal. Es bestand aus einem Betonpfosten auf einem

Rasendreieck, in den eine Metallplatte eingelassen war, die Hunderte von Namen aufführte, alle Kriegsteilnehmer aller Kriege aus Clement. Adams, Barber, Barton, Burke, Child – Hopley? Ja, es gab einen Zachariah P. und einen William J. Hopley. Vielleicht sollte er Mrs. Hopley gegenüber erwähnen, dass er ihre Namen gesehen hatte.

Er ging eilig weiter, lächelte einem strubbeligen, barfüßigen kleinen Mädchen zu, das an einem Baum lehnte, sagte »Guten Abend!« zu einem gebeugten alten Herrn in rissigen, glatt polierten Schuhen und mit einem gestärkten Kragen, der um seinen Hals herum abstand.

»'n Abend«, erwiderte der alte Mann.

Er folgte einer Straße, die aufwärts führte, und erreichte die Pleasant Street, beiderseits von hohen Ulmen gesäumt, die sich nach innen lehnten und einander berührten. Und kaum hatte er diesen grünen Tunnel betreten, als die Sonne durchbrach und wie goldene Regentropfen zwischen den Tausenden Blättern hindurchfiel.

Aufgeregt zählte er die Hausnummern, bis er vor Nummer siebzehn stand, einem zweistöckigen, gelblichen Haus, halb verborgen hinter üppigen grünen Ranken, die links und rechts der Veranda sprossen. Er erkannte das Haus, wie er die Stadt erkannt hatte. Es war das, was er suchte. Daheim! Heimelig war der abgeblätterte, braune Anstrich, elegant waren die dünnen, schwarzen Pfeiler, die das Verandageländer trugen, und elegant war das Treppengeländer. Zwei eiserne schwarze Hunde bewachten symmetrisch und mit erhobener Pfote den nachlässig gepflegten Rasen vor dem Haus, den man auf einem Betonweg durchschritt.

»Suchen Sie jemand?«, rief eine Stimme von der Veranda.

Aaron betrat den Weg. »Ich suche ein Zimmer.«

Eine Schaukel quietschte, und ein untersetzter, gedrungener Mann in glänzenden, hellbraunen Hosen und ebensolchem Hemd kam auf ihn zu. »Da könnten Sie hier richtig sein«, sagte er und musterte Aaron lächelnd.

»Wer sucht ein Zimmer?« Diese Stimme erklang hinter der Gittertür. »Ein Zimmer ist bei uns frei. Wenn Sie wollen, können Sie es sehen.«

Er folgte der Frau durch den Flur, eine Treppe hoch und abermals einen Flur entlang. Zuletzt öffnete sie die Tür zu einem großen, quadratischen Zimmer mit drei gewaltigen Fenstern.

»Ihr Glück«, sagte sie zu ihm. »Der Mieter ist gestern erst ausgezogen. Hat in Bennington eine neue Stelle angetreten. Hier in der Stadt sind Zimmer schwer zu kriegen.«

Er nickte begeistert. »Ich nehme es.«

Er zahlte sieben Dollar für die Wochenmiete; sich selbst überlassen, schaute er probehalber aus allen Fenstern. Vom einen aus konnte er die Berge sehen, aus den anderen konnte er die Blätter eines großen Baumes berühren. Im freudigen Bewusstsein von Tüchtigkeit und Ordentlichkeit beförderte er seine Sachen aus dem Koffer in die Kommode. In den tiefen, mit Zeitungspapier ausgelegten Schubladen nahm seine Garderobe sich verloren aus. Seine vier Hemden lagen flach und einsam in der untersten Schublade, und selbst die lockerste Verteilung von Socken und Taschentüchern über ihnen änderte daran nicht sonderlich viel. Da er nichts in die letzte Schublade zu legen hatte, las er ein bisschen auf ihrem Zeitungspapier. Schließlich stellte er den leeren Koffer in den Schrank, schloss die Kommodenschubladen und betrachtete das Zimmer voller Befriedigung; dennoch dachte er, dass sein Kommen keinerlei Veränderung bewirkt hatte, sah man von seinem Rasierzeug auf dem runden Tisch ab. Nun ja, dachte er, so war es eben, wenn man seine ganzen alten Sachen zurückließ, allen Kleinkram, der sich im Verlauf der Jahre in einer New Yorker möblierten Wohnung angesammelt hatte.

Es klopfte an die Tür.

»Herein?«

Mrs. Hopley trat ein. »Hab' ein paar Handtücher für Sie«, sagte sie in herzlicherem Ton als vorher, in einem fast intimen, verschwörerischen Ton, und Aaron sah sie aufmerksam an und blinkte mit den Augen. Sie legte zwei Badetücher, ein kleines Frotteetuch und einen Waschlappen einzeln neben das Bett; dann richtete sie sich auf und lächelte ihn an.

»Wunderbar! Genau das, was ich jetzt brauche«, sagte er brav, obwohl er heute Morgen nur das Rasieren vergessen hatte. »Ich war lange mit dem Zug unterwegs.«

Mrs. Hopley nickte und sah ihn mit großen braunen Augen hinter dicken Brillengläsern an. Sie machte sich nervös mit der Vorderseite ihres schlaffen und nicht ganz sauberen Kleides zu schaffen, das hinten nicht weniger schlaff von ihrem knochigen und ungefügen Oberkörper hing. »Wo sind Sie her?«

»New York«, erwiderte er mit nervösem Lächeln, denn er hatte wieder wie schon im Imbiss bei Mac den Eindruck, die Leute aus der Kleinstadt betrachteten ihn mit Misstrauen.

»Hmm.« Ihr Blick wanderte langsam, aber unablässig im Raum hin und her und verharrte auf einzelnen Einrichtungsgegenständen so oft wie auf ihm. Die Zehenspitze eines ihrer alten schwarzen Pantoffeln mit ramponierten Bommeln war schüchtern auf die des anderen Fußes gestellt, als solle weiblicher Liebreiz die Unbarmherzigkeit des Verhörs mildern, dem sie ihn zu unterziehen gedachte. »Geschäftlich hier?«

Er zauderte, dann lächelte er. Er musste einfach über alles lächeln, was mit der reizenden Stadt Clement zu tun hatte. »Nicht direkt, nein. Man könnte sagen, dass ich Urlaub machen will und dass die Stadt mir gefallen hat.«

»Urlaubsmöglichkeiten gibt's hier nicht viele.«

»Ich meine keinen gewöhnlichen Urlaub.« Er fuhr sich mit der Zungenspitze über die Lippen. »Ich war Taxifahrer in New York. Meine Nerven haben nicht mehr mitgemacht, und deshalb dachte ich mir, das Beste wäre ein Tapetenwechsel.«

»Für immer?«

»Vielleicht. Schön wär's. Ihre Stadt gefällt mir gut.«

Sie dachte nach. »Als Taxifahrer gibt's hier nicht viel zu tun.«

»Oh, Taxi fahren würde ich nicht! Das habe ich lange genug gemacht.«

Sie nickte. »Was stellen Sie sich denn stattdessen vor?«

Er sah, dass sie auf seine geballten Fäuste schaute; er entkrampfte seine Hände und lächelte. »Ich weiß es eben noch nicht, verstehen Sie? Ich muss es erst herausfinden.« Bescheiden fügte er hinzu: »Ich habe etwas Geld zurückgelegt.«

»Hmm.« Sie kratzte sich mit dem Zeigefinger heftig an der Nase. »Na ja, viel Glück dann.«

Trotz ihrer mangelnden Zuversicht machten diese Worte ihm Mut. Er lächelte und dankte ihr.

Sie sprach jetzt ungehemmter, sagte ihm, welches die besten Esslokale waren und wo er Arbeit finden könne, und sie erwähnte einen Packer der Lederfabrik, der bei ihr im Haus wohnte und mit dem er sich vielleicht gern unterhalten würde, weil er eine Zeit lang in New York gearbeitet hatte.

Aaron hörte ihr zu, nickte und nahm sich vor, dem Packer tunlichst aus dem Weg zu gehen.

»Wir finden unsere Stadt auch nett«, pflichtete Mrs. Hopley ihm freudlos bei, als sie den Raum verließ.

Aaron schüttelte die Anspannung ab; nach einem Augenblick ging er in das Bad am Ende des Flurs, wo er sich an einem Waschbecken mit Messingarmaturen rasierte. Dann zog er ein frisches Hemd und frische Socken an und ging frohgemut in die Abenddämmerung hinaus.

Er verbrachte den Abend damit, die Stadt zu erkunden, unbekannte Straße um unbekannte Straße zu durchstreifen wie ein junger Hund, der ein neues Zuhause erkundet. Er prägte sich Wegmarken ein und merkte sich architektonische Details, und er tat es gerne, denn es erschien ihm als seine Pflicht, sich mit Clement so vertraut zu machen, wie es jeder Einheimische war. Als es dunkel wurde und die Lichter der großzügigen alten Anwesen so vereinzelt und bedeutsam aufschimmerten wie die Sterne am Himmel, schaute er sich noch eifriger um.

Es war fast ganz dunkel, als er einen Hügel im Südosten der Stadt zwischen Fluss und Bahngleisen bestieg und sich hinsetzte, eine Tasche mit kleinen Einkäufen zwischen den

Füßen. Er blickte auf Clement hinunter, das er von hier fast im gleichen Winkel wie aus dem Zug sah. Doch wie vertraut war ihm alles nun, um wie viel wahrscheinlicher war alles Potenzielle geworden! Er wusste, wie die Kirche aussah, welcher Turm dort aus den Blättern hinausragte, was auf dem Wegweiser auf dem Highway nach Norden stand. Er hatte eine lange gedeckte Brücke über den Fluss erforscht, die er vom Zug aus gar nicht gesehen hatte, und war lange an einem ihrer Fenster stehen geblieben und hatte den Gesprächen der Leute gelauscht, die sie überquerten.

Was würde er morgen tun? Er musste sich noch keine Gedanken über die Zukunft machen. In das Futter des schwarzen Koffers waren über vierhundert Dollar eingenäht; mit diesem Geld konnte er sich Zeit lassen. Er konnte sich in einem Dutzend Berufen versuchen. Er konnte als Landarbeiter eine Zeit lang auf einer der Farmen um die Stadt herum arbeiten und sich eine eigene Farm kaufen, falls ihm die Arbeit gefiel. Er konnte irgendeinen Laden eröffnen oder sich als Geschäftspartner mit jemandem in der Stadt zusammentun. Er konnte wochenlang nichts anderes tun als leben, bis das Schicksal ihm einen Wink geben würde.

Die Spannweite seiner Vorstellungen erschreckte ihn; er sprang auf und presste seine Faust fest gegen die Brust. Er neigte sein aufgeregtes Gesicht zur Stadt und glaubte mit allen Fasern seines Herzens, dass der weitere Verlauf seines Lebens sich ihm in Clement enthüllen würde. Er kam sich vor wie eine der Figuren auf einem heroischen Historiengemälde – seine Haltung kündete von Entschlossenheit und von der Noblesse seines Vorhabens.

»Hallo«, sagte ein Stimmchen.

Er wandte sich errötend um. Es war ein mageres, barfüßiges kleines Mädchen in einem dunklen Kleid, das der Wind gegen seine Oberschenkel klatschte. Sogar im Dämmerlicht konnte er ein Muster auf dem Saum erkennen, das nicht zum Kleiderstoff gehörte. Er erinnerte sich. Es war das kleine Mädchen, das er am Nachmittag auf dem Weg zu Mrs. Hopley am Baum hatte lehnen sehen.

»Wer bist du?«, fragte sie.

Langsam nahm er die Faust von der Brust. »Und wer bist du?«, konterte er mit der bemühten Munterkeit eines Erwachsenen, der mit einem Kind spricht.

»Freya.«

»Freya wie?«

»Freya Wolstnom.«

»Was hast du gesagt?«

»Freya Wolstnom.«

»Wie bitte?«

Sie holte tief Luft. »Wolstnom. W-o-l-s-t-e-n-h-o-l-m-e.«

Die ersten Buchstaben konnte er sich merken, doch der Rest rauschte an seinem Ohr vorbei. Wie es so oft in New York geschehen war, wenn seine Fahrgäste Adressen nannten, weigerte sich sein Verstand, das, was er gehört hatte, zu verarbeiten. Die Erinnerung an jene Zeit, an die Fragen, die Wiederholungen, die unvermeidlichen Irrtümer, an das Gellen der Hupen, wenn er wendete, wurde wach, und er wand sich in der Dunkelheit. Er fuhr sich mit einem Daumen zum Mund und ließ ihn wieder sinken.

»Wer bist du?«, wiederholte sie.

»Aaron Bentley.«

Nach einem Augenblick wandte das Kind sich ab und ging langsam zwischen ihm und der Stadt den Hügel entlang. Mit beiden Händen hielt es das glatte schwarze Haar zurück, das ihm der Wind ins Gesicht blies, und es sah auf den Boden, als suche es dort etwas.

Aaron setzte sich und schlang die Arme um die Knie. Er dachte, sie gehe in die Stadt zurück. Doch als er sah, dass sie dablieb, rief er ihr zu: »Wo wohnst du?«, hauptsächlich, um sein Selbstvertrauen zurückzugewinnen.

Sie sah nicht auf, sondern bewegte nur den Arm. »Dort drüben.«

Er sah nichts als schwarze Bäume. Er schaute wieder zu ihr.

Sie hob die Füße und teilte das hohe Gras mit graziösen Seitwärtsbewegungen, die wie ein langsamer Tanz aussahen. Ihre Gestalt hatte etwas Steifes, nicht aus Verlegenheit, sondern vor Konzentration. Er hatte das Gefühl, dass sie jede Regung an ihm wahrnahm.

Schließlich kam sie in einem Bogen den Hügel empor zu ihm zurück. Als sie innehielt, befanden ihre Köpfe sich fast auf gleicher Höhe. Lächelnd erwiderte er ihren Blick, doch als er die Dunkelheit zu durchdringen suchte, sah er überrascht ihre zusammengepressten Lippen. Es ließ sie angespannt, traurig und alt aussehen. Hinter den wehenden Haarsträhnen waren ihre Augen bloß graue Flecken, doch er spürte, dass sie ihn voller Feindseligkeit musterten. Ein schwindelerregendes Unwohlsein und ein Gefühl der Minderwertigkeit überkamen ihn unvermittelt, so wie er sie in New York verspürt hatte, doch diesmal verstärkt und auf ihn konzentriert durch das Kind und die Stadt hinter dem Kind. Er hatte den Eindruck, so verächtlich von dem kleinen Mädchen betrachtet zu werden, dass es sich nicht einmal die Mühe machte, ihn auszufragen wie Mrs. Hopley, sondern nur einen Eindringling auf seinem Terrain in ihm sah.

Ungeschickt versuchte er die Papiertüte zwischen seinen Füßen aufzumachen. »Hättest du vielleicht Lust, ein Stück Kuchen mit mir zu essen?«

»Nee«, sagte sie. »Ich muss nach Hause.« Langsam entfernte sie sich um den Hügel herum.

Er stand auf und sah ihr nach, bis zuerst ihre Gestalt und dann der hellere Kleidersaum im Dunkel verschwanden. »Auf Wiedersehen!«, rief er hoffnungsvoll.

Keine Antwort.

Er schob den Kuchen in die Tüte zurück und flüchtete in sein Zimmer.

In fieberhafter Eile wusch er sich und zog sich an, denn der herrlichste Morgen, den er je erlebt hatte, lachte zu seinen Fenstern herein.

Er lief noch einmal zum Fenster, hielt sich am Fensterbrett fest und sah über eine grüne Erde zu der wuchtigen Sonne hoch, die ruckweise den Horizont emporstolperte. Ihr Widerschein glühte auf den Baumwipfeln, den Dachfirsten, den Flügeln der fliegenden, singenden Vögel. Er streckte die Hand aus und berührte die Blätter des Baumes. Vor ihm lag eine Welt, die unberührt war von Gier, von Bitterkeit, von schmutzigem Geschäftssinn. Das verlorene Paradies brüderlicher Liebe.

Er drehte sich auf dem grauen Teppich im Kreis, klatschte

über seinem Kopf in die Hände und lachte vor Freude. Vom Schlaf in der reinen Luft erfrischt, fühlte er sich stark wie ein Ochse, kampfesmutig wie ein Krieger, frei wie … wie der Schmetterling, der zum einen Fenster herein- und zum anderen hinausflatterte und den er mit offenem Mund bestaunte.

Morgendliche Düfte von frischem Kaffee und brutzelndem Speck und die Geräusche von Stimmen wehten aus offenen Fenstern, als er zum Trevelyan Boulevard spazierte. In rauschhafter Beglückung blieb er stehen, um eine fest geschlossene Rosenknospe zu bewundern, die auf den Bürgersteig hinausragte. Sie war von so zarter Grünfärbung, dass er es kaum wagte, sie mit einer Fingerspitze anzuheben.

»Wie wird es um mich bestellt sein«, fragte er sich laut, »wenn ihre Blüte sich geöffnet haben wird?«

Und als er tief einatmete, fiel ihm plötzlich auf, dass er, seit er den Zug verlassen hatte, nicht einmal Lust auf eine Zigarette gehabt hatte, obwohl er in New York den ganzen Tag und sogar im Bett geraucht hatte. Ein überwältigender Beweis der reinigenden Kraft dieser Stadt. Und von heute an, so beschloss er, würde er seine Fingernägel wachsen lassen.

»Eier mit Speck?«, begrüßte ihn Mac über die Köpfe einer Reihe lärmender Kunden hinweg. »Habe heute extra guten Schinken.«

Aaron nickte. Ihm war nicht nach Reden zumute. Der Gegensatz zu New York, wo er Kaffee und Doughnut im Stehen hastig hinunterschlang, ein Auge auf seinem Taxi am Bürgersteig, war nicht zu übersehen. Es war ihm nie gelungen, sich die Gleichgültigkeit anderer Taxifahrer anzueignen. Das lag wohl daran, dachte er, dass er immer aus allem, was er tat, das Maximum hatte herausholen müssen. Seit er die Schule verlassen hatte, um seine Mutter und sich durchzubringen, hatte er wie ein Besessener gearbeitet. Er war Straßenhändler gewesen, Hotelpage, Kellner in den verschiedensten Lokalen und die letzten vier Jahre Taxifahrer – lauter Tätigkeiten, wo gute Arbeit Trinkgelder einbrachte, doch das ständige Hin und Her hatte so sehr an seinen Nerven gezerrt, dass es an ein Wunder grenzte, dass er überhaupt noch bei Sinnen war. Ans Heiraten zu denken war ihm nie Zeit geblieben. Er hatte nie genug Geld übrig gehabt, um ein Mädchen ins Kino auszuführen. Und nach dem Tod seiner Mutter hatte er, wie er vermutete, aus schierer Gewohnheit so hart weitergearbeitet. In den letzten Monaten, als sich eine Krise der Einsamkeit und Niedergeschlagenheit anbahnte, hatte er gespart wie jemand mit einem Ziel vor Augen. »Du musst ein Ziel haben!«, hatte er oft genug gemurmelt, wenn er die Wagentür zum letzten Mal nachts zuschlug. Den ganzen Tag hatte er andere zu ihren Zielen gefahren, doch selbst besaß er keines außer einem schäbigen möblierten Zimmer irgendwo. Vielleicht, dachte er, war das hier das Ziel – eine Kleinstadt und Seelenfrieden. Es wäre genug. Mit vierunddreißig blieb ihm noch genug Zeit, etwas aus seinem Leben zu machen.

Auf einem der Hocker brach jemand in ungekünsteltes, schallendes Gelächter aus.

Aaron lächelte. Er hatte das Gefühl, siebzehn Jahre in ununterbrochener Anspannung verbracht zu haben. Langsam und voller Genuss schob er die Gabel unter seine Rühreier.

Nach dem Frühstück schlenderte er den Trevelyan Boulevard entlang und studierte die Schaufenster wie Schaukästen eines Museums. Er sah sich die Sportlerfotos im Friseursalon an, und dann ging er hinein, um sich rasieren und die Haare schneiden zu lassen.

Pete McNary, der rothaarige Friseur, war ein gesprächiger Zeitgenosse, und sie hatten ein Dutzend Themen abgehandelt und begonnen, einander ihre Lebensgeschichte zu erzählen, bevor Pete Aaron zum Abschluss mit weißem, süß duftendem Puder bestäubte.

»Wissen Sie, ich kenne ein paar Farmen in der Gegend, wo man jemanden brauchen könnte«, sagte Pete entgegenkommend, während er Aarons Rasiertuch sorgfältig an seinem Körper zusammenlegte. Er war ein Hüne von einem Mann, hatte jedoch geschickte, rosige Hände und bewegte seinen Körper gewandt. »Nicht anzunehmen, dass ich einen von den Farmern bald zu sehen kriege, aber wir können mal rausfahren, wenn ich nachmittags zumache, und mit ihnen reden. Sagen Sie mir einfach Bescheid.«

»Mache ich«, sagte Aaron freudig. »Vielen Dank.«

Aber er war mit dem Erkunden noch nicht fertig. Er würde noch viele Mußetage benötigen.

Hinter dem Trevelyan Boulevard lagen die verlockendsten Straßen, die Aaron je zu sehen bekommen hatte; sie verloren sich in grüne Wiesen und Wälder. Dort wanderte er bis zum späten Nachmittag umher, blieb stehen, um zahme Kälber zu streicheln, die in Vorgärten angebunden waren, um mit einer Hausfrau zu plaudern, die in ihrer Küche bei offener Tür Heidelbeeren einmachte, um beim Melken von sieben Ziegen zuzuschauen, während er auf der heubestreuten Schwelle ihres Stalles saß. Er holte Büschel frischen Grases, das er gerecht zwischen ihren hungrigen Mäulern verteilte. Er erfuhr, welches die milchreichsten Ziegenrassen waren, welchen Fettgehalt Ziegenmilch hatte, was man für sie bekam und was man aus ihr machen konnte.

»Jetzt, wo Sie alles drüber wissen, haben Sie vielleicht Lust zu probieren«, sagte der Ziegenfarmer und brachte aus seiner Küche ein Stück braunen Käse auf weißem Brot.

Das Brot war warm und schmiegte sich in seine Hände. Noch nie hatte er etwas so Köstliches gegessen. Es war, als vollendeten die Augenblicke auf der Ziegenfarm eine Verwandlung. Sein Glücksgefühl war so überwältigend, dass es ihm die Kraft zu denken raubte, doch eines war ihm klar, nämlich dass er nie zuvor sein bloßes Dasein genossen hatte.

MEIR SHALEV

Glücksmomente

Nicht nur Anregung, neues Wissen und Zufriedenheit schenkt der Wildgarten seinem Besitzer, sondern auch Momente wahren Glücks. Sie sind zumeist periodisch wiederkehrend und voraussehbar, aber das tut der Freude und Wonne keinen Abbruch. Es sind die Momente des Knospens und Blühens und der Wiederkehr überwinternder oder übersommernder Vögel, es sind Momente, wenn leichter Wind über die Mohnwiese weht oder die grünen Blätter der Meerzwiebel knospen, nachdem die Blüten verblüht sind. Hierher gehört auch das Keimen der ausgesäten Lupinen, wenn ihre ersten Blättchen aus der Erde hervorschauen und wachsen – wie kleine Hände, die den Himmel anflehen. Ebenso das Keimen der Alpenveilchensamen, denn im Gegensatz zu den ersten Blättchen vieler anderer Blumen, die sich stark von den Blättern der erwachsenen Pflanze unterscheiden, sieht das erste Blatt des Alpenveilchens genauso aus wie das der reifen Pflanze, abgesehen davon, dass es sehr klein ist und die individuelle Zeichnung, die auf jedem Blatt eines Alpenveilchens erscheint, im ersten Jahr noch fehlt.

Auch Tiere können einem Glücksmomente bescheren, zum Beispiel der Gesang der Bienen in der Eiche oder im Kreuzdorn – was mich jedes Mal aufs Neue überrascht und freut, weil beider Blüten nicht so auffallend und attraktiv sind wie etwa die des Judas- oder des Storax-Baums. Die Eichenblüten sind winzig, farb- und geruchlos, und sie werden durch den Wind bestäubt. Wenn er weht, sieht man Wolken von Blütenstaub aus den Wipfeln männlicher Eichen aufsteigen und forttreiben. Aber die Bienen fliegen diese Bäume in Massen für eine Gratismahlzeit an, und schon an einem ersten sonnig warmen Tag Ende Januar kann man sie dort hören, als würden Bassisten und Cellospieler im Geäst musizieren. Ihr Summen klingt tief und weich, ist aber deutlich im Laub wahrzunehmen und erfüllt die Luft.

Beim ersten Mal wusste ich nicht, was ich da hörte, doch als ich näher trat und den Kopf hob, entdeckte ich, dass das Geräusch aus dem Eichengeäst kam. Tausende von Bienen waren dort zugange, sammelten Blütenstaub und summten mächtig. Ich lehnte mich an den Stamm, schloss die Augen und versank von Kopf bis Fuß im Gesang der Bienen, und seither tue ich das Jahr für Jahr. Was für ein herrliches Konzert, zart und volltönend, warm und kräftig, und es kündet davon, dass die Bienen den Frühling anders betrachten als ich. Unser Frühling ist bunt und würzig, warm und hell, anregend und liebkosend, angenehm für Auge, Haut und Nase, lockt mit seinem Liebreiz erst das Herz, dann auch den Körper ins Freie – zum Spazieren, Schnuppern, Schauen, Lieben. Aber die Bienen schwirren im Frühling zur Arbeit aus. Sie reden nicht vom »Hügel der Alpenveilchen«, erzählen nicht von »Anemonenteppichen«. Ihr Frühling hat rein wirtschaftliche Bedeutung: Der Bienenstock wimmelt von hungrigen Mäulern, die Speisekammer hat sich in der trüben Jahreszeit geleert, man muss Blütenstaub und Nektar einbringen, Honig produzieren, um die Königin und die Larven zu ernähren, eine weitere Generation Arbeiterinnen aufzuziehen. Ich finde es angenehm, ihrem Gesang zu lauschen, und noch angenehmer zu wissen, dass ich nicht einer von ihnen bin – nicht zu den Bienen-, Ameisen- oder sonstigen Staaten gehöre, in denen die Sklaverei vererbt wird und schon derart geheiligte Tradition ist, dass an ihr nicht gerüttelt werden kann.

Einen anderen freudigen Moment erlebe ich, wenn ein Igel oder eine Schildkröte in meinem Garten auftaucht. Ich liebe Igel und Schildkröten, und jedes Jahr sehe ich sie seltener. Doch manchmal kommen sie und erfüllen mein Herz mit Freude. Als ich eines Abends im Garten am Boden saß, kam eine Igelmutter mit zwei Jungen, deren Stacheln noch nicht richtig hart waren. Sie liefen emsig hierhin und dorthin, suchten, schnupperten, kamen an mir vorbei, so nahe, dass eines der Jungen mich streifte. Eine solche Nähe zu einem Wildtier, und sei es ein kleiner Igel, eine Nähe, die Vertrauen und Sicherheit atmet, ist höchst angenehm.

Und die Vögel: In meinem Garten und seiner Umgebung leben Wiedehopfe, Krähen, Turteltauben, Palmtauben, Honigsauger, Halsbandsittiche, Schlangenadler, Bülbüls, Amseln, Streifenprinien, Kohlmeisen, Braunlieste, Rotkehlchen, Blutspechte, Schleiereulen, Zwergohreulen, Steinhühner, Triele, Lerchen, Falken, Eichelhäher und Spatzen. Sie alle erkenne ich an Aussehen und Stimme. Erwache ich vor Sonnenaufgang, kann ich die Uhrzeit daran ablesen, welcher Vogel gerade draußen singt.

Außer dem Ruf des Schlangenadlers habe ich alle Vogelstimmen schon gehört. Amseln und Bülbüls singen am schönsten, aber ich höre auch gern den Braunliest, eine Art Eisvogel, der seine Nahrung nicht mehr aus dem Wasser fischt, sondern sich Eidechsen und Insekten im Steilflug vom Boden schnappt und morgens laute Lacher über den Garten schickt, um allen zu verkünden, dass dieser Garten ihm gehört. Aber er gehört auch dem Honigsauger, der es trotz seiner Winzigkeit furchtlos ausposaunt, und auch den Halsbandsittichen, die Eindringlinge sind, sich aber wie Hausherren gebärden. Sie vertreiben die Spechte aus meinem Garten, und das nicht, weil Gott ihnen dieses Gebiet verheißen hätte, sondern weil sie es auf die Nisthöhlen der Spechte in den Baumstämmen abgesehen haben. Und das Rotkehlchen kehrt jedes Jahr aus Europa zurück und erinnert mich und die übrigen Vögel daran, dass der Garten weder mir noch ihnen gehört, sondern ihm allein.

Dieses Rotkehlchen ist mein zweites. In meinem zweiten oder dritten Winter hier kam das erste, stand in der Terebinthe vor meinem Fenster und stieß Kriegsrufe aus, ein scharfes, aggressives Schnickern: Za! Za! Za! Raus aus meinem Revier! Häufig sah ich es auch seine Grenzen verteidigen, und das war ein lustiger Anblick: Ein kleines, rundliches Vögelchen, das man zwischen Daumen und Zeigefinger zerquetschen könnte, hüpft kühn von Zweig zu Zweig: Za! Za! Za! Wer hier naht, wird totgemacht!

Zu Beginn des Sommers kehrte das Rotkehlchen in sein Land zurück, und als im nächsten Winter das Za! Za! Za! samt Rotkehlchen wieder da war, erklärte man mir auf meine Frage, es sei vermutlich derselbe Vogel, der an seinen gewohnten Wintersitz zurückgekehrt sei. Aber kleine Singvögel leben nicht lange, und ich war sehr traurig, als es, ein paar Jahre nach seinem ersten Auftritt, Winter wurde und mein Rotkehlchen seine Terebinthe nicht wieder aufsuchte.

Einige Jahre lebte ich ohne Rotkehlchen, bis mir die Götter ein neues schickten. An einem kalten Wintermorgen hörte ich es draußen und eilte überglücklich hinaus. Da ist es, schnickert eifrig, schützt sein Revier gegen jeden fremden Eindringling. Trotz seiner sozialistischen Farbe und seines dünnen, geraden Schnabels ist es politisch sehr falkenhaft.

Auch der Honigsauger bescherte mir einmal einen Glücksmoment, oder genauer gesagt, Schmerz und Reue, die in Freude umschlugen. Der Honigsauger, auch »Nektarvogel« genannt, ist der kleinste Vogel in meinem Garten. Manchmal – eher selten – erscheint eine Streifenprinie und macht ihm diesen Titel streitig, aber die Honigsauger sind fast immer hier. Die Weibchen sind graubraun, die Männchen schillern in Grün und Schwarz, zwei Farben, die bei jeder Bewegung changieren.

Häufig kreisen sie wie winzige Hubschrauber um die Blumen, was sehr hübsch anzusehen ist, doch in diesem honigsüßen Winzling verbirgt sich ein jähzorniges, angriffslustiges und triebhaftes Wesen. Die Männchen liefern sich Verfolgungsjagden am Himmel und im Geäst des Gartens und bekämpfen sogar ihre Spiegelbilder in den Fensterscheiben. Sie sausen rauf und runter, kurven so wendig, dass Jagdflieger sie nur beneiden können, und haben vor nichts Angst, weder vor Artgenossen noch anderen Vögeln noch vor Tier oder Mensch. Wenn ich sie sehe, fällt mir eine hübsche Stelle in Nachum Gutmans Buch *Lobengulu, König von Zulu* ein. Darin berichtet er, wie in Südafrika ein »Honigsauger« – Gutman benutzt nicht den moderneren Namen »Nektarvogel« – einen Pavian verscheuchte, der sich dem Nest näherte: »Als der Affe noch näher ans Nest kam, veranstaltete der Honigsauger einen Mordskrach. Die Zwitscher schossen so rasch wie Gewehrsalven aus seiner Kehle. Er hüpfte auf den Affen zu, sprang um ihn herum, flog über ihn hinweg. (...) So ist das, wenn man zwei Eier im Nest hat. Es kommt nicht allein auf die Größe an.«

Einmal zerstörte ich versehentlich das Nest von Honigsaugern, die in meinem Garten lebten, und das tut mir bis heute leid. Ich schnitt damals die Lavendelsträucher zurück, die auf einer der Terrassen wachsen, und sah dabei ständig ein Honigsauger-Pärchen laut kreischend über mir flattern. Die beiden fielen mir auf, aber ich begriff nicht, dass sie mich wegjagen wollten. Ich dachte, sie seien mit ihren eigenen Angelegenheiten beschäftigt, einem Streit unter Nachbarn oder mit Liebeswerben und Untreue. Erst als meine Gartenschere ihr Nest traf, das verborgen im Dickicht hing, verstand ich, aber da war es zu spät. Das Nest war angeschnitten und barst, und die zwei winzigen Eier darin fielen heraus und zerbrachen. Die Honigsauger flogen davon und kehrten den ganzen Sommer nicht in meinen Garten zurück, und ich fürchtete bereits, sie würden nie wiederkommen. Aber im nächsten Sommer erschienen sie erneut – sie oder ein anderes Paar. Ich freute mich riesig, und seither halte ich die Augen offen und nehme mich in Acht.

Doch die Vögel, die mir die größte Freude bereiten, wohnen nicht in meinem Garten, sondern auf dem angrenzenden Feld. Es sind die Triele – Vögel, die fliegen können, aber lieber zu Fuß laufen. Sie haben die Größe eines jungen Huhns, lange Beine, scharf blickende gelbe Augen und ein gelb, braun und grau gemustertes Gefieder im Flecktarnlook. Wenn sie regungslos dastehen, nimmt das Auge sie kaum wahr, aber nachts hört man ihre Stimmen von weit her. Zu Beginn der Nacht und auch noch in ihrer Mitte und am Ende halten sie Zusammenkünfte ab, wie sie hier in der Jesreelebene üblich sind – mit Volkstanz und Gesang.

Diese Versammlungen haben etwas Geheimnisvolles und Verlockendes, das ich sehr mag. In Sommernächten, wenn die Triele auf dem gemähten Feld unterhalb meines Hauses singen und tanzen, gehe ich manchmal hinunter und im Dunkeln auf sie zu. Man darf ihnen nicht zu nahe kommen, denn dann verstummen sie und flüchten. Im Abstand von dreißig Metern strecke ich mich rücklings auf dem Boden aus, schaue in den Himmel und lausche.

Ihre mysteriösen, seltsamen Stimmen, das Liegen auf der Erde unter dem großen, hohen Sommerhimmel geben einem das Gefühl, mit offenen Augen zu träumen. Leider sehe ich keine Himmelsleitern und keine Engel, aber der Mensch muss sich mit dem zufriedengeben, was er hat. Und in diesem Moment habe ich eine warme Nacht und weiche Erde ohne Steine und einen Himmel voller Sterne, und Triele singen mir ein Lied – und das ist weit mehr, als die meisten Menschen haben, weit mehr, als ich in vielen anderen Momenten habe.

ANTON ČECHOV

Freude

Es war Mitternacht.

Mitja Kuldarov stürmte aufgeregt und mit zerzaustem Haar in die elterliche Wohnung und rannte durch alle Zimmer. Die Eltern waren schon schlafen gegangen. Seine Schwester lag im Bett und las gerade die letzte Seite eines Romans. Seine Brüder, die Gymnasiasten, schliefen.

»Wo kommst du her?«, fragten die Eltern erstaunt. »Was ist mit dir los?«

»Ach, fragt nicht! Das habe ich nie erwartet! Nein, das habe ich nie erwartet! Das … das ist direkt unwahrscheinlich!«

Mitja fing an zu lachen und setzte sich in einen Sessel. Er konnte sich nicht mehr auf den Beinen halten vor Glück.

»Es ist unwahrscheinlich! Ihr könnt euch das nicht vorstellen! Schaut mal her!«

Die Schwester sprang aus dem Bett, hüllte sich in eine Decke und trat zu dem Bruder. Die Gymnasiasten wurden wach.

»Was ist mit dir los? Du siehst ja ganz verstört aus!«

»Das ist vor Freude, Mama! Jetzt kennt mich ganz Russland! Ganz Russland! Früher habt nur ihr allein gewusst, dass es auf dieser Welt einen Kollegienregistrator Dmitrij Kuldarov gibt, aber jetzt weiß es ganz Russland! Mamachen! O Gott!«

Mitja sprang auf, lief durch alle Zimmer und setzte sich wieder.

»Was ist denn passiert? Sprich doch vernünftig!«

»Ihr lebt wie die wilden Tiere, lest keine Zeitung, schenkt der Öffentlichkeit keine Beachtung, und in den Zeitungen steht so viel Wissenswertes! Wenn was passiert, gleich wird es bekannt, nichts bleibt verborgen. Wie glücklich ich bin! O Gott! In den Zeitungen wird doch nur über berühmte Menschen geschrieben, und hier schreibt man auf einmal über mich!«

»Was sagst du da? Wo denn?«

Papa wurde blass. Mama schaute auf das Heiligenbild und bekreuzigte sich. Die Gymnasiasten sprangen auf und liefen, so wie sie waren, nur in kurzen Nachthemden, zu ihrem älteren Bruder.

»Jawohl! Über mich hat man geschrieben! Jetzt kennt mich ganz Russland! Mama, heben Sie bitte diese Nummer zum Andenken auf! Wir werden sie ab und zu lesen. Schaut mal her.«

Mitja zog eine Zeitung aus der Tasche, überreichte sie dem Vater und zeigte mit dem Finger auf eine mit Blaustift umrandete Stelle. »Lesen Sie!«

Der Vater setzte die Brille auf.

»So lesen Sie doch!«

Die Mama schaute auf das Heiligenbild und bekreuzigte sich.

Der Papa räusperte sich und begann zu lesen: »Am 29. Dezember, um elf Uhr abends, als der Kollegienregistrator Dmitrij Kuldarov …«

»Seht ihr, seht ihr? Weiter!«

»... der Kollegienregistrator Dmitrij Kuldarov in der Malaja Bronnaja die im Haus von Kozichin befindliche Bierschenke in betrunkenem Zustand verließ ...«

»Das war ich mit Semen Petrovitsch ... Alles ist ganz genau beschrieben! Fahren Sie fort! Weiter! Hört zu!«

»... in betrunkenem Zustand verließ, rutschte er aus und fiel unter das Pferd des hier stehenden Droschkenkutschers, des Bauern Ivan Drotov aus dem Dorf Durykina, Kreis Juchnovsk. Das erschrockene Pferd schritt über Kuldarov hinweg und jagte, nachdem es den Schlitten, in dem der Moskauer Kaufmann der Zweiten Gilde Stepan Lukov saß, über den Betrunkenen hinweggezogen hatte, die Straße entlang, wurde aber von Hausknechten zum Stehen gebracht. Kuldarov, der zunächst bewusstlos war, wurde in das Polizeirevier geschafft und von einem Arzt untersucht. Der Schlag, den er auf den Hinterkopf erhalten hatte ...«

»Das war von der Deichsel, Papa. Weiter! Lesen Sie weiter!«

»... den er auf den Hinterkopf erhalten hatte, erwies sich als leicht. Über das Vorgefallene wurde ein Protokoll aufgenommen. Dem Verletzten wurde medizinische Hilfe zuteil ...«

»Man hat mir befohlen, den Hinterkopf mit kaltem Wasser anzufeuchten. Habt ihr es jetzt gelesen? Nun? Das ist doch was! Jetzt geht es durch ganz Russland! Geben Sie her!«

Mitja nahm die Zeitung, legte sie zusammen und steckte sie in die Tasche.

»Ich werde zu den Makarov laufen und es ihnen zeigen ... Dann muss ich es noch den Ivanickij zeigen, dann

Natalja Ivanovna und Anisim Wasiljitsch … Ich laufe! Lebt wohl!«

Mitja setzte die Mütze mit der Kokarde auf und lief triumphierend und freudestrahlend auf die Straße hinaus.

KRISTINA SCHILKE

Das Genesungsgeschenk

Der Arzt hatte es verordnet, und so wurde es gemacht. Jeden Morgen zum Frühstück goss sich Frau Rührlich eine halbe Piccoloflasche Rotkäppchen-Sekt – trocken selbstverständlich – in ihr blaues Spiegelauer Kristallglas und trank es mit den kleinen nachdenklichen Schlucken einer fast Hundertjährigen.

Der Arzt hatte keine Angaben bezüglich der Menge gemacht, er hatte nur gesagt: »etwas Sekt«. Das war vor fast fünf Jahren gewesen, er hatte die Praxis erst eröffnet und mittlerweile standen die Leute Schlange wie vor einer beliebten Bäckerei. Er war – er ist – ein fescher Mann mit vollem Haar. Durch seine Brille mit dem feinen Metallrand sah er Frau Rührlich an, hielt seine Hände ineinandergefaltet, als würde er gleich mit dem Beten beginnen, und hörte zu. Frau Rührlich war nach ihrem Kreislaufkollaps zu ihm gekommen. Von dem Tag in der Notaufnahme des Kreiskrankenhauses hatte sie sich eine Woche lang erholen müssen. Inmitten von Gute-Besserung-Karten und Kuchen bringenden Nachbarn und ihrer Tochter, auch schon über siebzig, die um sie herumgeschwirrt war mit einer lebenslang verbliebenen Grundnervosität. Der neu zugezogene Arzt war der Einzige, der Frau Rührlichs Frage ernst genommen hatte: Was konnte sie tun, damit das nicht noch einmal passierte?

Alle anderen hatten auf ihr Alter verwiesen. Dreiundneunzig, damals, vor fünf Jahren. Irgendwann hatte sich dieses Alter verselbstständigt, es hatte kaum noch etwas mit ihr zu tun, schien aber für ihre Umgebung das Entscheidende an ihr zu sein. Wenn Frau Rührlich im einzigen Buchladen der Stadt wieder mal ein Buch in Großschrift kaufen wollte, sah sie manchmal die Karten durch. Auf den Beileidskarten war entweder ein Kreuz gezeichnet oder ein dürrer Winterbaum. Bei den vielen Hochzeitskarten lagen neuerdings eine mit zwei Männern in Smokings vor pastellblauem Hintergrund und eine mit zwei Mädels in weißen Kleidern vor rosa Hintergrund. Bei den Geburtstagskarten gab es die größte Auswahl, aber jenseits der siebzig nahm sie ab. Für die neunzig lag nur noch eine einzige Karte da, eine blumig goldene Monstrosität. Danach war Schluss. Frau Rührlichs Alter war bei dieser Auswahl nicht vorgesehen, und sie fühlte sich gar nicht mal so schlecht dabei.

Der neue Arzt hatte ihr gegenübergesessen und sich alles angehört, nachdem er die Papiere aus der Notaufnahme entgegengenommen, überflogen und auf seinem Tisch abgelegt hatte. Nur einmal während ihres Monologs, der ihr selbst im Nachhinein zu lang vorkam, schnellte sein rechter Zeigefinger unerwartet flink hervor und korrigierte den Sitz seiner Brille. Dann war es wieder still geworden um die Gestalt im weißen Kittel. Am Schluss hatte er das mit dem Sekt gesagt.

»Natürlich geht auch Prosecco oder Crémant. Oder Champagner, um Gottes willen«, hatte er gesagt und dabei aufgelacht.

Frau Rührlich hatte auch gelacht, aus Höflichkeit, und sich dann mehrfach bedankt. Er war ein guter Zuhörer mit handfesten Ratschlägen. Sie wollte eine umgängliche Patientin sein. So war es, das Leben, man achtete auf Kleinigkeiten, bis man verstand, dass sie das große Ganze ausmachten und dass dieses große Ganze früher oder später vorbei sein würde, zum Beispiel nach einem Kreislaufkollaps im neunten Lebensjahrzehnt. In wenigen Tagen würden sich dieser Kollaps und der Aufenthalt in der Notaufnahme zum fünften Mal jähren. In Frau Rührlichs Kalender mit saisonal abgestimmten Fotos der »schönsten Landschaften Deutschlands« war dieses Datum jedes Jahr mit einem unscheinbaren Kringel markiert.

Nach den ersten Schlückchen hob Frau Rührlich das Glas in die Höhe. Es war die erste Hälfte der Piccoloflasche, die darin perlte, das hieß, dass es morgen etwas lauer zugehen würde, übermorgen wieder spritzig und so weiter. Frau Rührlich konnte trotz der tiefblauen Farbe und der Verzierungen des Kristallglases sehen, wie die Bläschen nach oben eilten. Wie geschäftige Leutchen, die sich verspäteten. Sie trank einen weiteren Schluck und stellte das Glas neben ihrem Frühstücksteller ab. Darauf lag eine Schwarzbrotscheibe, dünn mit Butter bestrichen, als müsste man noch immer mit ihr sparen. Daneben stand ein Eierbecher. Frau Rührlich hatte nie die Art von Menschen verstanden, die ihr Frühstücksei oben vorsichtig schälten, sie köpfte es. Darauf lief der dickflüssige Dotter in einer einzelnen Spur zur Seite aus. Frau Rührlich schob ihn mit dem Löffel wieder zurück. Sie mochte Drei-Minuten-Eier. Sie mochte nicht nur die Beschaffenheit, darüber hinaus waren sie auch ein Zeichen der Freiheit, denn viele ihrer Freunde und Bekannten, alle jünger als sie selbst, mussten sich im Altersheim mit »Knalleiern« – wie Frau Rührlich sie despektierlich nannte – begnügen, da die Leitungen dort höllische Angst vor Salmonellen hatten.

Frau Rührlich senkte, nachdem sie ein Stück Brot fertig gekaut hatte, ihren Löffel in das Ei. Da klingelte das Telefon. Es klingelte unglaublich lange. Als Frau Rührlich den Hörer in der Hand hielt, schrie und schluchzte jemand am anderen Ende der Leitung.

In diesem Haus musste man sich die Schuhe nicht ausziehen. Es war sogar besser sie anzulassen. Frau Rührlich in Korksandalen und Karla Weißhaupt in Römersandalen standen in einem großen Wohnzimmer mit niedrigen Decken, in dem es überraschenderweise nicht stank, und bewegten sich nicht von der Stelle. Frau Rührlich stützte sich auf Karlas Arm ab. Sie waren umgeben von Hunden. Welpen. Länglichen, herumkullernden Kurzhaardackelwelpen.

»Das sind die, die schon bereit sind. Die anderen Wuzerl sind noch zu klein«, sagte die Züchterin und zeigte in eine Ecke des Zimmers, die mit einem blauen Zaun für Kinder abgetrennt war. Dahinter regte sich auf dem mit Decken weich ausgelegten Boden etwas sehr Kleines, sehr Langsames.

Ein Welpe flitzte an Frau Rührlichs Beinen, die in grauen Leinenhosen steckten, vorbei. Erschrocken drückte sie Karlas Hand.

»Tja, Frau Rührlich«, sagte Karla. »Die Qual der Wahl.«

Frau Rührlich nickte. Sie war nicht oft überfordert. Aber in diesem Raum voller Hundewelpen, an diesem Spätsommertag, der mit der zweiten faden Hälfte der Piccoloflasche begonnen hatte, war sie es.

»Vielleicht sollten wir mal nach Charakter gehen«, sagte die Züchterin, eine etwa fünfzigjährige Frau, deren schwarzes, kurzes Haar von grauen Strähnen durchzogen war und die andauernd lächelte. »Wie soll er denn sein, der Hund? Haben Sie schon eine Vorstellung?« In ihren Händen hielt sie einen weißen Frotteelappen mit ominösen braunen Flecken und wrang ihn wie einen Schwamm.

Frau Rührlich sah sich um. Ihr wurde etwas schwindelig von dem Gewusel.

»Das ist vielleicht wirklich eine gute Frage«, sagte Karla und klopfte Frau Rührlich auf die Hand. »Wie soll denn der Kleine sein? Eher ein Netter oder eher ein Frecher?«

Frau Rührlich straffte sich, obwohl sie ohnehin immer gerade stand wie eine Figurine auf der obersten Etage einer Hochzeitstorte, ließ Karla los und sagte: »Er soll viel Arbeit machen, aber nicht unverbesserlich sein.«

Frau Rührlich stellte das Porzellangeschirr von »Essen auf Rädern«, für das sie einen Aufpreis bezahlte, um nicht wie auf einem schäbigen Flug aus Plastiknäpfen essen zu müssen, neben das Spülbecken und ging in ihr Schlafzimmer. Sie öffnete die Türen des Kleiderschranks und nahm von einem der Bügel, auf denen die Hosen mit den Beinen zwischen zwei schmale Platten gepresst werden, ihre hellgraue Leinenhose herunter. Ihre Draußenhose.

Die erste Station war die Bank. Sie hob vierhundert

Euro ab. Die Summe kam ihr gigantisch vor. Viel zu viel. Andererseits wusste sie nicht, wie viel sie brauchen würde. Vierhundert war großzügig geschätzt. Fünfhundert wäre eine rundere Zahl, aber fünfhundert wäre nur dekadent gewesen.

Nach dem kurzen Aufenthalt in der klimatisierten Bank, in der es Frau Rührlich angenehm fröstelte, hielt sie ihre Tasche noch fester an den Körper gepresst und ging durch die Seitengasse am Rathaus vorbei Richtung Stadtkern.

Die Sonne stand senkrecht am Himmel und strahlte gnadenlos herab. Ein Auto nach dem anderen passierte die ovalförmige Hauptstraße um den Stadtkern. Frau Rührlich ging mit kleinen Schritten stur zum Stadtberg. Ihre Sandalen federten gut, trotzdem zog es an den Fersen, ein bekanntes Gefühl, das sich nach ein paar Minuten legen würde. Sie kam an der italienischen Eisdiele vorbei, aus der ein Kellner mit glänzender Stirn herauskam und einen bienenförmigen Teller zu einem der Tische trug. Beim Herrenfriseur ließ sich jemand die Nasenhaare kürzen. Frau Rührlich grüßte zwei Leute. Sie näherte sich dem Anstieg des Stadtbergs. Sie blickte sich noch einmal um nach dem Maibaum, die weiß-blauen Schleifen auf dem Kranz ganz oben wehten leicht im Wind, als neben ihr ein Auto abbremste. Es kam vor dem Zebrastreifen zum Stehen. Das Fenster wurde heruntergelassen und aus den schattigen Tiefen rief jemand: »Frau Rührlich!«

Frau Rührlich schirmte ihre Augen ab, ging auf das Fenster zu und beugte sich vor.

»Karla«, sagte sie.

Hinter ihnen hupte ein Auto.

»Frau Rührlich, kann ich Sie mitnehmen?«, sagte Karla Weißhaupt, mit einer Hand stützte sie sich auf dem Beifahrersitz ab.

»Gut, so machen wir das«, sagte Frau Rührlich und werkelte am Griff, bis Karla sich vorbeugte und die Tür von innen öffnete. »Nimm mich mit.« Frau Rührlich stieg ein, ohne sich auch nur ansatzweise vom Hupen hinter ihnen drängeln zu lassen. »Fahr mich zum Zoo Wolf«, sagte Frau Rührlich und legte die Handtasche auf ihren Schoß. Sie duzte Karla Weißhaupt nicht deshalb, weil sie ihr besonders vertraut war, sondern weil für sie jeder unter fünfzig ein Baby war, und da sie Karlas Familie ein wenig kannte und da Karlas Alter ihrer Zählung nach mit einer Vier begann, war sie erst recht ein Baby, ein Fötus praktisch. Die Vierziger. Diese Zeit hatte Frau Rührlich seit einem halben Jahrhundert hinter sich gelassen.

»Zum Zoo Wolf? Brauchen Sie einen neuen Schlüssel oder legen Sie sich ein Haustier zu?«

»Ich will einen Hund. Aber nicht für mich, sondern für meine Tochter.«

»Ich bin mir ziemlich sicher, Frau Rührlich, dass die da keine Hunde haben.«

»Na, schauen wir mal. Man kann immer erst mal schauen«, sagte Frau Rührlich und sah aus dem Fenster auf die sommerliche Straße hinaus. Leute gingen die Bürgersteige entlang, nicht wenige mit Waffeln in der Hand, in denen die Eiskugeln in der Sonne glitzerten. Viele Geschäfte standen leer, aber durch die ortstypische Ordentlichkeit machte das keinen verwahrlosten Eindruck, sondern wirkte wie eine kurzfristige Übergangslösung. Als ob nach der

Mittagspause jemand zurückkommt, anfängt durchzusaugen und die Regale einzuräumen.

An Karlas Rückspiegel war ein blauer Duftbaum aufgehängt, darauf stand »Sportfrische«. In den Lederfalten des Schaltknüppels sammelten sich Staub und Krümel. In allen Fächern lagen leere Verpackungen, vor allem von Süßigkeiten. Ein Saustall, dachte Frau Rührlich. Aber das machte nichts. Auch nette Leute lebten manchmal in Sauställen.

Dann hörte das gondelartige Berganfahren auf, und Karla Weißhaupt parkte ruckartig neben Zoo Wolf.

»Frau Rührlich?«, sagte sie.

Frau Rührlich blickte auf, sie war gerade dabei gewesen, sich vom Gurt zu befreien.

»Frau Rührlich, wir haben uns mal auf dem Friedhof gesehen und da haben Sie gesagt, dass es dauert, bis man den Grabstein aufstellen kann. Jedenfalls, ich war sehr kurz angebunden und das tut mir leid.«

»Was?«, fragte Frau Rührlich. Sie knetete das Leder ihrer Handtasche. In Augenblicken wie diesen kam es ihr vor, als wollte man sie prüfen, ob sie schon dement war oder noch nicht. »Ich kann mich nicht recht erinnern, Karla. War das heuer?«

»Nein, das war letztes Jahr«, sagte Karla.

»Letztes Jahr?«

»Genauer gesagt vor eineinhalb Jahren. Ungefähr.«

»Vor eineinhalb Jahren?«, sagte Frau Rührlich. Sie ließ ihre Handtasche los und suchte in Karlas Gesicht nach Zeichen von Geisteskrankheit. Eineinhalb Jahre?!

»Wie dem auch sei, es tut mir leid«, sagte Karla, stieg

schnell aus und lief auf Frau Rührlichs Seite, um ihr die Tür zu öffnen. Frau Rührlich stieg aus und spürte sofort die Hitze, die ihr nach dem liebkosenden Fahrtwind vorkam wie ein Glutnebel.

Sie blickten auf den Hintereingang von Zoo Wolf. Gleich neben der offenen Tür hieß es auf einem Schild: »Schlüssel nachmachen lassen in 15 Minuten« und direkt darunter »Alles für den Tierbedarf«.

Frau Rührlich und Karla standen vor einer dreistöckigen Käfigkonstruktion hinter Glas. Dahinter, auf Sägespänen oder Pellets, in Heutunneln und Näpfen schlief, fraß, kratzte sich etwas, etwas sehr Kleines.

»Keine Hunde«, sagte Frau Rührlich. Sie fuhr mit einer Hand zu ihren feinen, akkurat gelegten Haaren und überprüfte deren Sitz.

»Wo hätte man die hier auch unterbringen sollen?«, sagte Karla.

Neben bis zur Decke vollgestopften Regalen, die lediglich gefährlich schmale Gänge frei ließen, gab es eine weitere Glaswand, aber aus übereinandergebauten Aquarien. Hinter der Kasse stand der Tisch für die Metallarbeiten und an einer Tafel hing eine Auswahl von Schlüsseln mit verschiedenfarbigen Kappen, was an die Rezeption eines Hotels erinnerte. Frau Rührlich kam das Geschäft vor wie eine Abstellkammer, die von zwei sehr unterschiedlichen Menschen geteilt wurde.

Sie wandte sich wieder den Käfigen zu. Im zweiten Stock spazierte eine weiß-schwarz gefleckte Maus mit aufgeblähten Hoden über den Rand eines Napfes und legte sich dann in das Körnerfutter hinein, kratzte sich aber vorher ausgiebig an besagten Hoden. Im untersten Stock knabberte ein Meerschweinchen an einer Gurke. Das Fell sah aus, als hätte man das Tier mit dem dicklichen Wurstkörper unter Strom gesetzt. Im obersten Stock schlief in einer ausgehöhlten Kokosnuss am Eingang etwas, dessen Fell ein- und ausatmete.

»Ist das da oben auch Ungeziefer?«, fragte Frau Rührlich und zeigte auf dieses sich hebende und senkende Grau.

»Was für Ungeziefer?«

»Mäuse. Mäuse sind Ungeziefer. Schädlinge.«

Karla Weißhaupt beugte sich vor und las das von Hand beschriftete Schildchen. »Das ist ein Dsungarischer Zwerghamster.«

»So was«, sagte Frau Rührlich.

»Ja, so was«, sagte Karla. »Vielleicht weiß der Wolf selbst, wo wir in der Nähe einen Hund finden. Ich kann Sie auch fahren. Sind Sie sicher, dass Sie nicht lieber so eine kleine Fellkugel wollen?« Sie deutete auf den Dsungarischen Zwerghamster im Tiefschlaf, dessen Körper beim Einatmen aus dem Eingang seiner Kokosnusshöhle hervorquoll, sodass man am liebsten hingehen und ihn mit dem Finger zurückstupsen wollte.

»Ganz sicher«, sagte Frau Rührlich. »So ein kleines Viech, das mag man, aber man liebt es nicht. Das versteht dich ja überhaupt nicht. Und es macht zu wenig Arbeit. Die Arbeit, die du damit hast, lenkt dich nicht ab.«

»Hatten Sie selbst mal einen Hund?«

»Meine Mutter. Ein kleiner Mischling war das. Ging bis zu den Knien. Er sollte nur eins machen: Die Hühner beschützen. Einmal hat er aber eines gerissen. Er hatte nur den Hals durchgebissen und sonst nichts damit veranstaltet. Da steckte meine Mutter seine Schnauze in den stinkenden Kadaver und sagte: Noch einmal, dann bist du weg.«

»Und?«

»Er blieb ein Frecher, und laut war er, der Golo. Aber danach war er der beste Hühnerschutzhund, den man sich vorstellen kann. Weil er verstanden hat. Mit Hunden kannst du verhandeln.«

Karla nickte. Ihre stets leicht schattigen Augen blieben nur ganz kurz auf Frau Rührlich, dann wanderten sie zum obersten Käfig. Dort erwachte gerade der Bewohner der Kokosnuss.

Karla räusperte sich und ging zur Kasse. »Entschuldigen Sie …«

»Wie wollen Sie ihn nennen?«, hatte Karla bei der Züchterin gefragt.

»Wilhelm.«

»Guter Name. Dackel haben immer so etwas Kaiserliches an sich.«

Jetzt stand der kleine Kaiser in Frau Rührlichs Küche und wedelte mit dem Schwanz. Sie sah zu ihm hinunter, und er sah zu ihr hoch. Wilhelm war zehn Wochen alt, klein und schmal, sein Rücken war eine gerade Linie mit adlig schwarz glänzendem Fell. Die Haut seiner hängenden Ohren war dünn, und sie schlenkerten bei jeder seiner aufgeregten Bewegungen hin und her. Sein Bauch hatte die Farbe eines hellen Fuchsschwanzes. Das erinnerte Frau Rührlich an die Fuchsstola, die ihre Schwiegermutter besessen und nicht ihr, sondern der Frau ihres anderen Sohnes vererbt hatte. Die Schwiegermutter war hager und ausgetrocknet gewesen, wie ein schon längst heruntergefallenes Ahornblatt, das man kurz vor Wintereinbruch noch immer nicht vom Gehsteig gefegt hatte. Doch die Fuchsstola um den Hals hatte ihrer Erscheinung das bitter benötigte Volumen zurückgegeben.

Wilhelm sprang hoch und tapste von rechts nach links und von links nach rechts und wedelte derart mit dem Schwanz, dass man Angst bekam, der könnte gleich abfallen. Und er sah Frau Rührlich an wie einen ihm wohlgesinnten Gott, der alles Gute ermöglichen konnte, unter anderem das Futter, dessen Geruch ihm in die kleine Nase stieg. Frau Rührlich hatte eine Dose cremigen Welpenfutters geöffnet und leerte den Inhalt in einen Teller von »Essen auf Rädern«. Sollten die das mit ihren Hochleistungsmaschinen wieder sauber kriegen, es kam nicht infrage, dass Frau Rührlich einen von ihren eigenen Tellern verwendete. Sie sah sich zufrieden den Hügel aus Fleischbrei an und die leere Dose, in der nur noch Glibber aus gelbem Fett hing. Auch diesen kratzte sie für Wilhelm heraus. Fett war gut. Für alles, das wuchs, zumindest. Frau Rührlich stellte den Teller mit dem Futter vor ihn hin und Wilhelm begann zu fressen. Fleischbrei spritzte auf das alte, wellig gewordene Linoleum in der Küche. Der Teller wurde auf dem Boden hin und her geschoben. Frau Rührlich beugte sich runter und strich über Wilhelms Kopf, der genau in ihre Handfläche passte.

»Heute Nachmittag kommt dein Frauchen«, sagte sie. »Dann holt sie dich ab. Dann wirst du bei ihr wohnen und jeden Tag werdet ihr spazieren gehen. Ihr werdet dann spazieren gehen müssen. Da wird dein Frauchen nicht drum herumkommen.«

Wilhelm fraß gierig weiter und wedelte mit dem Schwanz. Seine Vertrauensseligkeit war entwaffnend.

Der Sekt im blauen Kristallglas wurde warm und schal, während Frau Rührlich den Telefonhörer immer wieder von ihrem Ohr weghalten musste, so erbarmungswürdig wurde am anderen Ende der Leitung geschluchzt und geschrien.

»Annette«, sagte Frau Rührlich, dann etwas lauter: »Annette!«

»Die Kiste! Die Kiste!« Das waren die ersten verständlichen Worte seit Beginn des Telefonats.

»Welche Kiste, Annette?«

»Theo! Die Sachen von …«, sagte Annette mit großer Mühe, bevor sie wieder schluchzend abbrach. Sie, die mittlerweile über siebzigjährige Frau, schluchzte so rückhaltlos wie damals als Siebenjährige, als ein Nachbarmädchen sie auf offener Straße ins Gesicht geschlagen hatte wie ein Preisboxer. Und wie damals stieg von Elsas Herz beim Hören dieses Schluchzens eine Übelkeit ihren Hals hoch, bloß, dass sich dieser Schmerz nun dumpfer anfühlte.

»Und dein Kommunionskreuz!«, schrie Annette jetzt.

»Bitte, Annette. Mein Arzt hat mir Atemübungen beigebracht. Atme vier Mal ein und acht Mal aus. O nein, ich glaube, es war anders, du musst einatmen und bis vier zählen. Oder war es doch bis acht? Aber Annette, bitte atme!«

Am anderen Ende wurde abrupt der Hörer aufgelegt.

Frau Rührlich hatte sich wieder an ihren Tisch gesetzt. Sie hielt den Telefonhörer noch immer in der Hand. Nach zwei oder drei Minuten klingelte es erneut, und sie drückte augenblicklich auf den Knopf. Als sie sich den Hörer an das Ohr hielt, hatte sie die ersten paar Wörter verpasst.

»… nur für eine Nacht weg, die Karolin besuchen. Sie haben das ganze Haus ausgeraubt. In jedem Stockwerk, in jedem Zimmer ist Chaos. Sie haben die Kiste mit Theos Erinnerungsstücken mitgenommen. Aber sie haben ja nicht die Kiste selbst mitgenommen, sondern alles, was drin war, bis auf die Frontbriefe an dich. Niemand will mehr Frontbriefe lesen. Sie haben alles von Theo genommen, einfach alles. Den Ehering. Und sie haben auch dein Kommunionskreuz genommen. Das war auch in der Kiste. Dein Kommunionskreuz! Ich kann hier nicht mehr bleiben. Ich kann hier nicht mehr schlafen. Ich weiß nicht, was ich machen soll. Ich weiß nicht, wie ich über die Tage kommen soll. Ich werde nie wieder Schmuck tragen.«

Annette holte tief Luft und fing an zu wimmern.

Und so unspektakulär endete das Telefonat. Oder franste eher aus. Annette würde übermorgen kommen. Sie würde sich in ihrer Lieblingsferienwohnung einquartieren. Dort würde sie sich erholen und vor allem versuchen zu schlafen. Denn das Haus »macht Geräusche«, wie Annette sagte. Es hatte schon immer Geräusche gemacht. Es war alt, Theo war darin geboren worden, und übergebührlich groß war es mit seinen vierhundert Quadratmetern. Aber nachdem die Polizisten gegangen waren und die »zwei Damen von der Spurensicherung«, war es »so laut wie nie zuvor«.

Frau Rührlich saß da, erschlagen von dem Telefonat.

Selbst die dünn gebutterte Brotscheibe auf ihrem Teller wirkte nun grimmig, wie sie angebissen dalag. Auf dem Dotter des geköpften Eis hatte sich ein netzfeiner Film gebildet. Der Kaffee war kalt und der Sekt warm.

Etwas Tröstendes hatte Frau Rührlich zu ihrer Tochter sagen wollen. Aber sie hatte nicht die Gelegenheit dazu gehabt, und ihr war auch nichts eingefallen. Sie kam sich vor wie ein altertümlicher Arzt, der gegen Lungenentzündung Aderlass verordnet. Frau Rührlich hatte es lediglich zustande gebracht zu sagen, dass ihr das Kommunionskreuz kaum noch etwas bedeutete – eine Lüge. Sie hatte gesagt, dass die Polizei Theos Ehering sicherlich finden würde – das glaubte sie selbst nicht. Und zu guter Letzt hatte sie gesagt, dass es hätte schlimmer kommen können – das war nie ein Argument. Alles Gesagte war falsch gewesen und fahl.

Aufgebracht blickte sich Frau Rührlich in ihrer Küche um. All die Dinge darin erforderten ständige Beachtung, all diese dämlichen Kleinigkeiten des Lebens. Dass das Kristallglas nicht matt verkalkte. Bei den Witzen des Arztes höflich mitlachen. Sich beim Eierkaufen auf dem Wochenmarkt anhören, welche Probleme die Hühnerfrau wieder mit der Sprinkleranlage hatte. Den Himmel bemerken. Vor allem die Wolkenformationen. Für all das hatte Elsa Rührlich seit fünf Jahren eine neue Aufmerksamkeit. Ein unscheinbarer Kringel in ihrem Kalender zeugte davon.

Als die Leute gefragt hatten, wie es gewesen sei in der Notaufnahme, ob man sie gut behandelt hätte und Ähnliches, hatte Frau Rührlich ihre Antworten mit der Zeit zunehmend angepasst und gekürzt.

Zunächst hatte sie gesagt, dass man ihr einfach hätte Riechsalz geben sollen, da im Buchladen am Stadtplatz. Riechsalz weckt noch die totesten Toten. Doch niemand habe mehr Riechsalz parat. Stattdessen hatten sie die Sanitäter gerufen, diese »netten Buben« – drei Männer, von denen der jüngste in seinen späten Zwanzigern war. An den Kollaps selbst konnte sie sich nicht erinnern, als wäre ein Stückchen aus ihrem Leben herausgeschnitten worden.

Wenn die Leute daraufhin Frau Rührlichs »Unverwüstlichkeit« lobten oder besorgt den Kopf schüttelten oder gar herzlich lachten, als würden sie einem Kind zuhören, das von einer albernen Kränkung im Kindergarten berichtete, wusste sie, dass die Leute sie nicht verstanden und auch nicht verstehen würden.

Danach erzählte Frau Rührlich lieber von den körperlichen Dingen. Das beruhigte die Leute, sie stellten dann auch aushaltbare Fragen. Frau Rührlich sprach dann von dem Tropf, an den man sie gehängt hatte und der nach einigen Stunden durch einen neuen ersetzt worden war. Adern waren etwas, das man eigentlich nicht spürte, aber in der Notaufnahme hatte sie die Ader in ihrem linken Arm gefühlt. Ein Schmerz, als hätte man ihr eine Häkelnadel hineingeschoben.

Aber darum ging es nicht. Es ging auch nicht um die Lautstärke in der Notaufnahme, die sich zusammensetzte aus endlos piepsenden Geräten, den Gesprächen der Pfleger und Ärzte, dem allgemeinen Rauschen. Es ging auch nicht um die anderen Patienten. Etwa um die erst einundfünfzigjährige Frau im Nachbarbett, bei der Frau Rührlich durch die Stoffparavents mit angehört hatte, wie sie von einem »wandernden blinden Fleck« in ihrem Sichtfeld erzählt hatte. Sie wurde am schnellsten von allen behandelt. Es ging auch nicht um den jungen Drogensüchtigen, der dabei war, an einer Sepsis zu sterben. Oder um den älteren Mann, der laut verkündete, dass er Blut pinkle.

Das, worum es ging, weshalb Frau Rührlich zu dem zugezogenen Arzt gegangen war und mit einem neuen Gesundheitsregime begonnen hatte, das war nicht wiederzugeben. Es ging um ein Gespräch zwischen drei Pflegern.

Seit ein paar Stunden hatte Frau Rührlich mittlerweile dagelegen, frierend im Hochsommer, mit einem schmerzenden Venenzugang. Sie hatte nach oben geblickt, der Beutel mit der klaren Flüssigkeit war schon recht eingedellt gewesen. All diese Mühen schienen ihr fehl am Platz. Eine Verschwendung. Sie war entnervt gewesen.

Die Pfleger kamen und gingen, aber gerade schien etwas Ruhe einzukehren. Eine sehr junge, sehr zierliche Pflegerin mit langem blondem Zopf trank gierig aus einer Wasserflasche, die bei jedem Schluck knackte. Als zwei ihrer Kollegen dazukamen, setzte sie die Flasche ab, wischte sich ein paar Tropfen von der Oberlippe und richtete den Gummi, der ihren Zopf zusammenhielt. Der eine Pfleger war gedrungen und hatte militärisch kurzes Haar. Der andere war hochgewachsen, schlank und hatte einen dunkelblonden Pferdeschwanz tief im Nacken sitzen. Frau Rührlich war er bereits aufgefallen, weil er so groß war und immerzu lächelte. Ob beim Heraustragen einer Schale mit Erbrochenem, beim Legen eines Venenzugangs, beim Austausch mit dem diensthabenden Arzt. Immer zeigte er sein weißes regelmäßiges Gebiss.

»Wie geht's mit dem Senf?«, fragte der Hochgewachsene.

»Ess ich jetzt weniger«, sagte die Pflegerin. »Nicht mehr ein Glas jeden Feierabend. Wegen der Fettleber, gell?«

»Genau. Da ist Branntweinessig drin«, sagte er und lächelte.

»Sonst bekomm ich nach ein paar Jahrzehnten eine Fettleber, gell?«

»Genau. Und das wollen wir doch nicht.«

»Es ist eigentlich ganz logisch, wirklich. Du hast es auch so gut erklärt.«

Nun schaltete sich der andere Pfleger ein, der Gedrungene. »Als ich es dir erklärt hab, hast du nur gesagt, das wär Blödsinn.«

Frau Rührlich hatte das gesehen und mit angehört. Ihr Arm schmerzte sehr, ihr Kopf schien nur wackelig auf dem Hals angebracht und fühlte sich auf eine ungute Art leicht an. Und trotz all dem hatte Elsa Rührlich lächeln müssen. Denn genau das, dieser schäkernde Blödsinn, war ein Grund weiterzuleben. Wenigstens noch ein bisschen. Es hörte nämlich niemals auf. Das Kleinliche, Leichtsinnige, Gemeine, Verliebte, Drängende, Eitle an den Menschen. Und das war gar nicht so schlecht. Es lohnte sich, noch eine Weile dabeizubleiben und mitzumachen.

Wie hätte Frau Rührlich das jemandem erklären können? Dass dieses Dreiergespräch ihr Genesungsgeschenk war? Die Leute hätten nur herzhaft, oder schlimmer noch schalkhaft, gelacht.

Frau Rührlich stand auf und legte den Telefonhörer auf die Station zurück. Es war genau das, was Annette jetzt brauchte, etwas, das sie wieder zurückholte. Etwas, um das man sich kümmern musste, das einem Ärger bereitete und alles durcheinanderbrachte, das man lieb gewann, das einen enttäuschte. Da gab es eigentlich nur eine Möglichkeit.

Nach dem Fressen wollte Wilhelm nach draußen. Frau Rührlich stieg mit ihm die ganzen Treppen aus dem dritten Stock hinab. Im Sonnenschein ging sie mit ihm eine halbe Stunde spazieren, an der kleinen evangelischen Kirche und am Haus des Stadturologen vorbei, am Friedhof entlang. Wilhelms Körper war wie ein gespannter Pfeil nach vorne gerichtet. Außer in den wenigen Augenblicken, in denen er pinkelte, war die Leine gestrafft. Schließlich gingen sie die vielen Stufen wieder hoch, und kaum waren sie oben, pinkelte Wilhelm auf den Wohnzimmerteppich. »Alles an ihm ist noch klein, auch seine Blase«, hatte die Züchterin gesagt. »Sie müssen oft mit ihm rausgehen.«

Das Fassungsvermögen von Wilhelms Blase war tatsächlich sehr gering, denn kurze Zeit später, als Annette ahnungslos und verweint in der Wohnung auftauchte und Frau Rührlich ihr »das Geschenk« vorstellte, bepinkelte Wilhelm sich schon wieder. Dieses Mal allerdings vor Freude. Er war noch so jung und so dumm. Er wusste gar nichts. Und trotzdem, dachte Frau Rührlich, während sie auf dem Sofarand saß und beobachtete, wie Annette unter Tränen ihr Geschenk liebkoste, und trotzdem schien er zu verstehen, dass diese Frau, diese ältere, aber immer noch jüngere Frau als Frau Rührlich, sein neuer Fixpunkt war. Und er schien zu wissen, wie und was er von nun an sein würde. Er war nämlich plötzlich ein Grund, aufzustehen und sich die Haare zu kämmen, weil man nach draußen in die Welt gehen musste. Wilhelm würde viel Arbeit machen, genauso aber dazulernen. Auch wenn Annette aus irgendeinem Grund sofort damit begonnen hatte, ihn Willie zu nennen. Dann eben Willie. Wie dem auch sei. Annette hielt ihn auf dem Arm, und er leckte ungelenk ihr Gesicht ab. Frau Rührlich saß auf dem Sofa und lächelte. Mit Hunden konnte man eben verhandeln.

ANDRÉ COMTE-SPONVILLE
»Lieben heißt sich freuen«

Was heißt lieben *(philein)*? Was ist das für eine Liebe *(philia)*, der wir beispielsweise in der Freundschaft, in der Familie oder im Paarleben begegnen? Aristoteles, der geniale und abtrünnige Schüler Platons, sagt in der *Nikomachischen Ethik* (die Kapitel VIII und IX gehören vielleicht zum Schönsten, was je über die Freundschaft geschrieben wurde) und in der *Eudemischen Ethik* Entscheidendes zu dem Thema. Das kulminiert in einem Satz, der so rein ist wie die Morgenröte: »Daher bedeutet das Lieben [Freude].«* Hier kehrt sich alles um. Solange Sie bei Platon bleiben und nur lieben können, was Ihnen fehlt, geben Sie zwangsläufig auch Louis Aragon recht: Dann »gibt es keine glückliche Liebe«. Wenn Sie dagegen in Ihrem Gefühlsleben Aristoteles recht geben, wenn Lieben für Sie Freude bedeutet, dann hat Aragon natürlich unrecht, im Gegenteil: Dann gibt es keine unglückliche Liebe.

Abgesehen von der Trauer natürlich. Weil die Trauer – in der konkreten Bedeutung (der andere ist tot) oder in der übertragenen Bedeutung (der andere liebt Sie nicht mehr oder hat Sie verlassen) – Sie brutal und schmerzlich auf Pla-

* *Eudemische Ethik*, VII, 2, 1237 a, Darmstadt, Wissenschaftliche Buchgesellschaft, 1984, S. 70.

ton zurückwirft. Daher ist es nicht selten, dass man sich fast augenblicklich wieder in die Person verliebt, die uns ankündigt, dass sie uns verlassen wird, oder die gerade gestorben ist. Denken Sie an Proust: »Mademoiselle Albertine ist fort!« Und weiter: »Damit wir nämlich entdecken, dass wir verliebt sind, vielleicht sogar, damit wir es überhaupt werden, muss oft genug erst der Tag der Trennung kommen.«* Ich habe in meiner Umgebung einige spektakuläre Fälle erlebt. Der Alltag hatte die Leidenschaft abgenutzt. Das Drama ließ sie wiederaufleben, zumindest eine Zeit lang. Mangel, Leiden, Unglück waren wieder da. Doch das ist das Scheitern der Liebe, nicht ihr Wesen; ihre Enttäuschung, ihre Frustration, ihr Entzug, nicht ihre Erfüllung. Traurige Liebe, die nur in der Trauer über- oder wieder auflebt!

In den anderen Fällen, wenn der andere weder tot noch gleichgültig ist, wenn lieben wirklich sich freuen heißt, gibt es keine unglückliche Liebe, sondern nur »Freude am Freunde«.**

Das sagt auch Spinoza in einem anderen Zusammenhang, und der verdient, dass wir etwas länger darauf eingehen.

* *Auf der Suche nach der verlorenen Zeit,* Bd. 9, *Die Flüchtige,* Marcel Proust, *Auf der Suche nach der verlorenen Zeit,* aus dem Französischen von Eva Rechel-Mertens, revidiert von Luzius Keller, ebook Suhrkamp Verlag, Berlin, 2010.
** *Eudemische Ethik,* VII, 2, 1237 b, a. a. O., S. 70.

Spinoza würde Platon darin zustimmen, dass die Liebe Begierde sei, aber gewiss nicht darin, dass Begierde Mangel sei. »Begierde ist des Menschen Essenz selbst«,* sagt Spinoza: Sie ist die Kraft in uns, die uns bewegt und erschüttert, und diese Kraft sind wir, insofern wir bestrebt sind, in unserem Sein zu beharren, insofern wir uns bemühen, so lange und so gut wie möglich zu existieren. Die Freude bezeichnet die Zunahme oder den Erfolg dieser Kraft (das Empfinden, mehr und besser zu existieren); Trauer ist ihr Scheitern und ihre Verminderung.** Das heißt, die Begierde ist kein Mangel (»denn ein Mangel ist nichts«***), sondern Macht: »Die Macht des Menschen, kraft deren er existiert und etwas bewirkt«, wie Spinoza sagt, auch die Macht, zu genießen und sich zu freuen.**** Obacht, hier ist nicht die Rede von »Macht« in der politischen oder organisatorischen Bedeutung des Wortes, sondern von »Macht« im Sinne von »Vermögen«: von der möglichen Freude oder der wirklichen Freude. Macht also im Sinne von Potenzial oder Potenz – so wie wir von der sexuellen Potenz sprechen. Dieser

* *Werke in drei Bänden,* Bd. I, *Ethik,* III, Definition I, Hamburg, Meiner, 2006, S. 171.

** a. a. O., Definitionen 2 und 3 der Affekte und ihre Erläuterung, S. 171.

*** a. a. O., Erläuterung zur Definition 3 der Affekte, S. 172.

**** Vgl. *Ethik,* III, Lehrsätze 6 bis 12 (mit den Beweisen, Folgesätzen und Anmerkungen). Zur »Macht des Menschen, kraft deren er existiert und etwas bewirkt« vgl. auch a. a. O. *agendi potentia sive existendi vis* [»seine Wirkungsmacht, anders formuliert, seine Kraft zu existieren« *Ethik,* III, a. a. O., Allgemeine Definition der Affekte, Erklärung, S. 188]).

Ausdruck ist meist auf Männer gemünzt, wir können ihn aber auch im gleichen Sinne für Frauen verwenden. Was ist die sexuelle Potenz? Die Macht, Lust zu empfinden. Dazu ist kein Mangel welcher Art auch immer erforderlich, und das ist beglückend! Denn wenn Platon immer recht hätte, wenn wir nur begehren könnten, was uns fehlt, wäre unser Sexualleben, wie wir einräumen müssen, noch schwieriger und komplizierter, als es ohnehin ist. Besonders das unsere, meine Herren: Denn in bestimmten Momenten ist es unbedingt erforderlich, dass wir in der Lage sind, die Frau zu begehren, die uns nicht fehlt – weil sie da ist, weil sie sich hingibt, weil sie sich preisgibt.

Manche Männer sind echte Platoniker oder vielmehr Gefangene Platons – Gefangene des Mangels. Das sind jene Männer, die es nur nach Sex gelüstet, wenn sie allein sind. In diesem Fall gibt es kein Problem: Sie sind absolut fähig zu Begierden, Fantasien, Erektionen. Aber sobald eine Frau anwesend ist, die sich hingibt, »regt sich nichts mehr«, wie man sagt. Dann spricht man von Impotenz. Das sagt durch den Gegensatz genügend über das sexuelle Begehren aus: Es ist nicht Mangel, wie Platon meint, sondern Macht, wie Spinoza lehrt: die Macht, Lust zu empfinden.

Zwei Menschen beim Liebesakt, die einander dabei genießen: Was könnte ihnen fehlen? Der Orgasmus? Willkommen im Reich der Erotik … Wenn es nur darum ginge, auf dem kürzesten Weg zum Orgasmus zu gelangen, dann wäre die Masturbation rascher, einfacher und sicherer. Eine befreundete Psychiaterin sagte mir vor etwa dreißig Jahren: »Wem es beim Liebesakt nur um den Orgasmus geht, praktiziert masturbatorische Sexualität.« Ich war sehr jung und antwortete ihr: »Bist du sicher, dass das nicht einfach die männliche Sexualität ist?« Gewiss nicht: Heute weiß ich, dass zwar ein Teil der – männlichen oder weiblichen – Sexualität tatsächlich im Begehren des Orgasmus besteht (was Platon recht gibt), aber dass auch eine andere sexuelle Erfahrung möglich ist, schöner, sinnlicher, die nicht Begehren des Orgasmus ist, sondern Verlangen nach dem anderen, nach der Liebe, ja nach dem Liebesakt ist. Mit einem Wort, dreißig Jahre später habe ich doch immerhin begriffen, dass der Orgasmus nicht entscheidend ist, oder nicht immer, und dass er auf keinen Fall – von der »masturbatorischen Sexualität« abgesehen – das Einzige ist, was zählt. Die Liebenden wissen das sehr gut. Selten ist das, was sie am heftigsten, am freudigsten begehren, der Orgasmus. Sie begehren den anderen, das Begehren des anderen und das Lustgefühl des anderen; sie begehren beide den Liebesakt mit dem anderen; der aber ist genau das, was sie tun, hier und jetzt, er fehlt ihnen nicht, da sie ihn vollziehen, vielmehr sorgt er dafür, dass sie intensiver und besser existieren, da er ihnen lange vor dem Orgasmus Lustgefühle verschafft und Freude bereitet. Lust der Zärtlichkeit, Lust des Begehrens, Lust der möglichen und wirklichen Liebe … Der Orgasmus? Er lässt niemanden gleichgültig, doch je später er kommt, desto besser: Denn das, wonach es die Liebenden verlangt, ist der Liebesakt selbst und dass er ewig dauert …

Der Mangel, die Macht: zwei verschiedene Formen des Begehrens, wobei Platon, da er auf der ersten insistiert, die zweite vergisst oder unterschätzt. Dass wir manchmal auch in unserem Sexualleben unter Mangelerscheinungen oder, wie man von Drogenabhängigen sagt, »Entzugserscheinungen« leiden, weiß jeder. Das ist die Frustration, die Platon recht gibt und die wir alle irgendwann in unserem Leben schon mal erfahren haben. Aber gerade weil wir genügend sexuelle *Frustration* erlebt haben, würden wir sie nie mit der sexuellen *Macht* (im Sinne von Vermögen) verwechseln! Es ist nicht dasselbe (selbst wenn die beiden Hand in Hand gehen können), auf Entzug zu sein und Freude am Liebesakt zu haben. Im Übrigen wissen wir alle, vor allem die Frauen, dass frustrierte Männer selten gute Liebhaber sind …

Es gibt nicht nur Sex im Leben. Platons Irrtum lag in der Verwechslung von *Hunger,* dem Mangel an Nahrung, mit *Appetit,* der das Vermögen ist, Nahrung zu genießen, an der kein Mangel herrscht. *Appetitus:* Das lateinische Wort ist ein wichtiger spinozistischer Begriff.* Aber man kann es in seiner ganz normalen Bedeutung verwenden. Haben Sie Freunde zum Essen eingeladen, sagen Sie nicht, wenn Sie sich zu Tisch setzen: »Ich wünsche euch einen guten

* Für den Begriff *conatus* (das Streben jedes Dings, in seinem Sein zu verharren) eines Lebewesens und besonders eines Menschen, insoweit sich das Streben »auf den Geist und zugleich auf den Körper« bezieht (Spinoza behält den Ausdruck »Wille« dem Streben vor, das sich durch Abstraktion »allein auf den Geist« bezieht), egal, ob bewusst oder unbewusst (das Wort »Begierde«, *cupiditas,* verwendet Spinoza, »wenn Menschen sich ihres Triebes bewußt sind«: vgl. im dritten Buch der *Ethik* die wichtige Anmerkung zum Lehrsatz 9). »Das Streben, mit dem jedes Ding in seinem Sein zu verharren strebt, ist nichts anderes als die wirkliche Essenz eben dieses Dinges« (a. a. O., Lehrsatz 7, S. 122). Daraus folgt: »der Trieb ist somit nichts anderes als genau die Essenz des Menschen« (a. a. O., Anmerkung zu Lehrsatz 9, S. 124). Folglich ist es unsere Essenz, bewusst oder unbewusst zu begehren (a. a. O., Definition 1 der Affekte und Erläuterung, S. 171) und also zu lieben (a. a. O., Lehrsatz 13, Beweis und Anmerkung, S. 127).

Hunger, ich wünsche euch, dass es euch ordentlich an Essen fehlt! Ihr werdet nicht enttäuscht sein: Es gibt nichts zu essen!« Nein. Was Sie, von Ausnahmen abgesehen, Ihren Freunden sagen, ist genau das Gegenteil: »Keine Angst! Ich habe reichlich vorgesorgt; es ist von allem genug da. Ich wünsche euch das Vermögen, die Nahrung zu genießen, die ich für euch zubereitet habe: guten Appetit!«

Das ist natürlich eine grobe Vereinfachung. Tatsächlich könnten Sie beides sagen: »Ich hoffe, dass ihr Hunger habt: Willkommen bei Platon! Und dass ihr mit gutem Appetit esst: Willkommen bei Spinoza!« Beide haben recht, Platon und Spinoza, ohne ihre Gegensätzlichkeit aufzugeben. Nur Magersüchtige glauben weder dem einen noch dem anderen, insofern stehen die beiden Philosophen für die Prinzipien einer gesunden Ernährung. Doch das ist kein Grund, sie zu verwechseln.

Hunger ist ein Mangel, ein Leiden. Man kann daran sterben; jeden Tag sterben Leute an Hunger in der Welt. Der Appetit ist kein Leiden: Er ist eine Kraft, eine Macht (die Macht, zu essen und das Essen zu genießen) und bereits eine Lust. Das beweisen die Gourmets, die es lieben zu essen: Sie können sich freuen an dem, was sie genießen.

Gleiches gilt für die sexuelle Frustration: Sie ist ein Leiden, »eine unlustvolle Spannung«,* wie Freud sagt; während die sexuelle Appetenz, die sexuelle Macht, die ich das wirkliche Verlangen nennen würde, eine Kraft und eine Lust ist. Wie schön ist das Verlangen, wenn man zu zweit

* »Jenseits des Lustprinzips«, *Gesammelte Werke,* Bd. 13, Frankfurt, Fischer, 1961, S. 3.

ist! Es gibt den Liebenden recht, die den Liebesakt lieben: Sie können sich freuen an dieser Macht, zu genießen und Genuss zu spenden!

Das Glück zu lieben

Gehen wir den Dingen auf den Grund. Platon bleibt uns eine Erklärung in Sachen Vergnügen, Freude, Glück schuldig. Wann empfinden wir Vergnügen? Wann empfinden wir Freude? Wann empfinden wir Glück? Es gibt sie gelegentlich – die Momente des Vergnügens, der Freude, des Glücks; immer dann, wenn wir begehren, was wir haben, was ist, was wir tun, kurzum, *wenn wir begehren, was nicht fehlt*. Vergnügen, Freude, Glück gibt es immer dann, wenn Platon unrecht hat! Das ist nicht unbedingt eine Widerlegung des Platonismus (was beweist uns, dass Vergnügen, Freude oder Glück recht haben?), aber es ist trotzdem ein triftiger Grund, kein Platoniker zu sein beziehungsweise sich Platon zu widersetzen.

Drei Beispiele, um das zu veranschaulichen.

An einem schönen Sommertag gehen Sie auf dem Land spazieren. Es ist sehr heiß. Sie haben Durst. Sie sagen sich: »Wie würde ich jetzt gern ein schönes kühles Bier trinken!« Sie sind bei Platon. Doch dann stoßen Sie nach einer Wegbiegung auf ein Landgasthaus, wo Sie ein kühles Bier bekommen. Während Sie es trinken, flüstert Ihnen Schopenhauers Schatten von hinten sarkastisch ins Ohr: »Ja, ja, ich weiß schon, immer dasselbe: Du langweilst dich bereits! Jetzt, da du das Bier hast, da es dir nicht mehr fehlt, da du es nicht mehr begehrst, langweilst du dich bereits.« Alle Bierliebhaber werden ihm antworten: »Red keinen Unsinn, du Trottel! Es ist einfach herrlich, ein kühles Bier zu trinken, wenn man Durst hat und Bier mag!«

Sie sind im Liebesakt mit dem Menschen, den Sie lieben. Und Schopenhauers Schatten flüstert Ihnen als uneingeladener Dritter traurig ins Ohr: »Ja, ja, ich weiß schon: immer dasselbe. Jetzt, da du endlich mit ihr oder ihm im Bett bist, entbehrst du es nicht mehr, sondern langweilst dich bereits.« An den guten Tagen in der Liebe – oder in den schönen Nächten – können wir Schopenhauer antworten: »Red keinen Unsinn, Dummkopf! Es gibt nichts Schöneres, als im Liebesakt mit dem Menschen zusammen zu sein, den man liebt oder begehrt!« Sie sind nicht mehr bei Platon; Sie sind bei Aristoteles oder Spinoza. Weder Mangel noch Langeweile, sondern Macht und Freude. An den schlechten Tagen oder in den traurigen Nächten fragen Sie sich, ob Platon und Schopenhauer nicht doch, zumindest teilweise, recht gehabt haben …

Sie sind bei der Arbeit, in Ihrem Büro oder der Fabrik, Sie nehmen an einer Besprechung teil, Sie halten eine Vorlesung oder einen Vortrag – jeder mag sich sein Beispiel aussuchen –, und Schopenhauers Schatten flüstert Ihnen von hinten boshaft ins Ohr: »Ja, ja, gib es nur zu: Du langweilst dich! Vorher, als du noch studiert hast oder arbeitslos warst, hast du dir gesagt: ›Was für ein Vergnügen müsste es sein, diesen Job, diesen Posten, diese Funktion zu haben!‹ Das war, weil du sie nicht hattest. Wie könntest du sie jetzt, da du sie hast, da du sie nicht mehr entbehrst, noch begehren? Du bist wie alle anderen vom Mangel zur Langeweile übergegangen ...« Die guten Tage im Berufsleben sind jene, an denen wir Schopenhauer antworten können: »Ach was! Ich habe einen faszinierenden Beruf, ich habe gar keine Zeit, mich zu langweilen! Es ist ein Vergnügen, einen Beruf zu haben, der einem gefällt!« Während wir uns an schlechten Tagen fragen, ob die Arbeit nicht doch – gelegentlich oder oft – Platon und Schopenhauer recht gebe ...

Alain formuliert treffend: »Der einzige Beruf, in dem man sich nie langweilt, ist der, den man nicht ausübt.« Damit erkennt er an, dass Schopenhauer recht hat, zumindest gelegentlich, genauso wie Aristoteles oder Spinoza gelegentlich recht haben. Es kann sogar passieren – so ist das Leben –, dass sie gemeinsam oder gleichzeitig recht haben. Wenn jemand in meiner Gegenwart erklärt, er langweile sich nie bei seiner Arbeit, ist meine erste Reaktion, dass ich mir sage: »Noch so ein Lügner ... oder einer, der nicht berufstätig ist!« Genauso wenn jemand in meiner Gegenwart erklärt, er langweile sich nie in seiner Beziehung. Ich sage mir: »Noch so ein Lügner ... oder ein Single!« Erklärt mir jedoch einer: »Ich langweile mich immer bei meinem Job«, bin ich versucht, ihm einen Berufswechsel vorzuschlagen. Nicht anders, wenn mir jemand anvertraut, dass er sich in seiner Beziehung ständig langweile. Wenn es ein Freund ist, liegt es nahe, ihn zu fragen, warum er nicht die Situation oder die Beziehung verändert. Ein glückliches Paar hat keine Beziehung, in der sich keiner von beiden je langweilt, sondern eine, in der die Langeweile die Ausnahme, nicht die Regel ist, in der sich die Partner zu zweit weit weniger langweilen als allein oder mit anderen.

Es geht nicht darum, wer recht hat – Platon und Schopenhauer auf der einen Seite oder Aristoteles und Spinoza auf der anderen. Recht haben sie alle vier, aber sie beschreiben weder die gleichen Erfahrungen noch die gleichen Situationen, noch die gleichen Gefühle. Sie kennzeichnen für uns die beiden Pole unseres Gefühlslebens. Insofern beleuchten sie auch, wie ich oben dargelegt habe, den Bereich zwischen den beiden Polen. Den Pol des Mangels, also der Langeweile, auf der einen Seite: Platon und Schopenhauer. Auf der anderen den Pol der Macht, also des Vergnügens, also der Freude: Aristoteles und Spinoza. Dieser Pol genügt nicht immer für das Glück (wir können genießen und sogar Freude haben, ohne glücklich zu sein). Aber ohne ihn gibt es kein Glück.

Eine spinozistische Liebeserklärung

Also ist auch für Spinoza die Liebe Begehren, doch sie ist kein Mangel. Das Begehren ist Macht; die Liebe Freude. Spinoza kommt hier, vielleicht ohne es zu sagen und vielleicht ohne es zu wissen, auf die schöne Idee von Aristoteles zurück, die ich zu Anfang dieses zweiten Teils zitierte: »Lieben heißt sich freuen.« Die Definition, die Spinoza für die Liebe gibt, ist etwas komplizierter, geht aber in die gleiche Richtung: »Liebe ist Freude unter der Begleitung einer äußeren Ursache.«* Lieben heißt sich freuen *über;* in gewisser Weise fügt Spinoza dieses »Über« zur Formulie-

* *Ethik,* III, Definition 6 der Affekte, S. 174. Vgl. auch, a. a. O., die Anmerkung zum Folgesatz von Lehrsatz 13.

rung des Aristoteles hinzu. Was heißt das konkret? Stellen Sie sich vor, jemand sagt Ihnen: »Ich bin glücklich bei dem Gedanken, dass es dich gibt«; oder auch: »Ich empfinde Freude, und die Ursache meiner Freude ist der Gedanke, dass es dich gibt«; oder einfacher: »Jedes Mal, wenn ich an dich denke, bin ich glücklich.« Sie halten das für eine Liebeserklärung, und Sie haben natürlich recht, und das wiederum gibt Spinoza recht: »Liebe ist Freude unter der Begleitung einer äußeren Ursache.«

Sie haben recht, aber Sie haben auch Glück. Zunächst einmal, weil es eine spinzozistische Liebeserklärung ist. Die ist keineswegs alltäglich: Viele Menschen sterben, ohne jemals eine solche Erklärung erhalten zu haben. Also genießen Sie sie, und wenn der Satz von jemandem kommt, der sich in der Philosophie auskennt, dann sagen Sie: »Danke, Spinoza!«

Großes Glück haben Sie aber auch, weil es sich um den ganz seltenen Fall einer Liebeserklärung handelt, die nichts von Ihnen verlangt, und das ist wahrhaft außergewöhnlich. Sie könnten einwenden: »Aber wenn man sagt: ›Ich liebe dich‹, verlangt man doch auch nichts!« Aber sicher doch, und nicht nur, dass der andere antwortet: »Ich dich auch!« Beziehungsweise hängt alles davon ab, auf welche Art von Liebe Sie Bezug nehmen, wenn Sie sagen: »Ich liebe dich.« Wenn Sie bei Platon sind, das heißt, wenn Sie verliebt im eigentlichen Sinne des Wortes sind, hat »Ich liebe dich« die Bedeutung von »Du fehlst mir«, *I need you,* wie die Beatles sangen. *Te quiero,* sagt man auf Spanisch (»Ich liebe dich, ich will dich«: das ist dasselbe Wort). Also Sie verlangen sehr wohl etwas; eigentlich verlangen Sie alles, denn Sie verlangen einen ganzen Menschen. Daher sind unsere Liebeserklärungen für den anderen manchmal so lästig, so schwer zu ertragen. Aber die Aussage »Ich bin glücklich über den Gedanken, dass es dich gibt« enthält keinerlei Forderung; sie ist Ausdruck einer Freude. Kein Verlangen, keine Besitzergreifung, sondern Dank.

»Danke, dass Sie so schön sind!«, sagte eines Tages einer meiner Freunde in meiner Gegenwart zu einer Unbekannten, der wir auf der Straße begegneten. Er ist verheiratet und, wie ich glaube, absolut treu. Das hinderte ihn aber nicht daran, sich zu freuen und sich zu bedanken.

Stellen Sie sich vor, meine Damen, ein Mann spricht Sie auf der Straße an, ein Mann, der nicht Ihr Mann ist, was ja ziemlich peinlich ist, ein Mann, den Sie nicht kennen, aber durchaus von ansprechendem Äußeren. Er schaut Ihnen in die Augen und sagt: »Madame, Mademoiselle, ich bin beglückt bei dem Gedanken, dass es Sie gibt!« Was werden Sie ihm antworten? Sie werden mir sagen, das gehe mich nichts an … Stimmt, aber da es nicht ausgeschlossen ist, dass er seinen Spruch aus dem einen oder anderen meiner Bücher hat, muss ich Ihnen trotzdem einige Elemente möglicher Antworten an die Hand geben, mit denen Sie selbstverständlich nach Belieben verfahren können.

Beispielsweise könnten Sie ihm erwidern: »Das freut mich, mein Herr! Sie sagen, Sie sind beglückt bei dem Gedanken, dass es mich gibt; nun, wie Sie selbst sehen können, es gibt mich wirklich. Alles ist gut: Leben Sie wohl, mein Herr!«

Möglicherweise kommen Sie damit Ihrer Augenblickswahrheit ganz nahe: Wenn ein Mann von ansprechendem und sympathischem Erscheinungsbild Ihnen eine Liebeserklärung macht, zumal eine so elegante und zurückhaltende, ist davon auszugehen, dass Sie eine gewisse Freude darüber empfinden. Freude über Freude: Er ist erfreut bei dem Gedanken, dass es Sie gibt (er liebt sie, wenn auch nur oberflächlich); Sie sind erfreut bei dem Gedanken an diese Freude (Sie lieben es, dass er Sie liebt). Unfreundlichkeit wäre nicht angebracht. Die Verführung gehört zu den Freuden des Lebens.

Allerdings können wir es nicht dabei belassen. Sie kennen die Männer: Er wird versuchen, Sie zurückzuhalten. Er wird Ihnen sagen: »Warten Sie, gehen Sie nicht! Ich möchte, dass Sie mir gehören!«

Dann wird es kompliziert: Er ist von der Verführung zur Besitzergreifung übergegangen! Was tun? Sie könnten ihm beispielsweise antworten:

»Das, guter Mann, ist etwas ganz anderes! Lesen Sie Spinoza: ›Liebe ist Freude unter der Begleitung einer äußeren Ursache.‹ Stimmen Sie zu?«

»Äh, ja …«

»Nun dann, was genau macht Ihnen Freude? Und was lieben Sie eigentlich? Die Idee, dass es mich gibt, wie ich eben zu verstehen glaubte? In diesem Fall gestehe ich: Es macht mir Freude, dass Sie mich lieben, und ich sage: Leben Sie wohl. Oder vielmehr die Idee, dass ich Ihnen gehöre, wie ich Sie jetzt zu verstehen fürchte? In diesem Fall lieben Sie nicht mich, sondern den Besitz meiner Person, was darauf hinausläuft, dass Sie, wie so viele Männer, nur sich selbst lieben. Das interessiert mich nicht im Geringsten. Leben Sie wohl, mein Herr!«

Damit werden Sie ihn höchstwahrscheinlich aus der Fassung bringen. Im Großen und Ganzen gibt es zwei Möglichkeiten. Entweder sagt er: »Mist, eine Oberschlaue! Nichts wie weg!« Das ist nicht unwahrscheinlich, macht aber nichts, denn es beweist, dass er nicht viel im Kopf hat. Oder er sagt: »Die ist wirklich was Besonderes, die will ich unbedingt«, mit einem Wort, er lässt nicht locker. Aber da Sie ihn auf ein Terrain gelockt haben, auf dem er sich nicht besonders gut auskennt, muss er improvisieren. So könnte er sagen: »Machen Sie es nicht so kompliziert; ich bin kein Philosoph, ich bin verliebt!« Darauf Sie: »Genau das habe ich befürchtet! Sie sind verliebt: Sie sind bei Platon, Sie können nur lieben, was Ihnen fehlt! Aber Sie und ich, wir haben doch genügend Lebenserfahrung, um zu wissen, dass ich – angenommen, ich gäbe Ihrem Drängen nach, angenommen, ich ›gehörte ganz Ihnen‹, wie Sie sagen – Ihnen immer weniger fehlen würde und schließlich weniger als eine andere oder als das Alleinsein. Wir würden, wie so viele andere, von Platon zu Schopenhauer herunterfallen: Das Begehren, die Liebe würden schwinden, die Langeweile überhandnehmen … Haben Sie Lust, das alles noch einmal zu erleben? Wie gesagt, mich interessiert das wirklich nicht mehr!«

Sind Sie ebenso ehrlich wie eben noch? Ich weiß nicht so recht. Einige sind bestimmt bereit, diese ganze Leidenschaft erneut zu durchleben, oder träumen von nichts anderem … Und manche sind in diesem Traum durchaus geneigt, Sie zu begleiten. Ich verurteile sie nicht. Es hat keinen Zweck, sich gegen die Leidenschaft zu wehren: Es ist wirkungslos, wenn sie da ist, und unnötig, wenn sie nicht vorhanden ist. Und vielleicht hat dieser Mann Sie rühren können, oder Sie haben genug davon, allein zu sein, oder er sieht wirklich gut aus, oder es liegt etwas in seinem Blick, von dem Sie gerne mehr erfahren würden ... In diesem Fall könnten Sie ihm eine Chance geben, indem Sie beispielsweise hinzufügten:

»Es sei denn ...«

»Ja?«

»Es sei denn, Sie sind in der Lage, Spinozist zu sein, zumindest ein wenig, zumindest gelegentlich, nicht nur fähig – wie all die anderen –, das zu begehren, was Ihnen fehlt, sondern auch, sich an dem zu erfreuen, was ist. Wenn das der Fall ist, könnte es mich vielleicht interessieren. Denken Sie darüber nach: Hier ist meine Telefonnummer.«

Ich übertreibe, ich weiß – nicht nur, weil ich vereinfache, das geht nicht anders, sondern weil ich den Zwischenbereich enorm aufblähe, der die leidenschaftliche von der aktiven Liebe, den Mangel von der Freude, mit einem Wort, Platon von Spinoza trennt. Die meisten unserer Liebesgeschichten pendeln zwischen diesen beiden Polen hin und her, mal zur einen Seite, mal zur anderen, oder machen einen Spagat zwischen beiden, meist aber bewegen sie sich, wie gesagt, in dem Zwischenbereich, der die beiden Pole trennt oder verbindet ... Anfangs lieben wir in der Regel den Menschen, den wir nicht haben: Die meisten unserer Liebesgeschichten beginnen bei Platon.* Und dann, mit

* Auch wenn es seit der sexuellen Befreiung immer häufiger vorkommt, dass die Liebesgeschichte erst nach dem sexuellen Abenteuer beginnt und wir uns in den Menschen verlieben, mit dem wir bereits im Bett gewesen sind. Etliche unter uns wissen, wie wunderbar das sein kann. Das heißt nicht, dass wir den Mangel umgangen hätten, sondern dass wir dann etwas anderes entbehren als einen Körper: eine Gegenwart oder

der Zeit, dem Zusammenleben, fallen manche Liebende von Platon zu Schopenhauer, von Louis Aragon zu Michel Houellebecq herab. Dann sprechen wir von einer unglücklichen Beziehung: Wenn der Mangel wegfällt, bleibt nur noch die Langeweile. Andere steigen – trotz der Zeit, die verstreicht, manchmal auch dank ihrer – von Platon zu Aristoteles auf, von Platon zu Spinoza, man könnte auch sagen, von Louis Aragon zu Paul Éluard, etwa wenn wir, neben vielen anderen, an die folgenden Zeilen aus der *Poésie ininterrompue* denken:

Notre cœur nous conduit
Notre tendresse unit les heures
*Ma quotidienne bien-aimée ma bien-aimante …**

Wenn es keinen Mangel mehr gibt, bleibt ihnen die Fülle des Wirklichen (»Das Wirkliche ist der bessere Teil«, schreibt Éluard im selben Gedicht), wie beflügelt von der Existenz, der Gegenwart des anderen, von der Liebe, in der sie sich vereinigen und die sie eint, an der sie bauen und in der sie wohnen (»Das ist das Haus der zärtlichen Tage/und der Küsse in der Nacht«**), in der sie Genuss und Freude fin-

einen Blick, ein Wort oder eine Aufmerksamkeit, eine Liebe und eine Einsamkeit – eine Seele, wenn Sie so wollen. Das ist nicht die Ausnahme, sondern die Regel, die alle Verliebten, egal, wie ihre Geschichte verläuft, früher oder später entdecken. In etwa entspricht das dem Unterschied zwischen einer Liebesgeschichte und einer sexuellen Affäre.

* Unser Herz leitet uns/Unsere Zärtlichkeit eint uns die Stunden/Meine tagtäglich Geliebte meine Liebende.

** Paul Éluard, *Le Phénix* (1951), *Œuvres complètes,* Pléiade, Bd. II, S. 425.

den. Ihnen bleibt die Freude, zu lieben und geliebt zu werden. Das nennt man ein Paar, das glücklich ist – fast glücklich, und das heißt glücklich. Die beiden können durchaus, wie alle anderen, Augenblicke der Langeweile haben, Augenblicke der Traurigkeit und Wut, aber die sind weniger häufig und weniger heftig als die Augenblicke der Freude, der Lust, der Liebe und des Lachens, des Zutrauens und des Vertrauens, der Macht und der Sanftmut, des Begehrens und der Gelassenheit, des Frohsinns und des Gefühls, der Zärtlichkeit und der Sinnlichkeit … Sie lernen gemeinsam, sich an dem zu erfreuen, was ist, an dem, was sie füreinander sind, der eine durch den anderen, an dieser Liebe, die sie – wie eine Quelle, »aus ihren Tiefen fortgeleitet«*, und stärker als der Durst – den Ozean vergessen macht. Allerdings schützt auch das nicht vor dem Schlimmsten. So schreibt Éluard zum Tod von Nusch, seiner zweiten Frau:

Nous ne vieillirons pas ensemble.
Voici le jour
En trop: le temps déborde.
*Mon amour si léger prend le poids d'un supplice.***

Aber das Schlimmste, falls es kommt oder wenn es kommt, wird nicht vernichten können, was die beiden erlebt haben. Zwar stimmt es nicht, dass die Liebe stärker ist als der Tod, aber das widerlegt weder die Liebe noch das Leben.

* P. Éluard, *Facile*, Pléiade, Bd. I, S. 459

** P. Éluard, *Le temps déborde* (1947), Pléiade, Bd. II, S. 108–109. (Wir werden nicht gemeinsam altern./Hier der Tag,/der zu viel ist: Die Zeit fließt über./Meine Liebe, sonst so leicht, wird zur qualvollen Bürde.)

F. SCOTT FITZGERALD

Die intimen Fremden

War sie glücklich? Ihre Strandschuhe fühlten sich auf den Klavierpedalen eigenartig an; der Wind blies vom Sund herüber durch die offene Verandatür herein, blies ihr eine Locke übers Auge, blies auf die gewagt entblößten Knie über knallblauen Socken. Man schrieb das Jahr 1914.

»The key is in the door«, sang sie,

»The fire is laid to light
But the sign upon my heart, it says ›To let‹.«

›Blas nur, Brise des Sunds, Brise meiner Jugend‹, dachte sie und improvisierte Akkorde zu den Untertönen der Melodie, die ihr nicht aus dem Kopf ging. ›Hier kann ich mich all die Dinge fragen, die ich in Frankreich nie fragen kann. Ich bin einundzwanzig. Meine kleine Tochter ist am Strand und backt Kuchen aus nassem Sand, mein verlorenes Baby schläft auf einem Friedhof in der Bretagne; in zwanzig Minuten wird mein kleines Söhnchen zum letzten Mal von mir selbst genährt werden. Dann folgt eine Stunde voll von Himmel und Meer und den Rufen alter Freunde: ›He, Sara! Hast du deine Ukulele mitgebracht, Sara? Du musst bald einmal wiederkommen, hörst du, Sara? Bitte, mach doch noch mal den alten Tanzlehrer nach, der uns den Turkey Trot zeigt!‹‹

Schreib an die Botschaft in Washington, sagte ein hartnäckiger Unterton in der Melodie. Sag Eduard, du wirst zu ihm kommen und dort bei ihm wie ein gutes kleines Eheweib leben, bis ihr wieder abreist. Du fängst an, dein Heimatland allzu gernzuhaben für jemanden, der aus eigenem freien Entschluss einen Franzosen geheiratet hat.

»I must ask you, Mr. Agent, 'bout a problem of today
And I hope that you can solve it all for me.
I have advertised with smiles and sighs in every sort of way
But there isn't any answer I can see …«

Wieder spürte sie den Wind, der in die Notenblätter fuhr. Sie spürte, wie sich das Leben in sie drängte, in ihren kindlichen, wendigen Körper mit den Beinen eines Kindes und der Zappligkeit eines Kindes, der jedoch in ihrem Fall zu einer virtuosen Sparsamkeit der Bewegung gedrillt war, sodass sie, wann immer sie es wollte (was häufig der Fall war), den Blick anderer Leute dazu bringen konnte, jede noch so kleine Geste zu verfolgen, die sie machte; sie spürte, wie sich das Leben in ihren Verstand drängte, der vom Wind gezaust und jeden Morgen neu beflügelt wurde (»Eduard weiß ja gar nicht, was er da geheiratet hat«, seufzten seine Verwandten in ihren Schlupfwinkeln draußen im Faubourg und prophezeiten die Katastrophe: »Eines Tages lässt er ihr zu viel Freiheit, und dann flattert sie ihm davon, einfach so«); das Leben drängte sich in ihre Stimme, eine würzige Stimme mit viel Lachen darin, ein wenig Liebe, viel stiller Freude und riesiger Sympathie für die Menschen. »*To let* – zu vermieten« oder auch nicht, ihr Herz jedenfalls ergoss sich in ihre Stimme, die das lange helle Musikzimmer erfüllte, während sie das Lied beendete:

»The key is in the door, you'll find The fire is laid to light
But the sign upon my heart …«

Sie brach beim Luftholen ab, als sie bemerkte, dass sie plötzlich nicht mehr allein auf der Klavierbank saß. Ein sehr groß gewachsener Mann, mit einer Figur wie ein Footballspieler von einem Reklameplakat und einem Gesicht, auf dem sich der gleiche kontrollierte Überschwang abzeichnete wie auf ihrem eigenen, hatte sich neben sie gesetzt und klimperte jetzt die letzten Töne im Diskant mit Fingern ab, die für die Tasten zu groß waren.

»Wer sind Sie?«, fragte sie, obwohl sie es im selben Augenblick ahnte.

»Ich bin der neue Mieter, den Sie eben erwähnt haben«, antwortete er. »Ich lasse meine Möbel heute Nachmittag nachkommen.«

»Sie sind Abbys Verehrer. Wie war noch Ihr Name – Killem Dead oder so was?«

»Killian. Killian, der Silberzüngige. Sind Sie dann die sogenannte Madame Sans-Gêne oder Königin von Frankreich?«

»Das muss ich wohl sein«, gestand sie.

Sie musterten sich, starrten einander einen Moment an, beide gleichzeitig mit leicht geöffnetem Mund. Dann mussten sie lachen, krümmten sich nebeneinander fast über dem Klavier – und einen Augenblick später spielten sie zu zweit *To let* in einem improvisierten Arrangement für zwei Stimmen, spielten es laut als Ragtime, sangen es, wechselten erste und zweite Stimme ohne den Schatten eines Misstons.

Sie hörten auf, starrten sich wieder an; lachten noch einmal. Sein blauer Anzug war staubig, und auf seiner Stirn klebten Schmutz und etwas Blut. Seine Zähne waren sehr regelmäßig und weiß; seine Augen, so aufrichtig und offen er sie auch blicken lassen wollte, als bemühe er sich darum angestrengt seit frühester Kindheit, verhießen irgendjemandem deutlich Ärger. Er hatte ihren Fuß sanft vom Diskantpedal gedrängt, und sie dachte, wie komisch ihr anderer Strandschuh wohl neben diesem monumentalen Sockel aus staubigem Ziegenleder aussah. Zwei gelbe Schweinsledertaschen und ein Gitarrenkasten standen hinter ihm.

»Abby ist mit den andern unten am Strand«, sagte sie.

»Oh, tatsächlich? Schaun Sie, kennen Sie das ...?«

... Zwanzig Minuten später sprang sie plötzlich auf.

»Himmel! Ich sollte schon längst meinem Sohn zu trinken geben – der arme Kleine – bis gleich im Wasser!«

Sie stürzte hinaus zum Kinderzimmer. Margot empfing sie seelenruhig an der Tür.

»Sie hätten sich gar nicht so zu beeilen brauchen, Madame. Ich hab ihm die Flasche gegeben, und er hat sie wie ein Vielfraß ausgetrunken. Der Doktor hat gesagt, es kommt nicht darauf an, ob man heute oder morgen damit anfängt.«

»Oh.«

Es kam sehr wohl darauf an. Sara kniete sich neben das Kinderbettchen.

»Ein ganz kleines Lebewohl«, flüsterte sie. »Ein ganz kleines Lebewohl, kleiner Sohn. Wir sehen uns wieder.«

Ihre Brust war schwer von mehr als nur Milch.

›... dann kann ich sie ihm ja heute Nacht geben‹, dachte sie.

Aber nein. Wie konnte man über einen so kleinen Meilenstein sentimental werden. In einem plötzlichen Stimmungswechsel dachte sie:

›Ich bin doch erst einundzwanzig – das Leben fängt ganz von vorne an.‹ Und in einer stürmischen Anwandlung gab sie Margot einen Kuss und stürzte treppab zum Strand hinunter.

Nach dem Schwimmen zogen sich Sara und Killian rasch wieder an; Saras Kamm zitterte in ihrem Haar, sie musste dreimal Anlauf nehmen, bis sie einen ordentlichen Scheitel hinbekam, und schließlich rief ihre Stimme Abby falsche Antworten zu, im falschen Ton oder mit bedeutungslosen Ausrufen, die in ihren eigenen Ohren nur »Schnell! Schnell!« bedeuteten.

Er wartete auf der Klavierbank. Sie sangen *Not That You Are Fair, Dear,* und sein Bariton folgte ihrem kleinen Alt mit vier Noten und vier Wörtern Abstand – das war zu jener Zeit die Mode. Ihre Augen tanzten und tanzten miteinander. Als Abby hereinkam, war Sara auf den Beinen und spielte für ihn den Clown, und Abby war erschrocken, aber auch gebannt angesichts der freudestrahlenden Atmosphäre, die um die beiden herum entstanden war. Sobald ihnen ihre Anwesenheit voll bewusst wurde – was einige Minuten dauerte –, behandelten sie sie mit größter Aufmerksamkeit. Abby nahm es sportlich – Sara besaß nun mal die privilegierte Position eines lebenslangen Vorbildes –, und ihr eigener Anspruch auf Killian bestand nur aus einer zärtlichen Hoffnung. Außerdem war Sara ja glücklich verheiratet mit dem Marquis de la Guillet de la Guimpé und würde schon sehr bald mit ihm zusammen nach Frankreich zurückreisen.

Drei Tage später schrieb der Marquis von der französischen Botschaft in Washington aus an seine Frau:

»… ich bin aus zwei Gründen froh, dass wir wieder abreisen werden, mein liebes Kleines; wenn die Situation in Europa noch ernster wird, möchte ich dort sein, wo ich mich meinem Regiment anschließen kann, und nicht in einem neutralen Land an einen Schreibtisch gefesselt.«

Als er diese Zeilen schrieb, war Sara gerade dabei, ihrem rotbraunen Haar den letzten Schliff mit einem Kamm zu geben, der ihren Fingern wieder ständig zu entgleiten, zu entschlüpfen drohte.

»… zweitens, und das ist weit wichtiger, weil ich nicht möchte, dass meine kleine Amerikanerin vergisst, dass sie jetzt einem anderen Land angehört, dass dies hier nichts weiter ist als eine angenehme Reise in die Vergangenheit – denn ihre Zukunft liegt noch vor ihr und in Frankreich.«

Als er diese Zeilen schrieb, sorgte sich Sara weniger um das Klappern ihrer Absätze auf den stillen Stufen als um den Schlag ihres Herzens, den jedermann hören musste, weil er zu einem dröhnenden Trommeln angeschwollen war.

»… als wir heirateten, erschienen uns die zwanzig Jahre, die zwischen uns liegen, als eine lange Zeit, aber je älter du wirst und dich entwickelst, desto kürzer und kürzer wird sie uns vorkommen …«

Als er den Brief in Washington versiegelte, enthüllte das Sternenlicht über einer Veranda auf Long Island gerade den dunklen Streifen eines Arms um Saras schemenhafte zarte Figur, und es erklangen zwei leise Stimmen, wie zwei Menschen im Duett:

»Ja …«

»O ja …«

»Überallhin, es ist mir egal …«

»So etwas ist mir noch nie passiert, nicht einmal annähernd.«

»Ich wusste nicht, dass es das überhaupt gibt.«

»Ich habe von so etwas schon gelesen, aber nicht geglaubt, dass es das auch wirklich gibt.«

»Ich war völlig ahnungslos.«

Sie trafen ihren Entschluss, als sie am Strand entlanggingen, die Schuhe voller Sand, die Hände ineinander verschlungen wie die Hände zweier Kinder.

… Sie saßen in einem Zug nach North Carolina. Killian hatte seine Gitarre und Sara ihre Ukulele. Sie veranstalteten mindestens sechs Stunden Konzert pro Tag, aus schierem Überschwang, schierer Lust am Radau, am Verkünden: »Hier sind wir!« Sie waren wie eine Kavallerieeinheit, die sich nach einem Überraschungsangriff hinter die eigenen Linien zurückzieht, die donnernden Hufe eines aufgestachelten Feindes dicht hinter ihr. Manchmal legten sie die Instrumente beiseite und imitierten eine typische deutsche Kapelle: Sara spielte mit den Händen an den Lippen das Kornett, Killian grollte die tiefen Töne der Tuba. Sie schlossen spontan Freundschaft mit Schaffnern und Bremsern und Kellnern, und immer wenn die Tür zu ihrem Abteil offen stand, zog es die anderen Passagiere des Wagens auf die Sitze gleich nebenan. Selbst wenn sie es versucht hätten, hätten sie keine breitere Spur hinterlassen können, doch wenn die Sprache darauf kam, gerieten sie durcheinander, ganz verwirrt von so vielen Dingen, die sie sich zu sagen hatten.

»...und dann gingst du also von Harvard ab.«

»Fast. Ich bekam dieses Angebot von den Red Sox, und ich wollte es annehmen. Ich hatte keine Lust, noch länger zu studieren. Na ja, und Vater sagte, ich sollte mich ruhig so zum Narren machen, wie ich wollte, aber Mutter bekam einen Nervenzusammenbruch. Du kannst dir ja vorstellen, wie meine Mutter ist – ich heiße Cedric, weißt du. Irgendwann zeige ich dir mal ein Bild von mir mit Löckchen und Röckchen.«

»Im Stil vom kleinen Lord.«

»Der kleine Lord war ein Straßenbengel im Vergleich zu mir. Aber dann hab ich sie alle reingelegt – ich wurde größer als alle. Na, jedenfalls, anstatt nach Süden zu den Red Sox zu gehen ...«

»Mach die Tür zu.« Er machte sie zu.

Wenn sie wirklich allein waren, hatten sie überhaupt kein Alter mehr – sie waren nur noch eine einzige unauflösliche Verquickung von Glück und Gelächter. Erst jetzt ging Sara die Last dieser letzten vier Jahre schwieriger Anpassung auf, eine Last, die sie anmutig und fröhlich getragen hatte, durch die Disziplin ihres Trainings, eines Trainings in Stolz.

Als sie in Asheville ausstiegen und in einem erbärmlichen Bus über die damals erbärmlichen Straßen aus rutschigem roten Lehm den Aufstieg nach Saluda begannen, liefen hinter ihnen bereits die Telegrafendrähte heiß. Mrs. Caxton Bisby, die älteste von Saras Schwestern, berief in New York einen Kriegsrat ein, eine berühmte Detektei nahm die Suche auf, ein Reporter verdiente sich eine Gehaltserhöhung mit einem skrupellosen Sensationsbericht, und es dauerte eine ganze Woche, bis das österreichische Ultimatum an Serbien die Affäre auf die zweite Seite zu verdrängen vermochte. Die Welle der Erregung erreichte den Faubourg St. Germain, und die Ehrenwerte (und unermüdliche) Mrs. Burne-Dennison, eine weitere Schwester, telegrafierte von London aus, die Stellung zu halten, sie sei auf dem Weg.

In der Zwischenzeit hatte Killian unter der Hand ein Blockhaus gemietet, eine wildromantische, baufällige Hütte oberhalb der Schneegrenze, in der sie hundert selige Stunden damit verbrachten, das Feuer zu schüren und sich zu lieben. Nichts war verkehrt, das rosige Licht auf dem Schnee um fünf Uhr früh, das Wiedereindösen, das Aufwachen mit einem halb geformten Namen auf den Lippen, als würde ein Hornsignal sie wecken.

Als Wermutstropfen gab es lediglich einen zerrissenen Kalender in dem Anbau, in dem das Holz lagerte, ein Kalender mit einem Farbdruck der Madonna mit dem Kinde. Als sie ihn zum ersten Mal sah, betroffen und entsetzt, veränderte sich Saras Gesicht nicht weiter – sie stand einfach nur da, absolut regungslos, und Wasser lief ihr aus den Augen. Danach schaute sie nie wieder zu dem Kalender hinüber, wenn sie Holz holen ging.

Zeit zum Pläneschmieden blieb ihnen nicht. Es gab keinerlei Ausflüchte, nichts zu sagen. Eine Woche nachdem sie New York verlassen hatten, kehrte Sara zurück, saß schweigend in der angespannten Atmosphäre der Salons, ohne etwas zu verneinen oder zu bestätigen. Man stellte ihr eine Frage, und sie antwortete abwesend: »Was?« Wo Killian war, wusste niemand.

Wenige Tage später schiffte sie sich mit ihrem Mann und den Kindern nach Frankreich ein. Das ist der erste Teil der Geschichte.

Der Krieg bestand für Sara aus einem einzigen Abschiednehmen – Abschied von Offizieren, die sie kannte, von Soldaten, die sie versuchte mehr sein zu lassen als bloße Nummern an Lazarettbetten. Der Abschied von noch unversehrten Männern auf Türschwellen oder Bahnsteigen war oft härter als der Abschied von den Sterbenden. Zwischen Männern und Frauen ging in jenen Tagen alles sehr schnell vor sich, nach allem wurde hastig gegriffen, unendlich kleine Zeitabschnitte hatten einen Wert, den sie zuvor niemals besessen hatten …

So war es auch, als Sara in einem Korridor des Ritz Hotels um die Ecke bog und für einen Moment vor einer offenen Tür stehen blieb, die nicht die ihre war. ›Stehen blieb‹ ist nicht ganz das richtige Wort – sie zögerte eher, sie schwankte. Nach einem weiteren Schritt allerdings blieb sie stehen, denn eine Stimme aus dem Zimmer rief nach ihr.

»Wohin so eilig?« Sie gehörte einem gut aussehenden Mann, der sich gerade mit äußerster Sorgfalt vor einem Spiegel eine zivile Krawatte band.

»Einen Flur entlang.«

»Also, hören Sie – bleiben Sie hier. Kommen Sie doch eine Minute herein.«

Wie schon bemerkt, ging in jenen Tagen alles schnell vor sich. Im nächsten Augenblick saß Sara auf der Armlehne eines Sessels in dem Zimmer, die Tür gerade so weit zugezogen, dass niemand sie sehen konnte.

»Weshalb haben Sie gerade zu mir hereingeschaut?«, wollte der Mann wissen.

»Ich weiß nicht. Männer sind manchmal anziehend, wenn sie es selber nicht wissen – Sie waren so vertieft und konzentriert wegen Ihrer Krawatte.«

»Ich wollte, dass sie richtig sitzt. Ich kaufe dauernd Zivilkleidung und komme doch nie dazu, sie zu tragen. Muss morgen zurück an die Front.«

»Ich muss morgen Abend auch wieder zurück sein.«

»Was sind Sie denn?«

»Krankenschwester – bei den Franzosen.«

Offensichtlich zufrieden mit sich selbst, schlüpfte er in eine weiße Weste und nahm ihr gegenüber Platz. Ihre leuchtenden, sternengleichen Augen waren im Spiegel den seinen begegnet, ihre geschmeidige Gestalt, die den Eindruck erweckte, sie schwanke ständig sorglos am Rande des Nichts, ihre ausdrucksvollen Lippen, die jedes Wort, das sie aussprachen, gestochen klar formten, wirkten unmittelbar anziehend. Sein Herz, in Aufruhr wegen der Veränderung, die der nächste Tag bringen würde, ging für sie auf.

»Warum essen wir heute Abend nicht zusammen? Ich habe zwar eine Verabredung, aber ich rufe an und sage ab.«

»Das kann ich unmöglich«, sagte Sara. »Zu welcher Division gehören Sie?«

»Sechsundzwanzigste Neuengland. Ich bin praktisch ein Puritaner – schauen Sie, es wäre bestimmt sehr lustig.«

»Ich kann nicht.«

»Aber warum haben Sie dann zu mir hereingeschaut?«

»Das habe ich Ihnen gesagt. Wegen der Art, wie Sie Ihre Krawatte gebunden haben.« Sie lachte auf. »Der erste junge Kerl, in den ich mich je verliebt habe, war ein Schiffstrompeter; weil seine Hosen immer so eng und glatt waren, wenn er sich zum Blasen vorbeugte.«

»Überlegen Sie es sich noch einmal.«

»Nein – tut mir leid.«

In ihrem Zimmer am Ende des Korridors zog sich Sara nachdenklich für den Abend um. Sie hatte keine Verabredung zum Dinner, obwohl es eine Menge Ziele gab, wo sie hätte hingehen können. Ihr eigenes Haus in der Rue du Bac war unbewohnt; Eduard befand sich bei Verwandten in Grenoble, wo er sich von einer Wirbelsäulenverletzung erholte, die seine Beine für den Rest seines Lebens zu lähmen drohte; von dort war sie gerade zurückgekehrt. Der Krieg zog sich nun müde vier Jahre hin, und während sie gemeinsam mit vielen Millionen Menschen diesen langen Albtraum durchlebte, gab es ab und zu einfach Momente, in denen sie allein sein musste, weg von den gebrochenen Männern, die unaufhörlich an ihrem Herzen zerrten. Einst hatte sie alles Glück des Lebens in ihren Fingerspitzen gefühlt – jetzt klammerte sie sich an kleine Ereignisse der Gegenwart oder Vergangenheit, fröhliche wie traurige. Sollte ihr Herz sterben, würde sie auch sterben.

Als sie wenig später in der Hotelhalle saß, kam der amerikanische Offizier auf sie zu.

»Ich wusste doch, dass Sie es sich anders überlegen würden«, sagte er. »Ich habe angerufen und die andere Verabredung abgesagt. Kommen Sie – ich habe einen Wagen.«

»Aber ich habe Ihnen doch gesagt …«

»Nun stellen Sie sich nicht so an – das sieht Ihnen gar nicht ähnlich.«

»Woher wollen Sie wissen, was mir ähnlich sieht?«

Sie fuhren durch die dunkle »Lichterstadt« und dinierten – dann gingen sie in einen der wenigen, aber populären Nachtclubs – dieser, geleitet von einem unternehmungslustigen Amerikaner, zog alle vierundzwanzig Stunden um, um die Aufmerksamkeit der Gendarmerie nicht auf sich zu ziehen. Sie tanzten oft und entdeckten viele gemeinsame Bekannte; und wohl deshalb, weil ein Gespräch mit einem Mann, der zurück an die Front musste, etwas von einem Selbstgespräch hatte, sprach Sara von Dingen, von denen sie seit Jahren nicht mehr gesprochen hatte.

»Nein, ich bin nicht einsam hier in Frankreich«, sagte sie. »Meine Mutter war sehr klug, und sie hat uns beigebracht, nur auf ein Glück zu zählen, zu dessen Entstehen wir selbst etwas beigetragen haben.«

»Und Sie waren nie in Ihren Mann verliebt?«

»Nein, ich war nie in meinen Mann verliebt.«

»Waren Sie überhaupt noch nie verliebt?«

»Doch, einmal war ich verliebt«, sagte sie sehr leise.

»Wann war das?«

»Vor vier Jahren. Ich war nur zwei Wochen mit ihm zusammen. Ich … ich habe erfahren, dass er inzwischen geheiratet hat.«

Sie fügte nicht hinzu, dass sie seit jenen zwei Wochen immer Killians Stimme um sich herum singen hörte, seine Gitarre aus jeder Melodie heraushörte, seine Hand vor jedem Feuer berührte. Den ganzen Krieg hindurch hatte sie seine Wunden verbunden, seinen Sorgen zugehört, für ihn Briefe geschrieben, seine Hände zum letzten Mal zusammengelegt und war mit ihm gestorben, denn alle Männer waren Killian – Killian, der Erzengel, der Silberzüngige.

... Sie stand früh auf und begleitete den Offizier zur Gare du Nord. Er wirkte völlig verändert, mit seinem Trenchcoat, der Provianttasche und dem glänzenden Revolver.

»Sie sind etwas ganz Besonderes«, sagte er zärtlich.

»Das ist eine sehr merkwürdige Sache gewesen. Ich hätte vielleicht ... also, deutlicher werden sollen gestern Nacht, aber ...«

»Nein, nein ... es ist viel besser so.«

Dann fuhr der Zug hinaus, dem Donner entgegen, und hinterließ eine Leere aus grauem Himmel.

Im Kino lässt sich so leicht zeigen, wie die Zeit vergeht – der Film blendet aus auf einem Verbandsplatz hinter der Westfront und blendet wieder ein auf einem Opernball in Paris, die durchlöcherten Uniformen sind durch Fräcke ausgetauscht, die Schwesternhauben durch Diademe. Und warum auch nicht? Wir wollen ja nur von den einschneidenden oder glamourösen Augenblicken des Lebens hören. Nach dem Krieg besuchte Sara Bälle in Paris und London, und die Schauspielerin in ihr ließ sie für die Dummen die Flatterhafte spielen, für die Intelligenten die Anfängerin, für die Snobs die große Dame und – was zuweilen das Schwierigste von allem war – für ganz wenige sich selbst.

Schwierig war es, weil sie das Gefühl hatte, gar kein eigenes Selbst zu besitzen. Sie verbrachte eine schöne und fröhliche Zeit mit ihren Kindern; sie ging während der letzten Jahre seines Lebens neben dem Rollstuhl des Marquis de la Guillet de la Guimpé, doch sie verfügte über überschüssige

Energie, die sie oft dazu trieb, verrufene Straßen zu erforschen oder sich stundenlang auf die Zaunpfähle von verschrobenen Bauersleuten zu setzen; einfache Leute sagten weise und drollige Dinge zu ihr, die ihr irgendwie Trost brachten. Sie wiederholte sie für sich und machte dadurch das Beste aus diesen Dingen. Die Leute waren gern mit Sara zusammen – sogar jene, die ihr die Fröhlichkeit neideten, behandelten sie gönnerhaft als unverbesserliche *gamine*.

Als der Krieg acht Jahre zurücklag und der Marquis zwölf Monate in der Gruft seiner Vorfahren ruhte, ging Sara erneut auf einen Ball; sie ging allein, glühte vor Aufregung und fühlte sich sehr frei – am Eingang blieb sie stehen, und ihre Augen leuchteten beim Anblick eines Lakaien noch heller auf. »Paul Péchard!«, rief sie aus.

»Madame hat nicht vergessen.«

»Himmel, nein! Sind Sie noch mal verwundet worden? Haben Sie Virginie geheiratet?«

»Ich habe geheiratet, aber nicht Virginie. Ich habe eine alte Freundin von Madame geheiratet – Margot, die die *Bonne* für Ihre Babys war. Sie arbeitet auch in diesem Haus hier.«

»Aber das ist ja herrlich! Hören Sie – ich muss jetzt hinaufgehen und ein bisschen höflich sein – danach komme ich hintenherum wieder runter und treffe Sie und Margot im Anrichteraum, und dann können wir uns richtig unterhalten. Na?«

»Madame sind zu liebenswürdig.«

Sie eilte in ihren kleinen goldenen Slippern die Stufen empor, Jahre jünger aussehend als dreiunddreißig, alterslos eigentlich, huschte die Begrüßungsschlange entlang, in der Namen aus den Schriften von Saint-Simon und Mme de Sévigné figurierten und jedermann sich schrecklich erfreut zeigte, sie endlich wieder in die Gesellschaft zurückgekehrt zu sehen – auch wenn vielen ein Jahr insgeheim doch als eine sehr kurze Trauerfrist erschien –, sie eilte weiter, schüttelte Männer ab, die versuchten, sich an sie zu hängen, und lief eine schmale Hintertreppe hinunter. Sara hatte gefühlt, dass auf diesem Ball etwas geschehen würde, weshalb sie die Missbilligung ihrer Schwägerin über ihr Ausgehen ignoriert hatte. Und da waren sie, Paul Péchard und Margot, riefen Erinnerungen an intensivere Tage wach.

»Madame sind ja noch schöner als –«

»Aufhören – ich möchte von Ihnen und Paul hören.«

»Ich glaube, wir haben geheiratet, weil wir Sie kannten, Madame.«

Das traf wahrscheinlich zu. So viele Dinge können geschehen im Schutz einer beschirmenden Persönlichkeit.

»Madame sind verwundet worden, haben wir gehört, und haben einen Orden bekommen.«

»Nur ein Splitter in der Ferse. Ich humple halt ein bisschen beim Gehen – darum renne oder tanze ich immer.«

»Madame sind immer schon gerannt oder getanzt. Ich kann Madame noch sehen, wie sie ins Kinderzimmer rennt und wieder hinaustanzt.«

»Ihr Lieben … hört zu, ich möchte gerne auf die hohe Galerie über der Tanzfläche – schauen die Dienstmädchen und alle anderen in diesem Haus den Bällen immer noch von dort aus zu? Das erinnert mich daran, wie ich als Kind den Festen im Nachthemd durch einen Türspalt zugeschaut habe. Es sieht immer alles so strahlend aus, wenn man so zuschaut.«

Sie stiegen hinauf zu der halb dunklen Galerie und blickten hinunter auf die vorüberziehenden Juwelen und schillernden Roben, auf frisiertes Haar, das im Licht der Kronleuchter glänzte, und all das vor dem schimmernden Hintergrund des Fußbodens. Von Zeit zu Zeit wurde ein Kopf lachend in den Nacken geworfen oder zur Seite gedreht, um einen stummen, heimlichen Blick zu tauschen, womit er das Gefüge genau berechneter Perfektion ebenso zerstörte wie runde Blumen zwischen den geraden Linien eines Raums; über diesem Kaleidoskop vermischte sich die Musik mit feinem Puderstaub, um zu den Beobachtern am Himmel emporzuschweben.

Margot neigte sich zu Sara hin.

»Ich habe heute Morgen einen alten Freund von Madame gesehen«, sagte sie zögernd, »als ich auf der Fähre das älteste Kind aus England zurückbegleitet habe.«

In einer einzigen aufwühlenden Sekunde wusste Sara, was kommen würde.

»… ich hab Mr. Killian gesehen … den großen, gut aussehenden Amerikaner.«

Oft schreiben wir bestimmten Menschen, dass wir »immer an Dich denken«, und dabei lügen wir natürlich; allerdings nicht ganz. Denn einige wenige sind immer bei uns, so tief in uns drinnen, dass sie zu einem Teil von uns werden. Manchmal bilden sie tatsächlich das Mark in unseren Knochen, sodass sie, wenn sie sterben, in uns weiterleben. Sara brauchte nur in sich hineinzuschauen, um Killian zu finden.

›Er weiß, dass ich frei bin, und er ist gekommen, mich zu finden‹, dachte sie. ›Ich muss sofort nach Hause.‹

Schon während sie die Treppe hinunterging, erklangen die Gitarrenakkorde von vor einem Dutzend Jahren lauter als die Musik; sie verschmolzen mit dem Juniwind in den Kastanienbäumen. Ihr Wagen war nicht bestellt, also rief sie sich ein Taxi, drängte es, schneller zu fahren.

»Hat irgendjemand angerufen?«

»Ja, Madame – Mrs. Selby und Madame de Villegris.«

»Sonst niemand?«

»Nein, Madame.«

Es war elf. Er war schon den ganzen Tag lang in Paris, aber vielleicht reiste er in Gesellschaft. Oder vielleicht war er müde und wollte erst einmal schlafen, um sich von seiner besten Seite zeigen zu können.

Sie betrachtete sich im Spiegel, genauer als je zuvor in ihrem ganzen Leben. Sie war sehr herausgeputzt und von der Aufregung etwas zerzaust, und sie wünschte sich, er könnte sie so sehen. Aber zweifellos würde er am Morgen anrufen. Der Morgen war seine beste Zeit – er war ein typischer Früh-zu-Bett-Geher. Dennoch stellte sie einen Schalter um, damit das Telefon an ihrem Bett klingeln würde.

Den ganzen Morgen blieb sie im Haus, leicht müde um die Augen von einer unruhigen Nacht. Nach dem Mittagessen legte sie sich mit Fettcreme auf dem Gesicht hin und tat, als würde sie schlafen, um Noël, ihrer Schwägerin, aus dem Weg zu gehen, die sich fragte, ob Saras frühe Heimkehr von dem Ball nicht andeutete, dass man ihr die kalte Schulter gezeigt hatte, weil sie so bald wieder in die Gesellschaft zurückgekehrt war.

... Sicher würde er zur Teezeit anrufen, der sanfteren, süßeren Stunde, und sie nahm die Fettcreme ab, damit sie ihm nicht so gegenübertrat, auch nicht am Telefon. Sie lauschte mit Tellerohren; sie hörte, wie in den Cafés der Champs-Élysées die Teetassen abgeräumt wurden, sie hörte das Geplapper der Menschen, die um halb sechs aus den Läden strömten, sie hörte das Klirren von Geschirr, mit dem im Ritz und im Ciro's zum Abendessen gedeckt wurde – dann das Klappern von Tellern, die gestapelt und weggeräumt wurden. Sie hörte schwarze Glocken die Stunde schlagen, dann Taxis ohne Hupe – es war spät. Sara versuchte, sehr vernünftig und logisch zu denken; warum sollte sie auch mit seinem Besuch rechnen – er konnte ja seit dem Krieg ein Dutzend Mal in Paris gewesen sein. Um zwölf löschte sie das Licht.

Etwa um drei weckte sie das Telefon. Eine Stimme sagte mit schwerer Zunge auf Englisch:

»Ich möchte gern die Dame des Hauses sprechen – die Marquise.«

»Wer spricht denn dort?«, murmelte Sara, und dann hellwach: »Ist dort … bist …«

Sie hörte ein Klicken, als ein zweiter Hörer im Haus abgenommen wurde.

»Qui parle?«

»Schon in Ordnung, Noël«, sagte Sara rasch. »Ich glaube, ich weiß, wer dran ist.« Doch der andere Hörer fiel nicht wieder auf die Gabel zurück.

»Ist dort Sara?«, sagte der Mann.

»Ja, Killian.«

»Ich bin gerade angekommen. 'tschuldige den späten Anruf, hatte hier geschäftlich zu tun.«

»Wo bist du?«

»Irgendwo in Montmartre – hast du Lust rüberzukommen?«

– Ja, überallhin.

»Nein, natürlich nicht.«

»Dann komm ich zu dir.«

»Es ist zu spät.« Sie zögerte. »Wo wohnst du?«

»M… Meurice.«

Killian, der Silberzüngige, der ungeschickt nach Worten tastete – und dabei hasste Sara Betrunkenheit mehr als alles in der Welt. Sie erkannte ihre eigene Stimme kaum, als sie sagte:

»Trink zwei Tassen schwarzen Kaffee, und ich treffe dich in der Halle im Meurice, auf eine Stunde.«

Der Hörer in Noëls Zimmer klickte unmittelbar vor ihrem eigenen.

In Gedanken hatte Sara schon längst das richtige Kleid für jede Tageszeit ausgesucht, zu der er anrufen könnte. Im unteren Flur erwartete sie Noël.

»Du gehst natürlich nicht.«

»Doch, Noël.«

»Du – die Witwe meines Bruders trifft sich um drei Uhr morgens in einer öffentlichen Hotelhalle mit einem Mann?«

»Bitte, ich …«

»… und ich weiß sehr genau, wer der Mann ist.«

Beinahe geistesabwesend ging Sara an ihr vorbei und zur Tür hinaus. Sie fand ein Taxi an der Ecke der Avenue du Bois und flog durch die Stadt, fühlte sich immer beschwingter und beschwingter, rauschte durch all die verlorenen Monate, die mit jedem Platz, den sie überquerten, einer nach dem anderen in den Kalender zurückkehrten …

Er sah gut aus, straff wie ein Athlet und makellos in Schale in seinem Abendanzug – er schwankte leicht.

»Hast du keine Suite hier?«, wollte sie wissen. »Können wir da nicht hinaufgehen?«

Er nickte. »Nett von dir zu kommen.«

»Ich wäre auch einen weiteren Weg als diesen gekommen, Killian.«

Dunkel und verworren murmelte er: »Immer wenn Mond war … weißt du … Mondschein.«

Zwei Gitarren lehnten am Sofa – Sara stimmte die eine leise –, Killian ging zum Fenster, steckte den Kopf weit hinaus und atmete Nachtluft ein.

»Wollte dich eigentlich besuchen«, sagte er, in einem Sessel am Fenster sitzend. »Auf der Fähre hab ich dann zu viele Leute kennengelernt. War danach nicht mehr in Form, dich zu sehn.«

»Ist schon gut. Ich verstehe schon. Sprich nicht darüber. Komm her zu mir.«

»Moment noch.«

Die aufgeblähten Vorhänge flatterten um seinen Kopf, verhüllten ihn; sie stieß einen trockenen Schluchzer aus, den sie allzu lange in ihrer Kehle zurückgehalten hatte.

»Was ist denn?«

»Nichts – außer dass du auf einer Zechtour warst. Das hast du doch früher nie gemacht, Killian – du warst doch immer so stolz auf deinen schönen Körper.«

Sie spürte, wie ihr etwas zu entgleiten begann, und griff voller Verzweiflung nach der Gitarre.

»Komm, singen wir etwas zusammen. Wir dürfen doch nach all den Jahren nicht über so dumme Dinge reden.«

»Aber …«

»Sch-sch-sch!« Tief in ihrer Kehle sang sie:

»Beside an Eastbound box-car A dying hobo lay …«

Dann sagte sie:

»Jetzt sing du was für *mich* – doch, du kannst. Ich möchte es aber … bitte, Killian.«

Er berührte unwillig die Saiten, und dann kam sein milder Bariton allmählich zum Klingen.

»… He had a million dollars and He had a million dimes
He knew because he counted them a million times.«

Während er sang, dachte Sara nach: ›Ist dieser Halbwüchsige der Mann, den ich so geliebt habe, den ich noch immer liebe? Was jetzt?‹ Sie brachte ihn dazu weiterzusingen, wie um Zeit zu gewinnen, weiter- und weiterzusingen, bis seine Finger schwächere und immer schwächere Akkorde strichen und seine Stimme zu einem schläfrigen Gemurmel geworden war.

»Aber das kann ich nicht«, rief sie plötzlich laut.

»Was?«

»Nichts.«

Ihr Ausruf war die Antwort auf den Gedanken: ›Kann ich die Erinnerung töten, von der ich so lange gelebt habe?‹ Ach, wäre er doch nie gekommen!

»Bist du frei?«, fragte sie ihn plötzlich. »Bist du gekommen, um mich zu fragen, ob ich deine Frau werden will?«

»So hatte ich es mir eigentlich gedacht. ’türlich siehst du

mich in ziemlich schlechtem Licht. Kann nicht abstreiten, dass ich letzte Woche einen zu viel über den Durst getrunken habe, und das ist nicht das erste Mal.«

»Aber das ist jetzt natürlich vorbei«, sagte sie hastig.

Und doch, wie konnte sie das wissen? Sie mussten sich ja beide so verändert haben, und sie musste ihn von Zeit zu Zeit nur deshalb ansehen, um sich sogar von seinem guten Aussehen zu überzeugen. Der düstere Schalk in seinen Augen funkelte ihr quer durchs Zimmer entgegen.

›Wenn es nur das wäre‹, seufzte sie.

Und doch konnte sie die junge Frau nicht vergessen, die in einer Berghütte wildes Entzücken erfahren hatte …

Killian döste, Sara bewegte sich durch den Raum, begutachtete ihn dreist aus verschiedenen Blickwinkeln, seine wie von Rodin geformten Füße, seine Kleider, die aus ganzen Stoffballen geschneidert waren, seine große Hand, die unbeweglich auf dem Griffbrett der Gitarre lag. Er wimmerte leise im Schlaf, und sie weckte ihn auf – augenblicklich entströmte ihm wieder seine Stimme, tief und voll, und die plumpen Finger begannen die Saiten zu schlagen.

»Oh, Killian, Killian.« Sie musste gegen ihren Willen lachen und fiel in seinen Gesang ein:

»So merry you make me I'm bent up double,
What is it in your make-up that drives away trouble …«

Die Morgendämmerung drang ganz plötzlich durch die Fenster, und ihr fiel ein, dass dies der längste Tag des Jahres war. Als sei er ungeduldig zu beginnen, klingelte das Telefon.

»Der *beau-frère* und die *belle-sœur* von Madame sind unten und wünschen Madame umgehend zu sehen; es geht um eine Sache von größter …«

»Ich komme.«

Sanft schaukelte sie Killian in seinem Sessel aus einem neuen Schlummer, und als sich seine Augen widerwillig öffneten, legte sie ihre Wange an die seine, um ihm ins Ohr zu flüstern: »Ich gehe für eine halbe Stunde weg, aber ich komme zurück.«

»In Ordnung«, murmelte er. »Ich werd so lange Gitarre spielen.«

Die Besucher warteten in einem kleinen Empfangszimmer – Noël und Comte Paul, Eduards Bruder. Als sie die Aufregung auf ihren Gesichtern sah, die von der frühen Stunde gezeichnet waren, wusste sie, dass sich die Szenen von vor zwölf Jahren wiederholen würden.

»Das ist außergewöhnlich …«, begann Paul, aber Noël fiel ihm ins Wort.

»Dich hier zu finden, Sara! Dich, die Witwe eines Helden, die Mutter des Sohnes, der seinen Namen trägt, hier in einem *Hotel* zu dieser Stunde.«

»Du kannst nicht sehr überrascht sein«, sagte Sara kalt. »Du wusstest doch, wo du mich finden würdest.«

»Damals, als mein Bruder noch lebte, da hast du seinen Namen schon einmal durch alle Zeitungen gezerrt – jetzt, wo er in einem Heldengrab liegt und nicht mehr für sich selber sprechen kann, da hast du wieder die gleiche Absicht.«

»Eduard wollte, dass ich glücklich bin …«

Sie hielt inne – sie war ja gar nicht glücklich, nur elend

und durcheinander. Müde nach zwei durchwachten Nächten, wollte sie jetzt vor allem schlafen. Doch sie wagte es nicht, schlafen zu gehen; sie konnte nicht riskieren, dass ihr diese Sache noch einmal aus den Händen glitt.

»Wie wär's mit einem Kaffee?«, schlug sie vor.

Noël lehnte ab, aber Paul stimmte lebhaft zu und ging, ihn zu bestellen.

»Bist du denn eine verblendete alte Frau, dass du einen hübschen Gigolo willst?«, rief Noël. »Gibt es denn nicht Hunderte anderer Männer mit Kultur und Ansehen, die du kennenlernen könntest – du, die du dich in der besten Gesellschaft Europas bewegt hast? Ja, sogar Männer zum Heiraten, wenn es unbedingt sein muss, nach einer schicklichen Zeitspanne.«

»Du glaubst, dass ich Killian heiraten will?«

Noël zuckte zusammen.

»Nun, willst du das denn nicht? Ist das nicht deine ...«

Paul kam aus der Halle zurück.

»Was uns hauptsächlich am Herzen liegt, das sind die Kinder«, sagte er. »Henri trägt den Titel des Erstgeborenen; er ist der einzige Marquis in Frankreich, der dank der Zuvorkommenheit des *Grand Monarque* Umgang mit Herzögen pflegt.«

»Das weiß ich alles. Ich bin auch stolz auf den Namen meines Sohnes, und ich habe versucht, ihn zu lehren, darauf stolz zu sein. Aber meine Rolle ist schon fast zu Ende – nächste Woche reisen sie für den Sommer in die Bretagne, und im Herbst wird Miette fünfzehn sein und Henri dreizehn, und sie kommen ins Internat.«

»Dann hast du dich also entschlossen, ihn zu heiraten,

diesen … dieses Musterexemplar eines Sechstagerennfahrers?«, sagte Paul. »Oh, wir haben von Zeit zu Zeit durchaus unsere Nachforschungen über ihn angestellt – unter anderem hat er sich auch als Boxpromoter betätigt. Widerlich!«

»Ich habe nichts vom Heiraten gesagt.«

Sie trank schnell ihren Kaffee aus – in Gegenwart der beiden ließ sich nur schwer ein klarer Gedanke fassen. Wenn sie an diverse öffentliche Skandale und Mesalliancen zurückdachte, wunderte sie sich, wie diese im allgemeinen Klatsch oder in einer Zeitungsschlagzeile immer so sonnenklar hatten erscheinen können. Ohne Zweifel steckten hinter jedem dieser Fälle in die Enge getriebene, konfuse Menschen, die das Für und Wider abwägten, ehe sie eine Fahrkarte nach nirgendwo kauften, zu einem unbekannten Preis.

Der Portier brachte ihr ein Telegramm – sie las es und sagte zu Noël:

»Du hast an Martha Burne-Dennison in London telegrafiert.«

»Das habe ich«, sagte Noël trotzig. »Und nach New York habe ich auch telegrafiert, und was das gekostet hat!«

Die Nachricht lautete:

DU KANNST DICH NICHT WEGWERFEN AN EINEN WILDEN AUS DEM NICHTS DENK AN UNS UND DIE KINDER ANKOMME GARE ST. LAZARE UM FÜNF.

Als Sara das Blatt zerknüllte, fragte sie sich, ob wohl die Sonne oben Killian in die Augen schien und ihn am Einschlafen hinderte.

»Du kommst jetzt mit nach Hause«, sagten sie. »Wir werden uns ausruhen; und bald wirst du deine Verpflichtungen in einem ganz anderen Licht sehen.«

– Und dann wird es zu spät sein. Panikerfüllt erkannte sie, dass die beiden sie immer enger umzingelten. Ach, wenn Killian doch nur direkt zu ihr gekommen wäre, ganz frisch und nüchtern.

»Mein Mantel ist noch oben.«

»Wir können ihn holen lassen.«

»Nein, ich gehe selber.«

Oben blinzelte Killian ihr schläfrig zu.

»Du hast aber lange gebraucht.«

Sie stieß eine Art stöhnendes Lachen aus.

»Hast du den Eindruck, du hättest die ganze Zeit Gitarre gespielt?«

Mit einem Mal stand er auf, schien sich überhaupt zusammenzureißen. Er streckte sich; seine Kleider rutschten an ihren Platz; seine Augen waren klar wie die eines Kindes, und die Farbe kehrte fast unmerklich wieder in sein Gesicht zurück. Mit dieser Veränderung kam eine weitere. Die leichte Albernheit der vergangenen Nacht schwand aus seinen Zügen, und die alte Rücksichtnahme, all der Trost, der Inbegriff unablässiger Fröhlichkeit und unermüdlicher Energie kehrten wieder in sie zurück. Er sah sie an, als sähe er sie zum ersten Mal, tat einen Schritt – und dann wurde ihr Kleid gegen seine Hemdbrust gepresst, sein Kragenknopf drückte auf ihren Hals wie ein Klingelknopf und ließ ihr Herz davonhasten und weinen. Und da wusste sie es.

»Wir müssen uns beeilen«, keuchte sie, indem sie sich

losriss. »Fang an zu packen.« Sie hob den Hörer ab und sagte, während sie auf die Verbindung wartete, mit ersticktem Lachen: »Wir brennen schon wieder durch – sie werden wieder hinter uns her sein – was für ein Spaß, nicht? Wir heiraten in Algier – Abbys Mann ist dort Generalkonsul. Oh, ist das nicht wunderbar?!

Hallo ... Henriette? Henriette, pack mir mein blaues Reisekostüm ein ... Schuhe und alles ... Toilettenartikel ... meinen persönlichen Schmuck ... und deinen eigenen Koffer ... und sei in einer Stunde an der Gare de Lyon.«

In Killians Bad rauschte bereits die Dusche. Dann wurde es still, und er rief hinaus:

»Ich habe ganz vergessen, dass ich gar keinen Straßenanzug habe, überhaupt kein Gepäck, nur ein paar getragene Frackhemden. Hab die Abendfähre von Southampton genommen, und meine ganzen Sachen sind am Zoll hängen geblieben ...«

»Macht nichts, Killian«, rief sie zurück. »Wir haben mehr als genug – dich und mich – und zwei Gitarren.«

Ihre Strandschuhe fühlten sich auf den Klavierpedalen eigenartig an – der Wind blies vom Sund herüber durch die Fliederbäume, blies auf ihre nackten braunen Schultern, ihre braunen Kinderbeine – man schrieb das Jahr 1928.

›Blas nur, Brise von Amerika, Brise meiner Jugend‹, dachte sie. ›Ich bin sechsunddreißig; meine Tochter ist fast schon erwachsen, und jeden Morgen reitet sie im Bois de Boulogne aus; mein Sohn ist den Sommer über hier bei mir in Amerika. Gleich folgt eine Stunde voll von Himmel und Meer und den Rufen alter Freunde. ›*Bitte,* mach doch noch mal die Französin nach, die Englisch unterrichtet, Sara!‹‹

Plötzlich schwang sie sich auf der Klavierbank herum.

»Gefällt dir das hübsche Bild?«, wollte sie von Abby wissen.

»Welches Bild?«

»Das Bild von Killian und Sara.«

»Warum nicht?«

»Du kannst deinen Besuch hier genauso gut ohne Illusionen beenden«, sagte Sara. »Ich habe keine Ahnung, wo Killian in den letzten vier Tagen steckt – ich wusste nicht, dass er weggehen würde, wohin er gegangen ist, wann er zurückkommt – falls überhaupt. Das ist schon zweimal passiert, seit wir verheiratet sind. Jedenfalls habe ich in diesen vier Tagen über eine Menge nachgedacht – es kommt mir so vor, als ließe sich die Zeit, die ich in meinem Leben mit Nachdenken verbracht habe, in ein paar Wochen hineinzwängen –, und es ist durchaus möglich, dass ich nicht die richtige Frau für ihn bin. Ich habe versucht, ein zivilisiertes Haus zu führen, aber er scheint sich manchmal urplötzlich nach der Gesellschaft von freundlichen Polizisten zu sehnen.«

»Aber, Sara …«

»Killian ist nie erwachsen geworden – das ist alles. Manchmal versuche ich, es als Witz zu sehen – Herr und Frau Spaßvogel.«

»Aber wenn mein Mann nicht auch manchmal losziehen würde …«

»Das ist es ja nicht allein, Abby. Ich hatte nur gedacht, diesmal würde ich endlich einmal in meinem Leben den ganzen Kuchen haben, und nicht nur ein Stück. Ich bin mit

Killian zum Boxen gegangen und zum Baseball und zum Sechstagerennen, und obwohl es mir das Herz brach, habe ich auf niedliche, kleine Wachteln geschossen. Ich habe seinen flaschengrünen Jagdanzug bewundert und mit ihm auf Partys Minstrel-Shows abgezogen, aber wir sprechen einfach nicht miteinander. Langsam lerne ich mich selbst sehr gut kennen.«

»Du liebst Killian«, sagte Abby.

»Ja, ich liebe ihn – alles, was ich von ihm kenne. Manchmal sage ich mir, dass ich etwas abbüße – da haben wir ein hübsches neues Wort. Killian und ich haben falsch angefangen, und darum habe ich jetzt die Rolle der Büßerin inne. ›Die ehemalige Marquise de la Guillet de la Guimpé war wunderbar in ihrer Rolle als Mrs. Buße.‹« Sie unterbrach sich selbst, als schämte sie sich. »Ich habe bis jetzt noch nie darüber gesprochen – von meinem Stolz ist wohl nicht mehr viel übrig.«

Killian kam kurz vor dem Abendessen nach Hause und sah genau so aus wie jemand, der vier Tage unterwegs gewesen war. Sara hatte ihren Auftritt gut vorbereitet.

»Liebling! Ich wusste, du würdest heute Abend heimkommen.« Sie zog weiter vor dem Spiegel ihre Lippen nach. »Geh gleich und rasier dich und nimm ein Bad, weil wir in die Oper gehen. Deine Karte habe ich.«

Ihre Stimme klang ruhig, doch in der unendlichen Erleichterung über seine Heimkehr malte sie sich drei rote Schnurrbärte auf die Oberlippe.

Auf der Rückfahrt nach Hause war er wieder ganz er selbst, aber die Angelegenheit kam erst am folgenden Morgen zur Sprache.

»Du warst ziemlich lieb wegen dieser Sache«, sagte er.

Wenn er doch nur mehr sagen würde – was hatte ihn dazu gebracht, einfach so zu verschwinden? Wenn doch nur etwas mehr zwischen ihnen wäre als jene alte elektrische Anziehung. Seit einiger Zeit lebten sie in wachsender Stille miteinander, und ihre Intuition sagte ihr, dass es sich dabei um eine der entscheidenden Ruhephasen handelte, in denen Dinge geklärt werden. Man lieferte sich noch keine Schlacht; die Botschaft, sofern es eine Botschaft gab, konnte noch immer übermittelt werden.

Am Nachmittag ritt er aus, und Sara ertappte sich dabei, dass sie ihn entsetzlich vermisste. Mit der vagen Vorstellung, dass sie vielleicht außerhalb der eigenen Wände freier miteinander würden sprechen können – Wände, deren Funktion darin besteht, Menschen voneinander zu trennen –, fuhr sie die Landstraßen entlang, die er häufig wählte. Eine halbe Stunde später sah sie ihn weit entfernt vor sich – zuerst als eine Gestalt, die irgendein Mann auf irgendeinem Pferd hätte sein können, und dann war da auf der nächsten Anhöhe Killian auf seiner großen Rotschimmelstute. Die eindrucksvolle Gestalt vor dem Hintergrund des Himmels faszinierte sie – sie hielt ihren Wagen an, bis er durch eine neue Senke ihren Blicken entschwand.

Auf dem nächsten Hügel war er noch immer nicht wieder zu sehen, weshalb sie zu einem anderen Aussichtspunkt fuhr, von dem aus sie meilenweit sehen konnte – doch kein Killian in Sicht, er war wohl irgendwo von der Straße in die Felder abgebogen.

Sie drehte um und fuhr langsam zurück – nach einer Viertelmeile sah sie die Stute an einem Wiesenabhang nicht weit von der Straße grasen. Sie ließ den Wagen stehen und ging den Hügel hinauf. Dort, in einem kleinen Gehölz von einem halben Dutzend Bäumen, fand sie ihn.

Er lag seitlich auf dem Boden, den Kopf in eine Hand gestützt. Da es ihr widerstrebte, ihn in seiner Einsamkeit zu überraschen, blieb Sara still stehen. Nach ein paar Minuten kam er auf die Füße, schüttelte verwirrt den Kopf hin und her, schlug mehrere Male seine Handschuhe gegeneinander und wandte sich dann zum Gehen. In dem Moment, da er sich bewegte, sah sie einen Grabstein, an dem ein Strauß frischer Blumen lehnte.

Er kam auf sie zu, die Stirn leicht gerunzelt.

»Killian ...«

Er nahm ihre Hand, und gemeinsam gingen sie den Hügel hinunter.

»Das ist Dorothys Grab«, sagte er. »Manchmal bringe ich Blumen her.«

Eine gewaltige Stille kam über Sara. Killian hatte seine erste Frau seit ihrer Heirat kaum ein paarmal erwähnt.

»Oh, ich verstehe.«

»Sie liebte diesen kleinen Hügel hier ... ich bin fast sicher, dass es dieser Hügel war, ziemlich sicher ...«, ein Anflug von Besorgtheit schlich sich in seine Stimme, »...und wir sprachen davon, darauf ein Haus zu bauen. Und darum habe ich nach ihrem Tod das Stück Land gekauft.«

Das alte Hinken vom Krieg her ließ Sara plötzlich straucheln, und er umfasste ihre Taille, trug sie halb im Weitergehen. Erst als sie Asphalt und kein Gras mehr unter ihren Füßen spürte, sagte sie: »Sie stand dir sehr nahe, Killian?«

Er nickte, und sie nickte, als stimmte sie ihm zu.

»Es ist lange her«, sagte er. »Aber sie mochte meine wilden Phasen genauso wenig wie du, und offenbar stärkt es mich, wenn ich ab und an hierherkomme.«

Was er sagte, klang in Saras Ohren unwirklich – sie hatte immer angenommen, er habe seine erste Frau aus Enttäuschung, als Ersatz geheiratet.

Ein paar Worte lösten sich von ihrem Herzen, die sie augenblicklich bedauerte: »Du hast mich sofort danach vergessen.«

Er zögerte; dann sagte er geradeheraus: »Ich liebe dich heute so sehr, dass ich es dir sagen kann – dass ich damals, als wir zusammen durchbrannten, nicht wirklich in dich verliebt war. Am Anfang war mir überhaupt nicht klar, wie unglücklich du danach sein würdest.«

Sie nickte, überrascht von ihrer eigenen Ruhe.

»Ich fange an, einige Dinge zu begreifen«, sagte sie. »Es erklärt Paris.«

»Du meinst damals im Krieg?«

»Damals, als ich dich wiedertraf, wie du dir im Ritz vor einem Spiegel die Krawatte gebunden hast und wir die ganze Zeit so taten, als wären wir Fremde, die einander gerade aufgegabelt haben. Ich habe nie ganz verstanden, warum du in dieser Nacht nicht zärtlicher mit mir wurdest. Ich nahm an, weil mein Mann verwundet war und du mir helfen wolltest, das Richtige zu tun.« Sie machte eine gedankenverlorene Pause. »Dabei hast du die ganze Zeit nur deine Frau daheim geliebt.«

Sie standen am Wagen, ihre Hände noch immer fest umklammert. »Sie war sehr hübsch«, sagte Sara wie im Selbstgespräch. »Ich habe einmal ein Bild von ihr in einer Zeitschrift gesehen.«

»Ich sah keinen Nutzen darin, zu unserer Hochzeit Dorothys Geist zu beschwören«, sagte Killian. »Du glaubtest, dass du und ich die ganzen Jahre hindurch immer dasselbe füreinander gefühlt hätten – und ich ließ dich in diesem Glauben. Aber heute weiß ich, dass das verkehrt war – wenn man erst mal anfängt, Dinge in einem Schrank zu verschließen, dann wird man schnell so, dass man nie mehr auch nur die Hälfte von dem sagt, was man wirklich denkt.« Das waren ihre eigenen Worte, die da zu ihr zurückkehrten.

»Was hat dich nach dem Krieg zu mir zurückgebracht?«, fragte sie unbeirrt, um dann rasch hinzuzufügen: »Ach, was soll's – du bist gekommen, und das war genug.«

Ihre natürliche Lebensfreude versuchte, im Kampf mit ihrem Stolz wieder die Oberhand zu gewinnen. Sie hatte doch nur den Fehler gemacht zu glauben, Killians Herz sei der Spiegel ihres eigenen.

»Ich liebe dich jetzt mehr als noch vor zehn Minuten«, sagte sie.

Sie umarmten sich innig, Wange an Wange; ihre schmale Silhouette hätte die junger Liebender sein können, die sich einander gerade eine Stunde zuvor versprochen hatten. Kurz darauf wurde seine Aufmerksamkeit von ihr abgelenkt. Er rief:

»Jetzt schau dir diese verdammte Stute an!«

»Keine Sorge – die kriegen wir schon – schnell, steig ein!«

Als sie die Stute eingeholt hatten, stieg Killian aus und fing sie ein, Sara fuhr weiter und drehte sich an der nächsten Kurve um, um ihm zuzuwinken. An der übernächsten Kurve jedoch verschwamm die Straße für kurze Zeit vor ihren Augen, und sie hielt noch einmal an, in Gedanken an den grünen Hügel und die Blumen.

»Schlaf nur ruhig, Dorothy«, flüsterte sie. »Ich kümmere mich um ihn.«

Während der ganzen Dinnerparty an diesem Abend dachte sie darüber nach, versuchte sie die Tatsache zu akzeptieren, dass ein Teil von Killian und ein Teil ihrer selbst einander immer fremd bleiben würden. Sie fragte sich, ob das ihr eigenes, spezielles Schicksal war oder ob es allen so erging. Seit ihrer frühesten Kindheit, erinnerte sie sich, hatte sie immer einen Menschen ganz für sich allein gewollt.

Nach dem Kaffee erfüllten sie eine allgemeine Bitte, schoben die Klavierbank in die Mitte des Zimmers und ließen nur das Licht des Kamins den Raum erleuchten. Sie setzte sich neben Killian, schnitt eine ihrer typischen Grimassen, die mehr nach Lachen als nach Lächeln aussah, die Finger über ihrem Herzen zu einer Pyramide aneinandergepresst, während er peinlich genau seine Gitarre stimmte. Auf sein Nicken hin fingen sie an. Zuerst kam der russische Kauderwelsch-Song – ohne ein Wort der Sprache zu kennen, hatten sie doch Tonfall und Klang so gut erfasst, dass es bald keine Parodie mehr war, sondern etwas Unheimliches, das jedermanns Blick an ihre Gesichter fesselte und jedermanns Ohren auf die moskowitische Verzweiflung einstimmte, die sie voll Inbrunst in das Ende jeder Strophe legten. Danach ließen sie ihre stets beliebte »deutsche Kapelle« folgen, dann die spanische Nummer und dann die

Spirituals, und vor jeder neuen Nummer trafen sich für einen Moment ihre Blicke.

»Du bist doch nicht traurig, oder?«, flüsterte er ihr einmal zu.

»Nein, du alter Wüstling«, spöttelte sie munter zurück.

»He! He! Schubs eine Marquise, und sie fällt dir sofort in die Arme.«

Niemand wollte Killian und Sara aufhören lassen, niemand konnte genug kriegen, und während sie weitersangen, ihre Gesichter vor Aufregung und Vergnügen gerötet wie Kindergesichter, wuchs in Sara die Überzeugung, dass sie doch miteinander sprachen, dass sie sich Dinge sagten in jeder Note, in jedem Takt, die sie im Einklang vortrugen. Sie sprachen miteinander so klar wie mit Worten – einander inniger verbunden als jedes andere Paar in diesem Raum. Und plötzlich war sie für immer versöhnt – das würde immer da sein, so wie sie es von Anfang an besessen hatten: gemeinsame Musik, gemeinsames Lachen, und das war genug – das und die Gewissheit, dass sie gleich, sobald die Gäste gegangen waren, in seinen Armen liegen würde.

KATJA FRÜH

Raucher in der Nacht

Kürzlich war ich mal wieder im Spital. Nicht, dass ich das besonders toll fand, es galt, eine schwere Operation mit heftigen Schmerzen zu überstehen, aber den Nächten konnte ich seltsamerweise durchaus etwas abgewinnen.

Wenn die Schwester ins Zimmer kommt, nach dir schaut, dir noch etwas gegen die Schmerzen gibt und trotz der vielen Patienten, die sie in der Nacht mit nur einer weiteren Kollegin zu betreuen hat, einen Witz macht oder liebe Worte findet, dann rührt mich das, und ich fühle mich beschützt.

Wenn ich draußen auf dem Spitalgang bin mit einem Riesenrollator, auf den ich mich aufstützen kann, sehe ich die roten Lichter über den Türen, Patienten, die nach Personal rufen, Menschen, denen es vielleicht viel schlechter geht als mir, sie hassen die Nacht und sind einsam. Mit ihnen kann ich nicht sprechen, aber mit den Rauchern schon.

Die Raucher, sagt mein Arzt, sind immer am schnellsten gesund, weil sie am meisten laufen. So wie ich, den ganzen langen Gang entlang bis zu dem Balkon, wo es Aschenbecher hat, Tischchen und Stühle. Dort treffen sie sich, die Süchtigen. Auch in der Nacht, auch morgens um vier. Oft sind es Pfleger und Schwestern aus dem ganzen Haus, ich treffe immer dieselben. Sie rauchen gehetzt, machen ein paar lustige, freche Sprüche und rauschen dann wieder davon. Die anderen, die Patienten, dehnen ihre Rauchpause aus, sie wollen reden, sie wollen erzählen, warum sie hier sind natürlich, wie lange sie bleiben müssen, aber in der Nacht reden sie über noch andere Dinge, teilweise erzählen sie mir ihr halbes Leben.

Die junge Frau im Rollstuhl will von mir wissen, wie sie von ihrem On-and-off-Freund loskommen soll, er sei drogensüchtig, und immer, wenn er ganz am Boden sei, will er sie wieder, und sie geht jedes Mal wieder zu ihm, und nach ein paar Tagen stößt er sie wieder weg. Dabei will sie ihm doch helfen.

Oder die alte Lady, eine wirkliche Dame, die nach einem Autounfall schon ewig auf der Privatstation liegt, Kettenraucherin und immer auf dem Balkon, morgen kann sie nach Hause, sie spricht nicht viel, nur, dass zu Hause ihr Hund auf sie wartet, sie wiederholt andauernd: Zu Hause ist mein Hund, zu Hause ist mein Hund, zu Hause ist mein Hund, meine Nachbarin bringt ihn, wenn ich ankomme, dann ist er da… zu Hause ist mein Hund.

Ein älterer Mann sagt, sein Sohn komme ihn nicht besuchen, weil er ihm gesagt habe, dass niemals etwas aus ihm wird. Und jetzt könne er das nicht mehr zurücknehmen, obwohl er sich überlegt habe, dass ja doch etwas aus seinem Sohn geworden sei, nämlich ein netter Mensch.

Und so schauen wir in die sternklare Nacht, jeder für sich, aber irgendwie gehören wir auch zusammen, weil wir ja Raucher sind.

LÍDIA JORGE

Eine Liebe

Man weiß nie, was eine Reise tief innerlich fürs Herz bedeutet. Als verränne die Zeit plötzlich auf andere Weise, ja als veränderte sich das Maß ihrer Stunden selbst und etwas Verlorenes tauchte wieder auf, so schwindet eine Ungewissheit, eine Liebe endet, und eine neue, die man nie für möglich gehalten hat, keimt auf. Dinge, die wir immer separat gesehen haben, verknüpfen sich miteinander, Bilder, die beziehungslos in unserem Leben schweben, fügen sich zusammen und formen eine neue Sinnfolge. Manchmal auch wird die Sicht aus der Distanz so leuchtend klar, dass man das Ende vom Ende sieht, und man möchte umkehren, selbst wenn es nirgendwohin führt. Es geschah bei einem Ortswechsel, der sich zufällig zu einer Reise gestaltete. Ganz unerwartet gab es da in dieser langgestreckten und steil aufragenden Stadt am Lake Ontario, wohin das Augenblicksschicksal mich geweht hatte, noch Eisblumen, und die Stadt brachte mir aus weiter Ferne das Gefährt zurück.

Wer hätte das gedacht? Seit ewigen Zeiten hatte ich es nicht aus seinem schützenden Versteck, dem Beutel der geheimen Schätze, herausgelassen, auch wenn gelegentlich sein Sattel, die Pedale oder das Bild seines ziegenhaft geschwungenen Lenkers als einzelne Gegenstände vor meinem Auge auftauchten. Das war unvermeidlich. Wer jemals die Wege des Paradieses auf einem Gefährt der Wonne sitzend befahren hat, kann dessen Bild nie mehr vergessen. Vielleicht aber will er es nicht als Ganzes vor Augen sehen. Will vielleicht nicht leiden wegen etwas, das verloren ist oder nur die Vortäuschung eines Bildes, das einmal war, aber inzwischen schal geworden ist. Das Gefährt nun hatte mich zwar an jenem Tag, als mein Onkel Fernando mich Greta Garbo nannte, zum Margeritenfeld getragen, doch hatte es mich auch verraten, am Boden zerstört und mir meinen ersten großen Kummer bereitet. Dennoch, nach all diesen Jahren, als hätte es über die Zeit heil bleiben können, begegnete es mir komplett zusammengesetzt auf dem Eis fahrend wieder, so wie einst auf den Feldwegen in Hitze und Staub.

Die Bar des Royal York Hotel, freitags von Trinkern unterschiedlicher Art bevölkert, die weit vor Mitternacht auf die Tische sackten, erinnerte mit ihren moosdunkel tapezierten Wänden an den Grund eines leergepumpten, stickigen Bassins, war aber nicht schummrig genug, um nicht das Gefährt über die Straße eines anderen Terrains fahren zu lassen. Ich hatte mich an einen Tisch gesetzt. Durch die Glastür konnte ich sehen, wer hinausging und wer hereinkam, vor allem, wer seinen Hut und Trenchcoat an der Garderobe ablegte. Das ferne Fahrrad erschien im Profil, zeigte das Funkeln seiner Speichen, die sich im Sonnenschein drehten, und die Welt leuchtete in einem anderen Licht. Wann war das gewesen? Mein Onkel hatte mir zum Abschied gewinkt, und dann war der Zug, uralt wie eine Austerlitz-Kanone, im Morgengrauen davongedonnert und hatte ihn, immer mehr von der Seite und mit erhobenem Arm, hinter die Bäume entführt, zwischen denen die Waggonschlange verschwand.

Mein Gott, das war ein seltsamer Morgen! Noch nie hatte ich mit jemandem darüber gesprochen, nicht weil ich wünschte, er wäre ausgelöscht, sondern weil er mich in eine schwierig zu beschreibende Sphäre versetzte. Sowohl mein Onkel als auch das Gefährt und ich hatten uns am Rande einer anderen Zeit befunden; in diesem Augenblick allerdings, gegenüber der Tür zur Bar des Royal York, holte unser gegenwärtiges Dasein blitzschnell den Lauf der Welt ein. Ich dachte zurück: Unberührt von dem Wandel, der sich in der kleinen und in der großen Welt vollzog, und dem Bau der Straßen, die dem Leben eine andere Färbung geben sollten, galt das Kurbelgrammophon in unserem Haus damals als neueste Erfindung. Drei Petroleumkocher, die die Suppe vergifteten, waren die große Errungenschaft der Frauen, und in unserer Küche standen sie über diese Kocher gebeugt, von Gürteln eingezwängt, die ihnen wie stramme Sattelgurte die Luft nahmen. Mit ihren eingeknickten Hüften sahen sie wie Spinnen aus. Sie waren vier Frauen, tüchtig und ohne Männer; unter ihnen meine Mutter, und alle arbeiteten mit der Energie von Ameisen von Sonnenaufgang an. Unter der Weinlaube vor der Tür saß regungslos im Lehnstuhl der Großvater. Und dazwischen, wie eine nicht zu bändigende, herrenlose, keine Schranken kennende Meute, tummelten wir uns, die Kinder, Geschwister, Cousins und Cousinen. Sonst niemand. Doch wenn es Abend wurde, kam endlich rasend schnell auf seinem Gefährt unser Onkel angeflogen.

Wir sahen ihn schon von weitem mit seiner gestreiften Kappe, seinen gekreuzten Hosenträgern, die Hosenbeine seitlich mit Klammern zusammengehalten, und unsere Freudenschreie schnitten den Spätnachmittag in zwei Hälften wie eine Frucht – vor und nach der Ankunft unseres geliebten Onkels. Dann verwandelte sich der vollkommen flache Streifen Tiefebene im Süden meines Landes, auf dem das Haus meines Großvaters stand, in einen lärmenden Festplatz. Wenn ich an diese Abende zurückdenke, kann ich mich an keinen Schmerz, an keine beklemmende Stimmung erinnern. Alles, was mir in den Sinn kommt, ist weich und sanft wie die Liebkosung eines Kindes oder ein Kuss von seinen kleinen Lippen. Dabei wusste ich, dass in Wirklichkeit, auch wenn in jüngster Zeit niemand gestorben war, über uns eine nicht greifbare Tragödie schwebte. Oder genauer gesagt: ein unbestimmtes Drama, kaum mehr als das dumpfe Gefühl, dass etwas Ungutes die Tür unseres Hauses einen Spalt weit geöffnet vorgefunden und sich ein für alle Mal festgesetzt hatte.

Nicht, dass die jungen Frauen, die meine Mutter und meine Tanten damals waren, nicht gesungen hätten. Doch, sie sangen. Sie stellten das Grammophon an, lauschten dem Text und setzten ihn neu zusammen, und das Hauchen ihrer vereinten Seufzer ergab eine viel reizvollere Musik als die kratzenden Töne, die die Kurbel erzeugte. Sich gegenseitig um die Schultern fassend, bildeten sie zwei Paare und tanzten auch. Es war schön, sie so frühabends tanzen zu sehen und es ihnen mit kleinen Hüpfern nachzumachen. Hin und wieder saßen sie über Stoffe gebeugt und nähten und stopften, als wären die Stunden dazu geschaffen, unter ihren Fingern zu vergehen. Jetzt, da ich sie aus der Distanz sehe und weiß, was damals in der Welt geschah, begreife ich, wie erstarrt sie waren, von der Zeit verzauberte Objekte. Die weibliche Komponente im Haus war intakt mit all dem Schwatzen, dem Beleidigtsein reihum, den Küchenstreitereien, den Kindern, der hinten in der Schublade versteckten Unterwäsche, die sie nie untereinander tauschten. Abends weinten sie am Fenster. Sie hatten keinen Krieg erlebt, aber sie lebten in einem ähnlichen Zustand wie Kriegsfrauen. Sie lasen Briefe. Sie bewahrten Briefe auf, schrieben Briefe mit ihren altertümlichen Federhaltern. Ihre Männer waren alle fortgegangen.

Alle, ja, doch nicht alle zur gleichen Zeit. Zuerst war der eine gegangen, dann der zweite und schließlich die letzten beiden, sie hatten sich auf die verschiedenen Erdenwinkel verteilt, als wären sie verfeindet, was sie gar nicht waren. Sie selbst hatten ihre jungen Frauen in das gemeinsame Vaterhaus gebracht und sie mitsamt ihren Kisten, Kindern und Kochern dagelassen. Da wir drei – wir waren zwei Geschwister – als Letzte gekommen waren, hatten wir das Zimmer mit gewölbter Decke bezogen, das nach hinten hinaus lag, das dunkelste von allen. Aber manche schliefen auch in den Fluren und Winkelnischen eines Hauses, das zu groß war, um ganz bewohnt zu werden. Und in dieser Gemeinschaft aus Kindern und Frauen übte mein Großvater, gebrechlich und unbeweglich in seinem Stuhl sitzend, seine Autorität als männlicher Vorstand aus und verzweifelte. Es sei denn, er ließ seinen jüngsten Sohn kommen, jenen, der später zu seinem Verdruss auf dem Gefährt rasend schnell Rillen in den Staub der Straßen ziehen sollte.

Eines Sonntagmorgens ließ er ihn kommen. An diesem Tag saß er im Sessel, und wir konnten alle hören, was er sagte: »Hör gut zu. Es ist Zeit, dass du ein anderes Leben führst. Schau dich um, was siehst du hier? Kinder und Frauen. So, und wenn alle anderen mich im Stich gelassen haben, nur du nicht, dann bist du für mein Alter zuständig, und dieses Haus gehört dir …« Mein Onkel, Amateurfotograf und Radrennfahrer, stand mit Entsetzen im Blick da.

»Ich, Vater? Aber warum denn ich?«

»Weil Gott gewollt hat, dass du die Stütze deines Vaters bist, für sein Wohl und sein Hab und Gut sorgst und genauso für diese Kinder und Frauen, die die anderen hiergelassen haben …« Und er wandte den Blick ab. »Wenn du nicht bleibst, bring ich mich um! Willst du uns vielleicht alle von Tagelöhnern abhängig machen?« Und in diesem Ton redete er weiter, bis es längst Abend geworden war.

»Aber warum ich, Vater? Warum?«

Und dann gab unser Onkel zu unserer Freude sein Leben auf und zog in das riesige Haus ein. Er zog ein. Aber er war nicht der, dessen Einzug unser Großvater sich gewünscht hatte. Als würde er sich nie auf einen Stuhl setzen, hörte Onkel Fernando auf seinem Fahrrad sitzend geistesabwesend zu, spielte mit den Pedalen und machte nie auch nur eine einzige schriftliche Notiz über den Gang der Geschäfte. Die Fuhrwerke zogen mit Fracht und Männern beladen los, und er, als hätte er nichts damit zu tun, setzte sich, seine Kappe nach hinten gedreht, auf das Rennrad und raste vor ihnen oder hinter ihnen über die Landstraße. Schlimmer noch. Wenn sie zu Orten aufbrachen, zu denen es keine richtigen Straßen gab, weigerte er sich mitzufahren, da die Räder seines Fahrrads durch die Unebenheiten auf den Wegen verbogen würden. Das Schreien unseres unbeweglichen Großvaters war weithin zu hören, und es machte überdeutlich, wie sehr er das Fahrrad hasste. Er hasste auch die Kodak mit ihrem Balg und die Schreibmaschine, auf der unser Onkel unsere Namen stolz mit geschlossenen Augen zusammensetzte. Aber sein Zorn, sein tiefer Hass galt ungeschmälert dem Fahrrad Marke Deka, das er laut schreiend als das *Gefährt* beschimpfte. Anfangs hatte er es das *Mistding* genannt und später *Karre* und *Teufelsacht,* bis er auf diese verächtliche Bezeichnung verfiel, so etwas wie das entartete Gerät an sich.

»Schafft mir dieses verfluchte Gefährt aus den Augen! Weg mit diesem Gefääährt!«

Sein Brüllen klang zwar unmenschlich, doch der Onkel schien es nicht zu hören, und unser Leben – immer hinter ihm her, jeder von uns wollte derjenige sein, der das Gefährt bis in jene Zimmerecke schob, wo das Renngerät die Nacht verbrachte – war schön und voller Abenteuer. Welche Schuld traf uns, wenn der Großvater sich nicht mehr bewegen konnte und seine Söhne fortgegangen waren und ihn ungerührt seinem Schicksal überlassen hatten, wie er sich immer beschwerte, wo doch der glückliche Zufall uns einen Onkel beschert hatte und dieser Onkel sein Rennrad über alles liebte? Ironischerweise klang die Bezeichnung, die unser Großvater ihm als Ausdruck seines Hasses verliehen hatte, für uns nach einem Eigennamen, und wir sprachen ihn so oft aus, dass er sich abnutzte.

»Onkel Fernando! Darf heute Abend ich das Gefährt halten?«

»Onkel! Onkel Fernando! Sieh mal, das Gefährt ist umgefallen!«

Hätte es denn anders sein können? Die Mütter schrieben weiterhin Briefe mit immer mehr Wörtern und arbeiteten, scheinbar taub für unser Geschrei, winzige Sachen auf Stoffe, als müssten ihre Augen zwischen den Fäden nach unsichtbaren Freuden suchen und das Gewicht ihrer Brüste hielte sie auf den Sitzkissenstühlen fest. Sie wurden dick. Wenn sie doch die Geduld verloren, liefen sie von Mal zu Mal schwerfälliger hinter uns her. Der Großvater redete, erhob sich aber nie von seinem Sitz, nicht mal, um nach einem Wasserkrug zu greifen. Seine Unbeweglichkeit hatte etwas Verhängnisvolles, das sich über das ganze Haus legte und eine gefängnishafte Atmosphäre schuf. Aber unser Onkel war anders, denn er konnte alldem entfliehen und über die Landstraße fahren, und manchmal nahm er uns mit. Deshalb waren wir frei. Jeder von uns hatte seinen Stock mit einem wie Gazellenhörner geschwungenen Draht, über den wir uns beugten und dann losliefen. Allerdings verteilten wir uns in unterschiedlichem Tempo über den Straßenrand. Manche Cousins liefen hinter ihm her, bis sie einen ganz trockenen Mund hatten, und manche gaben auf, kaum dass sie losgelaufen waren. Andere richteten den Blick auf den Boden und beugten sich nach vorn, wollten es dem Onkel lediglich in der Haltung gleichtun, und häufig vergaß er uns, und es dauerte, bis er zurückkehrte. Wenn wir ihn aber hinter den Bäumen wieder heimkehren sahen, wurde es in der frühabendlichen Tiefebene abermals hell. Wir liebten ihn, wir buhlten um ihn und das, was wie ein zweiter Körper zu ihm gehörte, das Gefährt.

Ich hatte vor allem in Erinnerung, was die anderen empfanden, wenn er zurückkam. Manche legten den Stock, der ihnen als Gefährt diente, beiseite, sobald sich der Onkel näherte, den Rücken rund wie ein Flitzbogen, und stritten sich, wer den Lehrer anfassen durfte, und für alle war es ein Triumph, eine halbe Minute lang die Hand auf den Gepäckträger zu legen oder auch nur ganz dicht der Spur zu folgen, die das Fahrrad in den Staub drückte. Oder es genügte ihnen nicht, und deshalb wurden sie laut. Wie ein Bienenschwarm füllten sie mit ihren gleich hohen, noch lange nicht nach Geschlecht unterschiedlichen Stimmen die Ebene, verhielten sich wie Skorpione, blind ihrer Liebe ergeben. Dieser kollektive Ausbruch überschwänglicher Schwärmerei für unseren Onkel Fernando auf dem Gefährt hatte etwas Fanatisches. Die Szenen, wenn ausgewählt wurde, wer mit einer Runde auf dem Gepäckträger bedacht werden sollte, der zur damaligen Zeit bei Rennrädern noch gestattet war, grenzten an religiöse Raserei. Sie schlugen sich, sie weinten, und es musste ausgelost oder die Reihenfolge festgelegt werden, damit der Aufruhr, der da auf der Landstraße um sich griff, nicht in Hysterie umschlug. Beim Streiten waren die Cousinen rabiater als die Cousins, sie rissen sich an den Haaren und kehrten unter Gelächter und gelegentlichen Tränen ihre ganze weibliche Wut heraus. Nicht alle jedoch konnten sich gleich behaupten.

Ich war als Letzte ins Haus auf dem Land gekommen, und meine Ansprüche auf den Onkel waren im Rahmen eines so erbitterten Wettstreits in mehrfacher Hinsicht eingeschränkt. Ungerecht eingeschränkt. Es stimmte, ich lief nicht so schnell wie die anderen, aber wenn ich einmal lief, dann galt ausgerechnet dieses Mal das Laufen nicht als Kriterium. Auch wenn mit Kernen und Zetteln ausgelost wurde, ging aus unerklärlichen Gründen mein Name meistens verloren, und was immer den Ausschlag gab, ob die Leistung oder der Zufall, nur selten gelang es mir, an unseren Onkel heranzukommen. Ging es dem Rang nach, kam ich auf den letzten Platz, sah dem Glück zu, das den anderen zuteil wurde, und wusste schon im Voraus, dass Onkel Fernando die Lust verlieren würde, bevor ich dran war, und die sichere Aussicht auf dieses Unglück hemmte mich, etwas zu sagen. Also zog ich mich vom Schauplatz des Wettstreits zurück, bevor alle anderen müde wurden, und einen kurzen Moment sah das Leben für mich wie tiefe Finsternis aus. Doch ganz langsam, mit einem kleinen Funken Hoffnung, bahnte ich mir einen anderen Weg in die Nähe des Gefährts.

Der Weg war begrenzt. Ich wartete ab, bis sich der Onkel vor der Tür unter die Weinlaube setzte, und da ich regelmäßig an den Außenrand unserer Gruppe verbannt wurde, konnte ich, kaum dass er es aussprach, schneller als alle anderen holen, was er benötigte. Das Messer, das Tuch, den Draht, mit dem er die verstopfte Luftpumpe freistocherte. Oder auch ohne dass er etwas sagte. Wortlos, als wäre ich stumm, holte ich ihm den Pullover, bevor es kalt wurde, besorgte ihm die Werkzeuge, bevor er danach verlangte, und nachdem ich gemerkt hatte, dass er sich vor dem Abendessen gern die Füße wusch, brachte ich ihm die Schüssel mit der Seife und dem Handtuch. Da die anderen zu diesem Zeitpunkt schon irgendwohin verschwunden waren, wartete ich, bis er seine abendliche Waschung beendet hatte, nahm ihm die Schüssel ab, goss das Wasser weg und hängte das Handtuch auf den Wäschedraht. Der Wäscheplatz lag hinter dem Haus, um diese Zeit war es schon vollkommen dunkel, und das Herz schlug mir wie ein Hammer in der Brust. Doch ich überwand meine Angst, lief dem Licht entgegen und postierte mich in der Nähe der Tür zu dem Raum, in dem sich der Onkel gerade befand. Ich ging aber nicht hinein, lauerte nur und hoffte auf eine neue Gelegenheit, nützlich sein zu können, ohne gesehen zu werden. Zu verstecken brauchte ich mich übrigens nicht, denn irgendwann war mir schlagartig klargeworden, dass Onkel Fernando, selbst wenn er sich Mühe gegeben und mich hätte belohnen wollen, und sei es nur mit einem Wort, es nicht gekonnt hätte, denn er sah mich nicht. Mir stellte sich dabei lediglich die Frage, ob ich für ihn milchig wie die Glastür oder durchsichtig wie die Luft war. Das überlegte ich immer nach meinen ungesehen erbrachten Diensten. Irgendwann jedoch musste meine Stunde kommen.

Sie kam unerwartet, fast unbegreiflich. Das Ende eines trockenen Märzmonats hatte einen ungewöhnlichen, vorzeitigen sonnigen Frühling gebracht, und an einem schon fast heißen Sonntag hatte der Onkel das Gefährt ziemlich früh nach draußen bringen lassen. Er hatte es gewaschen, hatte es geputzt, und wie für alle langen Ausflüge hatte er ein kleines Stuhlkissen auf den Gepäckträger geklemmt. Anschließend hatte er zum Himmel geschaut, über den nur ein paar eilige Wolken zogen, als wäre schon Sommer. Und dann, während er zu seiner Kappe und seiner Kodak griff, wählte er unter seinen Neffen und Nichten einen aus, und die Erwählte war zu aller Überraschung ich.

»Die da!«, hatte der Onkel gesagt. »Ja, warum soll sie nicht mitkommen, sie war noch nie dran.«

Ich konnte kaum glauben, was meine Augen sahen. Die Dorfstraße blieb hinter uns zurück, und das Tor, an dem die Cousins und Cousinen noch immer reglos standen, rückte endgültig in die Ferne. Die ebenen Felder glitten gemächlich rechts und links vorbei, lösten sich immer mehr von der Umgebung des Hauses, und ihr welkes, schon fast verbranntes Grün erstreckte sich, so weit das Auge reichte. Mit den Händen um seine Taille geklammert, wie auf einem fliegenden Pferdchen mal zur einen, mal zur anderen Seite geneigt, fuhren und fuhren wir immer weiter. Während der Fahrt fühlte ich, wie die Beine des Onkels kreisend traten und sein Hemd sich immer mehr blähte, je schneller wir fuhren. Und das Land bewegte sich und glitt vorbei. Aber wohin fuhren wir? Konnten wir bis in alle Ewigkeit so weiterfahren? Und wenn nicht, warum nicht? Plötzlich bekam der Boden Gefälle, ein Fleck in Grüntönen leuchtete kräftiger, und dann verlangsamte der Onkel die Fahrt, stieg ab und lehnte das Gefährt an die Böschung der Landstraße.

»Komm her!«, sagte er.

Die Bodenwelle, die sich jenseits der Senke erhob, war keineswegs nur grün. Im Anschluss an dichte Halme ging die Grasfarbe in Weiß über und das Weiß in Gelb, denn wir standen vor einem ausgedehnten Feld voller Margeriten. Mein Onkel zog den Fotoapparat aus dem Futteral, probierte ihn gegen die Sonne aus, kniff die Augen zusammen, deckte die Augen mit dem Mützenschirm ab, ging rückwärts, zur Seite, lief ein paar Schritte, kniete sich hin, und dann schließlich sollte ich ihn ansehen.

»Aber vorher pflück noch einen Strauß Margeriten!«

Ich pflückte sie, einen ganzen Strauß, sah gegen die Sonne zu ihm hin, zwischen den Blumen sitzend, von der Seite, von nahem, von weiter weg, mit und ohne Hut, und als ich, maßlos stolz, weil ich mich wie eine Königin fühlte, ihn im Halbprofil, mit geschlossenem Mund, ganz still ansah, rief mein Onkel:

»So, ja, nicht bewegen, bleib so, Greta Garbo!« Und dann knipste mein Onkel, der nur zwölf Aufnahmen hatte, seine letzten sechs Bilder. Anschließend legte er sich ins Gras und sprach lange von einer göttlichen Frau, deren Blick jedem, der sie sah, den Schlaf raubte. Eines Tages würde auch ich sie zu sehen bekommen und von ihr lernen, den Blick auf etwas Fernes zu richten, das es nicht gab. Eines Tages, eines Tages… Bis es auf dem Margeritenfeld spät wurde. Wir brachen auf.

Ach! Rasend schnelles Gefährt! Zurückfahren wäre nur in Richtung eines Ortes schön gewesen, von dem aus wir die Ankunftstür nie zu sehen bekommen hätten. Aber wie sollte ich das Onkel Fernando begreiflich machen, wenn er mich geradewegs in den Schatten der Weinlaube zurückbrachte, als wäre dies ein unausweichliches Schicksal? Er brachte mich dorthin, wo sich erneut die ungeduldigen acht Cousins und Cousinen gierig um ihn reißen würden. Da waren sie, erwarteten uns hüpfend und hopsend, und bevor wir richtig angekommen waren, drängten sie mich schon vom Gepäckträger. Mich drängten sie weg, aber diesen Nachmittag konnten sie nie mehr wegdrängen.

Die im Margeritenfeld aufgenommenen Fotografien sollten dann eine ganz besondere Nähe zwischen dem Onkel und mir schaffen, denn nachdem sie entwickelt waren, gingen sie von Hand zu Hand als Beweis für die Stelle, wo wir beide gewesen waren, und da sie ihm gefielen, steckte er sie schließlich in sein persönliches Album. Mehr noch. Als sollte ich jetzt für die Zeit entschädigt werden, in der ich unter ungerechter Zurücksetzung gelitten hatte, zog Onkel Fernando in das Zimmer neben dem mit der gewölbten Decke. Da konnte ich dann hören, wie er abends die Tasten seiner Schreibmaschine anschlug, und morgens zusehen, wie sich die Kette des Gefährts drehte. Gelegentlich schlief er lange, im Gegensatz zu meinem Schlaf, der seit dem Margeritenfeld morgens leicht wie eine Wolke geworden war. Ob mein Onkel von dieser Veränderung wusste? Einmal reichte er mir seine Uhr und bat mich, ihn zu einer bestimmten Zeit zu wecken. Da konnte ich dann feststellen, dass er auf dem Bauch schlief, und sein nackter Rücken, der fest und hart wie ein Kampfschild unter der Decke hervorsah, glänzte im Dämmerlicht des Zimmers voller Gerätschaften. Für eine Nichte war es eine Ehre ähnlich dem Besitz einer Prinzessinnenkrone, sich über das Ohr des Onkels neigen zu dürfen und ganz nah bei ihm zu rufen: »Wach auf, Onkel! Lieber Onkel!« Aber an diesem Tag, genauer gesagt, am späten Nachmittag dieses Tages, als hätte eine aufsteigende Kurve ihren höchsten Punkt erreicht, rief der Großvater außergewöhnlich laut nach mir, und nachdem er den Krug abgestellt hatte, hielt er mich an den Händen fest.

»Du hast deinen Onkel sehr lieb, stimmt's, Mädchen?«, fragte er mich.

Ja, ich hatte den Onkel gern und auch seine Apparate,

die Schreibmaschine und den Fotoapparat, aber vor allem das Gefährt. Aus Liebe zum Onkel gestand ich es dem Großvater.

»Und weißt du auch, dass er wegwill?«

Nein, dass er wegwollte, das wusste ich nicht.

»Will er aber …«, sagte der Großvater tief bekümmert und drückte mir beide Hände. »Ja, und es wird nicht einfach sein, ihn davon abzuhalten, es sei denn, jemand hilft mir dabei ordentlich!«

Der Großvater hatte innen aus seiner Weste einen Samtbeutel herausgezogen und aus ihm eine kleine goldfarbene Münze zum Vorschein gebracht, die er mir in die Hand legte. »Die gehört dir, wenn du mir helfen willst und das Gefährt verschwinden lässt! Wir müssen nämlich verhindern, dass er weggeht, und deshalb muss das Gerät verschwinden. Du könntest das besorgen. Du machst es so: Wenn er mal wieder so endlos lange schläft, dann nimmst du es mit deiner ganzen Kraft und schiebst es ganz, ganz langsam zum Ziehbrunnen. Wenn du da ankommst, gehst du auf die Seite, wo die Brunnenumrandung eingefallen ist, passt gut auf, dass dich keiner sieht, und dann gibst du dem Gefährt einen Schubs. Da drinnen im Ziehbrunnen wäre es für immer weg. Wenn du einverstanden bist, bekommst du dies hier zur Belohnung!«

Die Münze lag rund und funkelnd in der Hand, aus dem gleichen Material wie Ringe und hieß *Half Sovereign,* aber mich lockte dieses merkwürdige Geschäft nicht. Das Fahrrad meines Onkels verschwinden zu lassen kam mir genauso ungeheuerlich vor, als würde man den Onkel selbst krank machen oder gar umbringen. Und als der Großvater mit seinen vergifteten Sätzen endlich aufhörte und ich mich davon überzeugen konnte, dass der Onkel ganz unbesorgt durch die Flure ging und das Gefährt noch unversehrt dastand, bereit für die Fahrt an diesem selben Spätnachmittag, durchströmte mich eine grenzenlose Freude, als wäre mir persönlich jetzt das Glück zu verdanken, das wir erlebten und miteinander teilten. Ich will keine goldene Münze, ich will keine goldene Münze!, sang ich hinter den Weinreben, damit der Großvater es hörte, aber es war klar, dass es bei diesem einen kurzen Trällern bleiben würde, denn der Grund, warum er mit mir und nicht mit einem anderen gesprochen hatte, war, dass ich meine Geheimnisse gern für mich behielt.

»Onkel! Darf ich das Gefährt schon nach draußen schieben?«

Doch nun strahlte Großvaters Kopf etwas Neues aus. Eine der Schwiegertöchter rasierte ihn wiederholt, und nach der Siesta wechselte er den Hut, als erwarte er jemanden. Er blickte in die Ferne, horchte auf Geräusche von der Straße und ließ das Tor weit öffnen, auch wenn niemand wegfahren wollte. Eines Samstagnachmittags jedoch sollte sich das Rätsel mit der Ankunft von zwei Frauen, zwei Schwestern, aufklären, die auf dem Rücksitz eines aschgrauen Citroën raschelten. Die eine trug an einem Finger einen Ring mit einem Edelstein von der Größe eines Granatapfelkerns. Die andere nicht. Aber beide hatten Münder in der Farbe von Siegellack. Ihre gebauschten weißen Kleider hatten Organdy-Einsätze, und ihre Röcke versperrten den großen Hausflur, wo die silbern gesprenkelten Begonien blühten. Als sie sich auf die sehr hohen Stühle im kleinen Salon setzten, waren ihre ondulierten Frisuren füllig wie Kohlköpfe, sie rochen noch stark nach verbranntem Öl, und auf ihrer Stirn sah man noch die Abdrücke der Lockenwickler. All die vielen Haare glänzten, als wären sie mit Olivenöl gewaschen worden. Diejenige, die keinen Ring trug und ein Auge halb geschlossen hielt, als wollte sie zwischen den Wimpern einen unsichtbaren Fisch festhalten, war zweifellos älter als die andere, und auf sie konzentrierte sich aller Aufmerksamkeit. Doch vollkommen klar wurde der Zweck ihres Besuchs erst, als Onkel Fernando gerufen wurde.

Der Mann, der bei der Ankunft am Steuer des Citroën gesessen hatte, neben sich seine Frau, auch sie wie die beiden Töchter herausgeputzt, richtete die Augen auf den schlanken Körper meines Onkels und wich mit dem Blick nicht mehr von ihm. Er sprach schleppend, wurde lauter und leiser, machte Versprechungen, schuf über dem Wein, der ihm serviert wurde, ein Gefühl von engerer Zusammengehörigkeit als Verwandtschaft, und im Mittelpunkt der Unterhaltung, bei der viel gelacht wurde, saß schamrot die Frau ohne Ring, die sie schon meine zukünftige Tante nannten. Als sie zum zweiten Mal kamen, waren ihre ondulierten Frisuren erschlafft und die Röcke ihrer Kleider ebenso, nicht aber ihre gewaltige Entschlossenheit und Fröhlichkeit. Unsere Mütter stellten das Grammophon an, und statt zwei Frauenpaaren tanzten und sangen nun drei unter der Weinlaube. Wir Kinder aßen noch nie da gewesene Kuchen. Es war also richtig, mein dunkles Gefühl, dass diese Frauen gekommen waren als Ersatz für den Plan, das Gefährt verschwinden zu lassen. Dennoch, dieser Plan war so ganz anders und so umfangreich, mit so vielen verschiedenen Beteiligten, dazwischen auch noch ein Auto, dass meine Vorstellungskraft mit dem, was geschehen sein mochte, überfordert war. Wie es aussah, sollte Onkel Fernando heiraten.

Aber was würde das bedeuten, wenn Onkel Fernando eine Frau heiratete? Würde er sie, die Frau, die noch keinen Ring hatte, auf dem Gefährt mitnehmen? Sie in ein Margeritenfeld setzen, um sie zu fotografieren? Würde er sie bitten, seinen glänzenden Rücken zu berühren, um ihn zu wecken? Hätte sie das Recht, ohne anzuklopfen das Zimmer zu betreten, in dem er schlief? Eine Verbindung zwischen diesen beiden sich so fremden Menschen, die wir nie miteinander allein gesehen hatten, schien mehr zerstören zu wollen als nur das Zusammenleben in einem Haus. Eines Tages allerdings sah das Gesicht des Mannes, der den grauen Citroën steuerte, anders aus.

Die Schwestern auch. Sie hatten sich kerzengerade hingesetzt, die ondulierten Haare hingen glatt, die bemalten Münder waren fest geschlossen, als könnten sie kein einziges Wort hervorbringen, und der Fahrer des Automobils kam direkt zum Thema, denn ihm passte einiges nicht. Entweder – oder, darum ging es. Ein wohlhabendes Mädchen mit einem Namen, den es zu verteidigen galt, konnte nicht ihren guten Ruf mit Besuchen bei einem Verlobten verspielen, der die Nachmittage auf einem Rennrad verbrachte. Genau umgekehrt gehörte es sich. Nicht sie, sondern er hatte bis zur Hochzeit diese Wege zu machen. Da sie aber alle Verständnis für die schwierige Situation besaßen, hatten sie Schritte unternommen, hatten sich gedemütigt. Doch die Zeit der Nachsichtigkeit war zu Ende. Nun befanden sie sich hier, um endlich aus Fernandos Mund zu hören, was er wollte, ob er wollte und wann er wollte. Seine ältere Tochter war eine Erbin und kein Putzlappen. Und wenn sie schon für ihn eine einfache Mitgift vereinbart hatten, so gab es für ihre Würde und ihre Geduld doch Grenzen. Der Onkel jedoch, der sich an diesem Nachmittag mit einer Reparatur des Gefährts herumschlug, erschien mit verschmierten Händen wie ein Mechaniker und wollte von dem Plan überhaupt nichts wissen.

»Mein Gott, warum denn ich, Vater? Warum?«, fragte er vor den erstarrten Mädchen.

Da hatten sie ihre berüschten Gesäße von den Stühlen erhoben und, die Nasenflügel vor Gleichgültigkeit gebläht, die Plätze im Wagen eingenommen, der dann abfuhr und alle Hoffnung des Großvaters mit sich nahm. Das Haus aber, ohne Führung, brach zusammen wie ein umgestoßenes Kartenhaus, die Verkäufe gingen zurück, die Käufe nahmen zu, Zugtiere starben, für die kein gleichwertiger Ersatz mehr vorhanden war. In den Weizensäcken hatten sich Kornwürmer eingenistet, und in der Umgebung machten die Mühlwerke zu, als hätten sie sich verabredet. Die Tagelöhner arbeiteten nicht mehr von Sonnenaufgang bis Sonnenuntergang, weshalb der Ertrag zurückging, und außerdem erlag der größte Teil von ihnen auch den Verlockungen der Fremde. Unterdessen verzehrten sich unsere Mütter nach ihren Männern, sie ahnten, dass der Zusammenbruch von weit mehr als nur der Familie wie eine Flutwelle auf uns zukam, und vor lauter Unglücklichsein vergaßen sie die Brote im Ofen. Für ihren gemeinsamen Schwiegervater jedoch gab es nur einen, der an dem nahenden großen Verderben der Menschheit schuld war – sein Sohn Fernando, den Ländereien und Frauen nicht interessierten, der ein Sklave des Gefährts war. Aber ihn kümmerte wenig, dass man ihm die Schuld gab. Noch nie hatte der Onkel sich mit so peinlicher Sorgfalt seinem Rennrad gewidmet wie nun, nachdem die jungen Frauen im Auto davongefahren waren.

Jetzt maß er die Zeit zwischen Start und Ziel mit der Stoppuhr und schlug seine eigenen Rekorde, als bestünde er aus mehreren Rennfahrern. Und nicht zufrieden mit der Geschwindigkeit, drehte er Pirouetten, fuhr mit erhobenem Vorderrad, trat auf nur einem Pedal, balancierte auf dem Rad und simulierte Stürze, aus denen er unversehrt hervorging wie die Akrobaten im Zirkus. Wenn wir ihn in so guter Form sahen, kannte unsere Begeisterung kein Erbarmen mehr, mit niemandem, und auch kein Ende. Doch eines strahlenden Sonnentags brach morgens Aufregung im Haus aus, denn das Gefährt war spurlos verschwunden. Mein Gott, wo war das Gefährt? Der Onkel hatte sich auf das Sofa im Flur gelegt, er lag mit offenen Augen, ohne zu blinzeln, und alle Cousins und Cousinen standen um ihn herum und wollten helfen, wobei ich vermutete, dass bei einem von ihnen eine goldene Münze in der Tasche steckte. Einen Entschluss zu fassen war alles andere als leicht. War es nicht so, dass der Großvater zu mir gesagt hatte, das Verschwinden des Fahrrads könnte ihn im Haus halten? Aber wie das? Nach meinem Verständnis trieb das Gefährt ihn nicht von uns fort, sondern kettete ihn an uns, mehr als irgendetwas sonst. Großvaters Argumente kamen mir unlogisch vor, und in meiner Aufregung konnte ich darin nur noch die Rache eines gekränkten Menschen sehen.

Man musste den Onkel im Gegenteil an die Straße fesseln, indem man ihm das Gefährt zurückgab.

»Ich weiß, wo es ist!«

Ich erinnerte mich daran, als wäre es erst gestern geschehen.

Anfangs hatte der Onkel mir nicht geglaubt, aber da ich nicht lockerließ, gingen wir alle unter den gleichgültigen Blicken unseres Großvaters zum Ziehbrunnen. Ich hatte mich nicht getäuscht. Der Onkel hatte sich mit einem Spiegel gerüstet, und als er ihn in der Hand drehte, um die Sonnenstrahlen einzufangen, konnte er tatsächlich tief unten in dem grünen, seit Langem stehenden Wasser die glänzenden Speichen des Gefährts ausmachen. Ich erinnerte mich auch noch, wie es herausgeangelt wurde. Eine Leiter musste über den Brunnen gelegt werden, mehrere Ankerhaken mussten hinuntergeworfen und die staunenden Tagelöhner geholt werden, bis das Fahrrad, von Algen und verfaulten Lappen triefend, wie ein Schiffbrüchiger hochgehievt werden konnte. Verbogen, in einen Haufen Schrott verwandelt, trübselig, fast wie ein Mensch mit verrenktem Hals, lag es auf dem Gras. »Aus und vorbei, aus und vorbei …«, sagte er immer wieder. Aber wirklich groß war sein Kummer, als er herausfand, dass jede seiner vier Schwägerinnen zwei Tage zuvor eine *Half Sovereign*-Goldmünze erhalten hatte. Nein, nie würde ich es vergessen.

Wie hätte ich es auch vergessen können? Die Stimmung im Haus hatte sich vollkommen verändert, und wenn man abends das Klappern der Schreibmaschine hörte, wusste man, dass er etwas Endgültiges schrieb, das für weit weg bestimmt war. Die Briefe, die er selbst zur Post gab, konnten keinen anderen Inhalt haben als Flucht. Wir unterhielten uns leise darüber, denn wir alle hatten schon davon gehört, dass manches vom Schicksal vorherbestimmt ist. Seit wir das Gefährt verloren hatten, kam es vor, dass der Onkel mit sehr ungewöhnlichen Autos abgeholt wurde, denn obwohl eins schneller als das andere fuhr, brauchten sie endlos lange, bis sie zurückkamen. Aber würde er fortgehen? Oder doch nicht?

»Wie soll er denn?«, hatte eine der Tanten gesagt und den Busen, auf dem sinnlos eine Brosche ruhte, hochgereckt. »Er ist ja noch nicht mal zwanzig!«

Um diese Zeit reiften die Feigen violettrot wie Auberginen und waren groß wie unsere Fäuste, und ebenso der Wein, der in dicken Trauben an den Reben im Weingarten hing, und dieser vermeintliche Überfluss, den die Natur uns bescherte, hatte die Stimmung in dem gefängnisähnlichen Haus in der Ebene verbessert. Die Körbe bogen sich unter saftigen Früchten. Wie Ebbe und Flut oder die Wogen des Windes auf den Ähren eines Kornfelds kam und ging die Hoffnung, nur ruhighalten konnte sie nicht. Der Onkel hatte anscheinend seinen Groll in der Kühle des Spätsommers verrinnen lassen, und schließlich unterhielt er sich sogar mit dem Großvater, der Mutter und den Tanten bis spätabends, so wie früher. Worte ohne viel Zusammenhang, spaßige Bemerkungen von ihm, über die kurz gelacht wurde. Vielleicht wurde alles anders, vielleicht. Nur, ich war mit ihm zum Margeritenfeld gefahren, ich kannte ihn besser oder spürte mehr, das hatte die Magie der Fotoaufnahmen bewirkt. Etwas am Onkel war nicht der Onkel an diesem Abend, der allzu versöhnlich war, um echt zu sein.

Jetzt, Jahre später, erinnerte ich mich. Und wie ich mich erinnerte, während ich gegenüber der Tür der warmen Hotelbar wartete! Frühmorgens hatte ich gehört, wie sich die Tür viel zu langsam schloss, um Gutes zu bedeuten. Ich schlich ohne Schuhe aus dem Zimmer mit der gewölbten Decke. Stellte mich vor den Onkel. Wir standen im Flur.

»Psst!«, machte er.

Aber der jüngste Sohn des Großvaters hatte Mühe, mich loszuwerden. Ich war im Nachthemd und barfuß, und anziehen sollte ich mich nicht, weil sonst jemand wach werden konnte, er wollte mich aber auch nicht so mitnehmen, damit er ungehindert gehen konnte. Zeit ist Zeit, und in einiger Entfernung vom Haus wartete jemand in einem korngelben Auto.

»Und was jetzt? Was mache ich nun damit?«, fragte mein Onkel, auf mich gemünzt, als wir beide vor einem Mann standen, den ich noch nie gesehen hatte.

»Setz sie hinten rein.«

»Und nachher?«

»Nachher bring ich sie zurück.«

Es war frühmorgens. Der Zug tauchte mit seinem großen Auge auf und ließ die Gleise und die Station erzittern. Der Onkel hatte einen kleinen Koffer bei sich und umarmte lange seinen Freund. Dann hob er mich hoch in seine männlichen Arme und drückte mich einen Moment an die Brust. Er strich mir mit der Hand über die bloßen Füße. »Ich komm bald zurück, Kleines. Ich komm zurück. Ganz bald.«

Aber es sollte sich als Lüge erweisen, als absolute Lüge, was mein Onkel sagte.

Der ehemalige Besitzer des Gefährts war die drei Stufen in den Waggon hinaufgestiegen, war hineingegangen und dann winkend, immer noch winkend, in der Silhouette des Zuges verschwunden. So war er verschwunden. Im Laufe der Jahre, vieler Jahre, erzählten manche, sie hätten ihn in Caracas, Buenos Aires, Sydney, am Ende der Welt gesehen. Andere erzählten, er habe sich bei New York verheiratet und fahre Autos so groß wie Fischerboote. Manche sagten, es gehe ihm gut, und manche verbreiteten, es gehe ihm schlecht. Ein anderer schwor, er habe mit ihm in einem Drehrestaurant, dem höchsten einer Stadt, mit Blick auf einen riesigen See, an einem Tisch gesessen. So war unser Onkel allmählich zu einer Gestalt geworden, die durch die ganze Welt geisterte. Und die genau wie ein Geist, der weder sichtbar ist noch handelt, selbst wenn er existiert, irgendwann stirbt. Manche versuchten es noch. Sie brachten uns sogar Fotografien, angeblich Aufnahmen von ihm, aber wenn sie uns zum Erkennen vorgelegt wurden, erwies sich, dass sie dazu nicht taugten; im Übrigen von ihm, von seiner Hand oder seiner Schreibmaschine geschrieben, nicht eine Spur, nicht ein Strich, nicht eine Zeile.

Nicht eine Zeile? Ich korrigiere. Dreißig Jahre später hatte der Onkel zwei geschriebene Zeilen auf einer Karte hinterlassen, die das Emblem einer Motorenfirma trug. Der junge Mann am Empfang des Royal York Hotel hatte sie mir mittags mit dem Schlüssel und anderen Nachrichten ausgehändigt. Diese geschriebenen Worte waren nicht einfach zu verstehen. Zwar waren sie in derselben Sprache verfasst, deren wir uns im Haus in der Tiefebene bedient hatten, aber sie sprachen von einer Zuneigung, die so abrupt abgebrochen war, dass ich sie für erloschen gehalten hatte, und jetzt, wiederbelebt in einer Stadt so fern von dem staubigen Land, klangen mir diese überraschenden Zeilen nicht echt. Ich hatte mich so früh in die Bar gesetzt, gegenüber der durchsichtigen Tür, weil ich noch immer nicht glauben konnte, dass ein Leben ausreichte, eine ganze Umdrehung der Erde um ihre eigene Achse mitzumachen. Sollte der Besitzer des Gefährts nicht ein Traum gewesen sein, der lediglich den Zweck erfüllte, wehrlose Menschen erwachsen werden zu lassen? Die Uhr zeigte genau die Zeit, die am Ende der beiden von ihm im Fach hinterlassenen Zeilen vermerkt stand, und der Raum war voll von strohblonden Menschen, die in der Wärme des Kaminfeuers ihre vom Eis gezügelte Fröhlichkeit verströmten. Als klopfte mein Herz nicht einem Mann, sondern einem See entgegen, lenkte etwas Kaltes meinen Blick zur Garderobe. Da stand er. Hinter der durchsichtigen Scheibe zog ein Herr mittleren Alters langsam seinen Mantel aus, legte ihn zusammen, gab ihn mit den Handschuhen ab, öffnete die Tür, als wäre er soeben von einem Rennrad gestiegen, und heftete seinen mediterranen Blick auf meinen Tisch.

»Du bist groß geworden, Kleines, ja. Aber dein Gesicht ist noch wie früher…«, brachte der Onkel schließlich in einem Atemzug heraus.

FRIEDRICH NIETZSCHE

Morgenröte

Das *Zärtlicherwerden.* – Wenn wir jemanden lieben, ehren, bewundern und nun, hinterher, finden, daß er *leidet*, – immer mit großem Erstaunen, weil wir nicht anders denken, als daß unser von ihm herströmendes Glück aus einem überreichen Borne *eigenen* Glückes komme –, so ändert sich unser Gefühl der Liebe, Verehrung und Bewunderung in *etwas Wesentlichem*: es wird *zärtlicher*, das heißt: die Kluft zwischen ihm und uns scheint sich zu überbrükken, eine Annäherung an Gleichheit scheint stattzufinden. Jetzt erst gilt es uns als möglich, ihm *zurückgeben* zu können, während er früher über unsere Dankbarkeit erhaben in unserer Vorstellung lebte. Es macht uns dieses Zurückgebenkönnen eine große Freude und Erhebung. Wir suchen zu erraten, was seinen Schmerz lindert, und geben ihm dies; will er tröstliche Worte, Blicke, Aufmerksamkeiten, Dienste, Geschenke – wir geben es; vor allem aber: will er uns *leidend* über sein Leid, so geben wir uns als leidend, haben aber bei alledem *den Genuß der tätigen Dankbarkeit*: als welche, kurz gesagt, *die gute Rache* ist. Will und nimmt er gar nichts von uns an, so gehen wir erkältet und traurig, fast gekränkt fort: es ist, als ob unsere Dankbarkeit zurückgewiesen würde, – und in diesem Ehrenpunkte ist der Gütigste noch kitzlich. – Aus dem allen folgt, daß, selbst für den günstigsten Fall, im Leiden etwas Erniedrigendes und im Mitleiden etwas Erhöhendes und Überlegenheit-Gebendes liegt; was beide Empfindungen auf ewig voneinander trennt.

Mitempfindung. – Um den andern zu verstehen, das heißt um *sein Gefühl in uns nachzubilden,* gehen wir zwar häufig auf den *Grund* seines so und so bestimmten Gefühls zurück und fragen zum Beispiel: *warum* ist er betrübt? – um dann aus demselben Grunde selber betrübt zu werden; aber viel gewöhnlicher ist es, dies zu unterlassen und das Gefühl nach den *Wirkungen,* die es am andern übt und zeigt, in uns zu erzeugen, indem wir den Ausdruck seiner Augen, seiner Stimme, seines Ganges, seiner Haltung (oder gar deren Abbild in Wort, Gemälde, Musik) an unserem Leibe nachbilden (mindestens bis zu einer leisen Ähnlichkeit des Muskelspiels und der Innervation). Dann entsteht in uns ein ähnliches Gefühl, infolge einer alten Assoziation von Bewegung und Empfindung, welche darauf eingedrillt ist, rückwärts oder vorwärts zu laufen. In dieser Geschicklichkeit, die Gefühle des andern zu verstehen, haben wir es sehr weit gebracht, und fast unwillkürlich sind wir in Gegenwart eines Menschen immer in der Übung dieser Geschicklichkeit: man sehe sich namentlich das Linienspiel in den weiblichen Gesichtern an, wie es ganz vom unaufhörlichen Nachbilden und Widerspiegeln dessen, was um sie herum empfunden wird, erzittert und glänzt. Am deutlichsten aber zeigt uns die Musik, welche Meister wir im schnellen und feinen Erraten von Gefühlen und in der Mitempfindung sind: wenn nämlich Musik ein Nachbild vom Nachbild von Gefühlen ist und doch, trotz dieser Entfernung und Unbestimmtheit, uns noch oft genug derselben teilhaftig macht, so daß wir traurig werden, ohne den geringsten Anlaß zur Trauer, wie vollkommene Narren, bloß weil wir Töne und Rhythmen hören, welche irgendwie an den Stimmklang und die Bewegung von Trauernden, oder gar von deren Gebräuchen erinnern. Man erzählt von einem dänischen König, daß er von der Musik eines Sängers so in kriegerische Begeisterung hineingerissen wurde, daß er aufsprang und fünf Personen seines versammelten Hofstaates tötete: es gab keinen Krieg, keinen Feind, vielmehr von allem das Gegenteil, aber die *vom Gefühle zur Ursache zurückschließende* Kraft war stark genug, um den Augenschein und die Vernunft zu überwältigen. Allein, dies ist eben fast immer die Wirkung der Musik (gesetzt daß sie eben *wirkt* –), und man braucht so paradoxer Fälle nicht, um dies einzusehen: der Zustand des Gefühls, in den uns die Musik bringt, ist fast jedesmal im Widerspruch mit dem Augenschein unsrer wirklichen Lage und der Vernunft, welche diese wirkliche Lage und ihre Ursachen erkennt. – Fragen wir, wodurch die Nachbildung der Gefühle anderer uns so geläufig geworden ist, so bleibt kein Zweifel über die Antwort: der Mensch, als das furchtsamste aller Geschöpfe, vermöge seiner feinen und zerbrechlichen Natur, hat in seiner *Furchtsamkeit* die Lehrmeisterin jener Mitempfindung, jenes schnellen Verständnisses für das Gefühl des andern (auch des Tieres) gehabt. In langen Jahrtausenden sah er in allem Fremden und Belebten eine Gefahr: er bildete sofort bei einem solchen Anblick den Ausdruck der Züge und der Haltung nach und machte seinen Schluß über die Art der bösen Absicht hinter diesen Zügen und dieser Haltung.

Dieses Ausdeuten aller Bewegungen und Linien *auf Absichten* hat der Mensch sogar auf die Natur der unbeseelten Dinge angewendet – im Wahne, daß es nichts Unbeseeltes gebe: ich glaube, alles, was wir *Naturgefühl* nennen, beim Anblick von Himmel, Flur, Fels, Wald, Gewitter, Sternen, Meer, Landschaft, Frühling, hat hier seine Herkunft, – ohne die uralte Übung der Furcht, dies alles auf einen zweiten dahinterliegenden Sinn hin zu sehen, hätten wir jetzt keine Freude an der Natur, wie wir keine Freude an Mensch und Tier haben würden ohne jene Lehrmeisterin des Verstehens, die Furcht. Die Freude und das angenehme Erstaunen, endlich das Gefühl des Lächerlichen, sind nämlich die später geborenen Kinder der Mitempfindung und die viel jüngeren Geschwister der Furcht. – Die Fähigkeit des raschen Verstehens – welche somit auf der Fähigkeit beruht *sich rasch zu verstellen* – nimmt bei stolzen, selbstherrlichen Menschen und Völkern ab, weil sie weniger Furcht haben: dagegen sind alle Arten des Verstehens und Sich-Verstellens unter den ängstlichen Völkern zu Hause; hier ist auch die rechte Heimat der nachahmenden Künste und der höheren Intelligenz. – Wenn ich von einer solchen Theorie der Mitempfindung aus, wie ich sie hier vorschlage, an die jetzt gerade beliebte und heiliggesprochene Theorie eines mystischen Prozesses denke, vermöge dessen das *Mitleid* aus zwei Wesen eines macht und dergestalt dem einen das unmittelbare Verstehen des andern ermöglicht: wenn ich mich erinnere, daß ein so heller Kopf wie der Schopenhauers an solchem schwärmerischen und nichtswürdigen Krimskrams seine Freude hatte und diese Freude wieder auf helle und halbhelle Köpfe übergepflanzt hat: so weiß ich der Verwunderung und des Erbarmens kein Ende. Wie groß muß unsere Lust am unbegreiflichen Unsinn sein! Wic nahe dem Verrückten steht immer noch der ganze Mensch, wenn er auf seine *geheimen* intellektuellen Wünsche hinhört! – (*Wofür* eigentlich fühlte sich Schopenhauer gegen Kant so dankbar gestimmt, so tief verpflichtet? Es verrät sich einmal ganz unzweideutig: jemand hatte davon gesprochen, wie dem kategorischen Imperative Kants die *qualitas occulta* genommen und er *begreiflich* gemacht werden könne. Darüber bricht Schopenhauer in diese Worte aus: »Begreiflichkeit des kategorischen Imperativs! Grundverkehrter Gedanke! Ägyptische Finsternis! Das verhüte der Himmel, daß der nicht noch begreiflich werde! Eben daß es ein Unbegreifliches gibt, daß *dieser Jammer des Verstandes* und seine Begriffe begrenzt, bedingt, endlich, trüglich ist; diese Gewißheit ist Kants großes Geschenk.« – Man erwäge, ob jemand einen guten Willen zur Erkenntnis der moralischen Dinge hat der von vornherein durch den Glauben an die *Unbegreiflichkeit* dieser Dinge sich beseligt fühlt! Einer, der noch ehrlich an Erleuchtungen von oben, an Magie und Geistererscheinungen und die metaphysische Häßlichkeit der Kröte glaubt!)

Ein Vorbild. – Was liebe ich an Thukydides, was macht, daß ich ihn höher ehre als Plato? Er hat die umfänglichste und unbefangenste Freude an allem Typischen des Menschen und der Ereignisse und findet, daß zu jedem Typus ein Quantum *guter Vernunft* gehört: *diese* sucht er zu entdecken. Er hat eine größere praktische Gerechtigkeit als Plato; er ist kein Verlästerer und Verkleinerer der Menschen, die ihm nicht gefallen oder die ihm im Leben wehe getan haben. Im Gegenteil: er sieht etwas Großes in alle Dinge und Personen hinein und zu ihnen hinzu, indem er nur Typen sieht; was hätte auch die ganze Nachwelt, der er sein Werk weiht, mit dem zu schaffen, was *nicht* typisch wäre! So kommt in ihm, dem Menschen-Denker, jene *Kultur der unbefangensten Weltkenntnis* zu einem letzten herrlichen Ausblühen, welche in Sophokles ihren Dichter, in Perikles ihren Staatsmann, in Hippokrates ihren Arzt, in Demokrit ihren Naturforscher hatte: jene Kultur, welche auf den Namen ihrer Lehrer, der *Sophisten,* getauft zu werden verdient und leider von diesem Augenblicke der Taufe an uns auf einmal blaß und unfaßbar zu werden beginnt, – denn nun argwöhnen wir, es müsse eine sehr unsittliche Kultur gewesen sein, gegen welche ein Plato mit allen sokratischen Schulen kämpfte! Die Wahrheit ist hier so verzwickt und verhäkelt, daß es Widerwillen macht, sie aufzudröseln: so laufe der alte Irrtum *(error veritate simplicior)* seinen alten Weg! –

Freude am Wirklichen. – Unser jetziger Hang zu Freude am Wirklichen – wir haben ihn fast alle – ist nur daraus zu verstehen, daß wir so lange und bis zum Überdruß Freude am Unwirklichen gehabt haben. An sich ist es ein nicht unbedenklicher Hang, so wie er jetzt auftritt, ohne Wahl und Feinheit: – seine mindeste Gefahr ist die Geschmacklosigkeit.

Das Loben. – Hier ist einer, dem du anmerkst, daß er dich *loben* will: du beißt die Lippen zusammen, das Herz wird geschnürt: ach, daß *der* Kelch vorüberginge! Aber er geht nicht, er kommt! Trinken wir also die süße Unverschämtheit des Lobredners, überwinden wir den Ekel und die tiefe Verachtung für den Kern seines Lobes, ziehen wir die Falten der dankbaren Freude übers Gesicht! – er hat uns ja wohltun wollen! Und jetzt, nachdem es geschehen, wissen wir, daß er sich sehr erhaben fühlt, er hat einen Sieg über uns errungen – ja! und auch über sich selber, der Hund! – denn es wurde ihm nicht leicht, sich dies Lob abzuringen.

Sichentäußern. – Etwas von seinem Eigentume fahren lassen, sein Recht aufgeben – macht Freude, wenn es großen Reichtum anzeigt. Dahin gehört die Großmut.

Andern Freude machen. – Warum geht Freudemachen über alle Freuden? – Weil man damit seinen fünfzig eignen Trieben auf einmal eine Freude macht. Es mögen das einzeln sehr kleine Freuden sein: aber tut man sie alle in eine Hand, so hat man die Hand voller als jemals sonst – und das Herz auch! –

Am Gastmahle vieler. – Wie glücklich ist man, wenn man so genährt wird, wie die Vögel, aus der Hand eines, der den Vögeln ausstreut, ohne sie genauer anzusehn und auf ihre Würdigkeit zu prüfen! Zu leben als ein Vogel, der kommt und fortfliegt und keinen Namen im Schnabel trägt! So am Gastmahle vieler mich zu sättigen ist meine Freude.

Das dritte Auge. – Wie! du bedarfst noch des Theaters! Bist du noch so jung? Werde klug und suche die Tragödie und Komödie dort, wo sie besser gespielt wird! Wo es interessanter und interessierter zugeht! Ja, es ist nicht ganz leicht, dabei eben nur Zuschauer zu bleiben, – aber lerne es! Und fast in allen Lagen, die dir schwer und peinlich fallen, hast du dann ein Pförtchen zur Freude und eine Zuflucht, selbst noch, wenn deine eignen Leidenschaften über dich herfallen. Mache dein Theater-Auge auf, das große dritte Auge, welches durch die zwei anderen in die Welt schaut!

Was uns freisteht. – Man kann wie ein Gärtner mit seinen Trieben schalten und, was wenige wissen, die Keime des Zorns, des Mitleidens, des Nachgrübelns, der Eitelkeit so fruchtbar und nutzbringend ziehn wie ein schönes Obst an Spalieren; man kann es tun mit dem guten und dem schlechten Geschmack eines Gärtners und gleichsam in französischer oder englischer oder holländischer oder chinesischer Manier, man kann auch die Natur walten lassen und nur hier und da für ein wenig Schmuck und Reinigung sorgen, man kann endlich auch ohne alles Wissen und Nachdenken die Pflanzen in ihren natürlichen Begünstigungen und Hindernissen aufwachsen und unter sich ihren Kampf auskämpfen lassen – ja, man kann an einer solchen Wildnis seine Freude haben und gerade diese Freude haben wollen, wenn man auch seine Not damit hat. Dies alles steht uns frei: aber wie viele wissen denn davon, daß uns dies frei steht? *Glauben* nicht die meisten an *sich* wie an vollendete *ausgewachsene Tatsachen*? Haben nicht große Philosophen noch ihr Siegel auf dies Vorurteil gedrückt, mit der Lehre von der Unveränderlichkeit des Charakters?

SIMONE LAPPERT

Baden im Jetzt

Seit ich denken kann, zieht es mich, egal, wo ich bin, ans Wasser. Ich liebe diese kühle Weite, die am Ufer eines Gewässers entsteht, sie lässt mich innehalten und ruhiger atmen, sie legt sich wie ein Schalldämpfer über die lauten Gedanken in meinem Kopf. Aber noch lieber als *am* Wasser bin ich *im* Wasser, in einem See, einem Meer, einem Fluss oder einem Schwimmbecken. Wasser ist definitiv einer meiner Lieblingsorte. Vorausgesetzt, es ist über 20 Grad warm. Das war schon als Kind so. Wenn ich im Sommer mit dem Fahrrad von Strengelbach nach Zofingen geradelt bin, um dort in die Badi zu gehen, oder wenn wir manchmal am Wochenende mit der Familie an den Sempachersee gefahren sind, bin ich oft so lange im Wasser geblieben, bis ich schrumpelig war, blaue Lippen hatte, und konnte höchstens mit Pommes, Eiscreme oder Melone an Land gelockt werden. Ich war das, was mein Vater scherzhaft eine »Wasserratte« nannte. Und noch heute würde ich sagen, dass Schwimmen, am liebsten in einem ruhigen See am Morgen oder am Abend, für mich das zweitbeste Lebensgefühl ist, das nur noch von einem richtig guten Gespräch übertrumpft wird.

Vor ein paar Tagen war ich, wie gefühlt eine Million andere auch, in meinem Lieblingsseebad in der Stadt. Und obwohl es kaum genug Platz gab, um das Badetuch ganz auszurollen und sich vor den Stegen ins Wasser Warteschlangen bildeten, lag eine versöhnliche Gemächlichkeit in der Luft. Ich schwamm raus in die Abendsonne und kletterte auf eines der sehr vollen Floße, schloss die Augen und lauschte dem Wellenglucksen, den Gesprächen, den Möwen und dem lauten »Platsch«, wenn jemand ins Wasser sprang. Gemessen an der Anzahl Menschen kam mir die Friedlichkeit fast paradox vor. Ich schaute mich auf dem Floß um: lauter Menschen, die auf den See schauten, sich unterhielten oder mit geschlossenen Augen in der Sonne schaukelten. Ich realisierte, dass es in der heutigen Zeit, in unserer Gesellschaft, eigentlich kaum noch Orte gibt, an denen so viele Menschen zusammenkommen, ohne dass jemand in ein Handy starrt. Und alle für einen kurzen Moment einfach genau da sind, wo sie gerade sind.

Vielleicht liegt der Zauber des Wassers an der Unmittelbarkeit, die es uns abverlangt. Wenn ich schwimme, konzentriere ich mich aufs Atmen, auf das Gleiten der Arme durchs Wasser, auf den Horizont oder das Ufer. Und der Körper, der mir manchmal so schwer und sperrig vorkommt, verliert an Gewicht, und mit ihm alles andere, was an Land an Dringlichkeiten lauert. Als würde ich den Ärger und die Sorgen und die unerledigten Aufgaben mit jedem Atemzug ein wenig aufblasen, wie eine Luftmatratze oder einen Gummiflamingo, bis die Gedanken mir Auftrieb geben, anstatt mich runterzuziehen. Vielleicht, dachte ich, ist Wasser so etwas wie flüssige Gegenwart.

Mein Badeanzug war mittlerweile schon fast trocken. Ich stand auf, stellte mich an den Floßrand und sprang kopfüber ins kühle, flüssige Jetzt.

ROBERT WALSER

Der nächtliche Aufstieg

Alles war mir so seltsam, so, als hätte ich es nie gesehen und sähe es zum erstenmal im Leben. Ich fuhr mit der Eisenbahn durch ein Gebirge. Es war Abend, und die Sonne war so schön. Die Berge kamen mir so groß vor, so gewaltig, und sie waren es auch. Durch Höhe und Tiefe wird ein Land reich und groß, es gewinnt an Raum. Verschwenderisch mutete mich die Bergnatur an mit den hochaufragenden Felsgebilden und mit den hochaufschießenden schönen dunklen Wäldern. Ich sah die schmalen Wege sich um die Berge schlängeln, so anmutig, so poesiereich. Der Himmel war klar und hoch, und auf den Wegen gingen Männer und Frauen. An den Halden standen so schön, so still die Häuser. Ein Gedicht schien mir das Ganze, ein altes herrliches Gedicht, ewig neu durch lebendiges Fortdauern. Dann wurde es dunkler. Bald schimmerten die Sterne in die tiefe schwarze Schlucht hinab, und ein glänzend weißer Mond trat an den Himmel. Schneeweiß war die Straße, die durch die Schluchten lief. Eine tiefe Freude bemächtigte sich meiner. Ich war glücklich, daß ich in den Bergen war. Und die reine frische, kalte Luft. Wie herrlich war sie. Ich atmete sie mit Leidenschaft ein. So fuhr der Zug langsam weiter, und endlich stieg ich aus. Ich gab meine Sachen ab und schritt nun zu Fuß weiter, hinauf in die Berge. Es war so hell und zugleich so schwarz. Die Nacht war göttlich. Hohe Tannen ragten vor mir auf, Quellen hörte ich gurgeln und murmeln, das war eine so köstliche Melodie, ein so geheimnisvolles Sagen und Singen. Ich sang selber ein Lied in die Nacht hinein, während ich auf der hellen Straße immer höher stieg. Es kam ein Dorf, und dann ging es durch einen ganz finstern Wald. Ich stieß mit dem Fuß gegen Wurzeln und Steine, und da ich den geraden Weg verloren hatte, stieß ich oft auch den Wandererkopf an Bäume hart an. Ich mußte aber nur lachen darüber. O wie prächtig war dieser erste nächtliche Aufstieg. Alles so still. Es lag etwas Heiliges über allem. Der Anblick der schwarzen Tannen freute mich tief. Mitternacht war es, als ich oben im Hochtale vor dem kleinen dunklen Haus anlangte, im Fenster war Licht. Es wartete jemand auf mich. Wie ist das doch schön, in stiller rauschender Nacht in einer hochgelegenen Natureinöde anzulangen, zu Fuß, gleich einem wild daherfahrenden Handwerksgesellen, und zu wissen, daß man von jemand Liebenden erwartet wird. Ich klopfte. Ein Hund fing an zu bellen, daß es weithin hallte. Ich hörte, daß jemand die Treppe eilig hinunter zu laufen kam. Die Tür wurde geöffnet. Jemand hielt mir die Lampe oder Laterne vor das Gesicht. Man erkannte mich, o das war schön, das war so schön –

THOMAS MEYER

»Was ich schon alles eingeatmet habe vor lauter Liebe!«

Ich bin 51 Jahre alt; man könnte reifere Gedanken erwarten. Aber Pupse sind nun einmal, was mir zum Thema »Kleine Freuden« als Erstes einfiel.

Nicht die Spielabende mit meinem taktisch überlegenen Sohn. Nicht die neckischen Einschlafgespräche mit meiner Partnerin. Nicht das Behagen, nachdem ich die Küche zum Blitzen gebracht habe. Das sind auch alles Freuden des Alltags, aber sie kommen mir erst in den Sinn, wenn ich tatsächlich über das Thema nachdenke.

Möglicherweise existiert zwischen »Nicht nachdenken« und »Ich schreibe über Pupse« ein Zusammenhang. Wie dem auch sei: Hier kommen sie, die witzigen Winde!

Sie dröhnen und jaulen, sie knurren und zwitschern, blubbern und zischen – unsere hintere Stimme ist schlicht zu vielfältig, überraschend und amüsant, um nicht von der oberen bejubelt zu werden. Keine mir bekannte Künstlerin, kein Künstler wartet mit einem derartigen Repertoire auf. Selbiges gilt für die begleitenden Gerüche, deren Spektrum jenes der önologischen Duftnoten weit übertrifft. Da ist alles dabei: vom angestochenen Kompost über ausbleibende Mundhygiene bis zum gestrandeten Walfisch.

Die humoristische Güte dieses polysensorischen Ensembles eröffnet sich uns mit ungefähr vier Jahren, wenn wir den Menschen, der Natur, dem Übersinnlichen und dem simplen Humor zutiefst zugewandt sind. Bereits bei der ersten bewussten Begegnung erkennen wir den Furz daher als treuen Weggefährten, der uns immer wieder zum Lachen bringen wird.

Doch dank dem sich bald einstellenden Schamempfinden und unserem auf Manierlichkeit bedachten Umfeld verändert sich diese Beziehung grundlegend. Praktisch über Nacht schlägt die Pupsfreude in blanke Peinlichkeit um.

Erst Jugendfreundschaften bringen die einstige Unbeschwertheit zurück. Was sich zu Hause, im Klassenzimmer und der Tram nicht ziemt, wird zu zweit im Hobbyraum in einer Weise abgefeiert, als wollte man all die verlorenen Jahre zurückholen. Doch es dauert nicht lange, und der Pups kracht gegen die Leitplanken der Liebe.

Verbindet sich unser Herz mit einem anderen, wollen wir dies um jeden Preis bewahren, was allzu oft dazu führt, dass wir uns komplett verbiegen – auch körperlich. Die Darmkrämpfe, die wir erleiden, bloß um uns keine akustische Blöße zu geben, werden mit fortschreitendem Abend immer schlimmer. Hinter dem verkniffenen Furz vom Aperitif stauen sich jene vom Abendessen, dem Heimweg und der Fummelei. Schließlich sitzen wir auf dem Klo des begehrten Menschen, basteln aus Toilettenpapier verzweifelt ein Windschott, pressen es gegen unseren Darmausgang und versuchen, die quälenden Gase ohne Getöse loszuwerden.

Manchmal funktioniert das sogar. Aber meist ist der Druck längst so groß geworden, dass der dreilagige Schalldämpfer dem Erlösungsdonner kaum Einhalt zu gebieten vermag. Oder wir bringen lediglich ein Winzwindchen zustande, das den Verkrampfungsschmerz gerade mal für ein paar Sekunden lindert.

Es ist ungesund und unnatürlich, Pupse zurückzuhalten; spätestens bei solchen Gelegenheiten wird uns das klar. Aber wir machen weiter so. Wir wollen einen guten Eindruck hinterlassen. Namentlich in fremden Betten.

Jahrelang pupste ich also nur unter Freunden. Irgendwann war die Kommunikationstechnik so weit fortgeschritten, dass wir einander dank der Sprachnachrichtfunktion Pupse schicken konnten, was dem Spaß ganz neue Dimensionen verlieh. Ich erinnere mich an Danis legendären Furz – in meiner Generation heißen alle Dani, Päde, Mäse oder Thöme, somit ist kein Rückschluss möglich –, der sage und schreibe 13 Sekunden dauerte. Immer wieder spielte ich ihn ab und beömmelte mich von Neuem.

Sie finden das kindisch?

Es ist kindisch.

Ich bin jedoch der Ansicht, dass wir alles dafür tun müssen, um zum Freimut unserer frühen Jahre zurückzufinden. Es schadet unserer mentalen und körperlichen Gesundheit, wenn wir uns das innere Kind verbieten. Wir sollten dazu stehen, ängstlich, verletzlich und hilflos zu sein und Blähungen zu haben. Das ist alles menschlich und verlangt danach, artikuliert zu werden. In diesem Sinne ist das Pupsen als Psychotherapie sehr zu empfehlen.

Vor Frauen tat ich es dennoch nie. Ich legte stets Wert darauf, Gentleman zu sein. Es bereitete mir Freude, meine Wertschätzung durch guten Benimm zu zeigen. Außerdem hätte ich mich gar nicht getraut. Dass die Konkurrenz allem Anschein nach durchgehend auf steinzeitlichem Niveau operierte, verschaffte mir einen zusätzlichen Wettbewerbsvorteil. Ich hielt den Damen die Tür auf, half ihnen in den Mantel und furzte erst nach der Verabschiedung.

In irgendeinem Film pupst ein Darsteller, nachdem sich sein Date außer Hörweite begeben hatte, und spricht dabei selig: *Finally!* Ich konnte es so gut nachempfinden.

Dann kam L. Unsere Beziehung endete leider unschön, wie eigentlich jede. Aber sie hat mir ein großes Geschenk gemacht, das mich für alle Zeiten versöhnlich stimmt: L. befreite mich von meinem Gebot, nicht vor Frauen zu pupsen.

Es lag womöglich daran, dass L. aus Deutschland kommt. Die dortige Mentalität unterscheidet sich von unserer wesentlich. Während wir fanatisch darauf bedacht sind, von niemandem schief angeschaut zu werden, ist das den meisten Deutschen, mit denen ich zu tun hatte, herzlich egal. Es sind direkte, im besten Wortsinn unverstellte Charaktere, die ihre Meinung sagen und ihre Bedürfnisse einfordern. Wir hingegen pressen alles durch unseren eidgenössischen Sozialverträglichkeitsfilter und halten die Differenzen, die dennoch entstehen, furchtbar schlecht aus. Wir weinen beinahe, wenn eine Meinungsverschiedenheit aufkommt, und können nur mit ihr umgehen, indem wir unser Gegenüber persönlich angreifen.

Das ist der Grund, weshalb wir ausnehmend höflich, aber nicht besonders freundlich sind. Und warum deutscher Journalismus so viel besser ist als der schweizerische. Und warum das intime Miteinander mit Menschen aus dem Norden ganz anders verläuft.

In diesem Sinne bestärkt, gestand ich L., dass ich nicht vor Frauen pupsen könne. Wobei gestehen nicht das richtige Wort ist. Ich jammerte vielmehr herum, wie schön es doch wäre, meinen Gasen die Zügel zu lassen.

L. meinte: Boah, wenn du pupsen musst, lass es doch einfach raus! Stört mich nicht!

(Nicht etwa: *Wäh, so gruusig!*)

Ganz Schweizer, schlug ich einen Kompromiss vor und erledigte die Angelegenheit auf ihrem Balkon. Kann man mit gutem Willen als »vor Frauen pupsen« durchgehen lassen, fand ich.

Na, muss da wieder einer auf den Balkon?, fragte L. fortan genüsslich, wenn ich Blähungen hatte. Dass ich kein Gluten vertrage, wusste ich damals noch nicht. Ich verbrachte viel Zeit im Freien.

Eines Abends kamen wir leicht angetrunken nach Hause. Wir hatten Pizza gegessen. Pizza enthält viel Gluten.

Ich kündigte an, den Balkon aufzusuchen. Doch diesmal versperrte mir L. den Weg.

Pups endlich!, befahl L. Sie fand es ausgeprochen komisch, dass ich mich so anstellte.

Die Wirkung des Proseccos veranlasste mich, es zu versuchen. Es klappte nicht.

Los, pups!, rief L.

Ihr Blick ließ erkennen, dass es kein Entkommen mehr gab.

Schließlich pupste ich zum ersten Mal vor einer Frau. Nicht besonders laut. Aber doch so, dass L. etwas sagte, mit dem man auch ein Pferd loben könnte.

Ab da gab es kein Halten mehr. Bald nannte mich L. »die Luftwaffe«.

Wenig später gingen wir auseinander. Ich hatte keine Furzmentorin mehr. Und mit meinen 45 Jahren irgendwie auch keine Lust, mich nochmals auf das Wagnis einer Beziehung einzulassen. Es war so oft schon schiefgegangen. Und vermutlich hatte die Enttäuschung auch meinen *Tuches* wieder verklemmt.

Ein paar Monde später stand Anja in meinem Leben. Es war einfach so; die Frage nach dem Sich-Einlassen kam gar nicht erst auf. Die andere aber schon.

Einerseits weckte die Freude an der neuen Partnerschaft sogleich jene am gemeinschaftlichen Pupsen. Aber wie sollte ich das vermitteln?

Ich fasste mir ein Herz und sagte: »Lass uns doch mal übers Pupsen sprechen!«

Anja ist auch aus Deutschland. Sie fand nichts dabei, dass eine Unterhaltung so beginnt.

»Ich habe in meiner letzten Beziehung gelernt, dass man voreinander pupsen soll«, sagte ich und ging gleich mit gutem Beispiel voran.

Zunächst war Anja etwas bestürzt. Nicht, weil ich von meiner letzten Partnerschaft sprach, aber vom ganzen Rest. Es vergingen ein paar Wochen, aber bald teilte sie meine

Ansicht und sprach L. aufrichtigen und wiederholten Dank aus. Sie schenkte mir eine Postkarte, auf der ein gezeichnetes Paar einander zugewandt im Bett liegt; beiden entweichen Wölkchen. Darüber steht: *No true love without farts.* Merken Sie sich das. Es ist absolut korrekt.

Ich habe in meiner Notizbuch-App eine Liste von Anja-Sätzen, die des Festhaltens würdig sind. Ich zitiere einige von ihr autorisierte:

Was ich schon alles eingeatmet habe vor lauter Liebe!

Mann, die ganze Butze riecht schon wieder nach Furz!

Und dann kommt dir der Pups wieder in den Sinn, und du schmeißt dich weg.

Abgesehen davon, dass es offenbar nur wenige Worte braucht, um meinen Charakter zu beschreiben, bringen mich Pupse tatsächlich – wir erinnern uns an Danis Arschnachricht! – mehr als einmal zum Lachen. Allein schon die Erinnerung daran genügt, wie Anja richtig beobachtet.

Folgen wir nun meiner These, dass Pupse der mentalen Gesundheit zuträglich sind, ließe sich daraus ableiten, dass mein Wohlbefinden sich spätestens seit der Beziehung mit L. auf konstant hohem Niveau befindet. Das kann ich so leider nicht bestätigen.

Ich kann Ihnen aber versichern, dass depressive Episoden mit der Freude am Pupsen viel leichter zu bewältigen sind.

RAY BRADBURY

Die Mechanismen der Freude

Pater Brian zögerte noch, zum Frühstück hinunterzugehen, weil er meinte, Pater Vittorini dort unten lachen zu hören. Vittorini speiste wie gewöhnlich allein. Mit wem oder über wen konnte er also lachen?

Über *uns,* dachte Pater Brian, *über wen sonst.*

Er horchte erneut.

Auf der anderen Seite des Korridors versteckte sich, oder besser gesagt meditierte, auch Pater Kelly in seinem Zimmer.

Sie ließen Vittorini nie allein zu Ende frühstücken, nein, sie richteten es immer so ein, dass sie ihm wenigstens bei seinem letzten Bissen Toast Gesellschaft leisteten. Andernfalls hätten sie ihre Schuldgefühle nicht über den ganzen Tag ertragen können.

Wie dem auch sei, dort unten lachte doch jemand – oder etwa nicht? Pater Vittorini hatte irgend etwas in der Morgenausgabe der *Times* aufgestöbert. Oder, schlimmer noch, war er etwa die halbe Nacht mit dem unheiligen Geist aufgeblieben, diesem Fernsehgerät, das da wie ein ungebetener Gast in der Halle stand, wunderlich und gleichzeitig bedrückend? Und jetzt plante Vittorini mit seinem von dieser elektronischen Bestie ausgebleichten Verstand vielleicht eine brandneue, raffinierte Teufelei, drehten sich die

Rädchen in seinem lautlosen Hirn, während er dasaß und absichtlich fastete, in der Hoffnung, sie neugierig zu machen und mit seiner geräuschvollen italienischen Fröhlichkeit nach unten zu locken?

»Ach Gott«, seufzte Pater Brian und betastete den Briefumschlag, den er am Vorabend vorbereitet hatte. Er hatte ihn sicherheitshalber in seine Jacke gesteckt, falls er sich dazu entschließen sollte, ihn Pastor Sheldon auszuhändigen. Ob Pater Vittorini ihn mit seinem scharfen, dunklen Röntgenblick durch den Stoff hindurch entdecken würde?

Pater Brian strich fest mit der Hand über sein Revers, um auch die leiseste Andeutung seiner Bitte um Versetzung in eine andere Gemeinde auszulöschen.

»Also los!«

Und mit einem Gebet auf den Lippen stieg Pater Brian die Treppe hinunter.

»Ah, Pater Brian!«

Vittorini blickte von seiner immer noch vollen Schale auf. Dieser Unmensch hatte noch nicht einmal Zucker über seine Cornflakes gestreut.

Pater Brian hatte das Gefühl, er trete in einen leeren Fahrstuhlschacht.

Unwillkürlich streckte er eine Hand aus, um sich zu retten. Sie berührte die Oberkante des Fernsehgerätes. Der Apparat war noch warm. Er konnte die Frage nicht unterdrücken: »Haben Sie letzte Nacht hier eine Séance abgehalten?«

»Ich habe bei dem Gerät gewacht, ja.«

»Gewacht ist gut!«, schnaubte Pater Brian. »Man wacht

doch bei einem Kranken, soviel ich weiß, oder bei einem Toten? Ich war selbst einmal ein sehr geschicktes Medium. Sogar dafür hat man noch mehr Hirn gebraucht.« Er wendete sich von der elektrischen Idiotie ab, um Vittorini zu mustern. »Und haben Sie aus der Ferne Schreie und gespenstisches Geheul von, wie heißt es doch gleich – Cape Canaveral – gehört?«

»Sie haben den Start um drei Uhr morgens abgeblasen.«

»Und Sie sitzen hier, frisch wie ein Gänseblümchen.« Pater Brian trat kopfschüttelnd näher. »Was wahr ist, ist nicht immer gerecht.«

Vittorini ertränkte jetzt energisch seine Cornflakes in Milch. »Aber Sie, Pater Brian, Sie sehen aus, als hätten Sie in der letzten Nacht eine Rundfahrt durch die Hölle gemacht.«

Glücklicherweise trat in diesem Moment Pater Kelly ein. Er erstarrte, als auch er sah, wie wenig Vittorini mit seinem Kraftspender vorangekommen war. Er murmelte etwas zu den beiden Priestern, setzte sich und blickte zu dem verwirrten Pater Brian hinüber.

»Wirklich, William, du siehst halb tot aus. Schlaflosigkeit?«

»Ein wenig.«

Pater Kelly legte den Kopf auf die Seite und beäugte die beiden Männer. »Was geht hier vor? Ist irgendetwas passiert, während ich letzte Nacht nicht zu Hause war?«

»Wir hatten einen kleinen Meinungsaustausch«, antwortete Pater Brian und stocherte in den allseits gefürchteten Flocken herum.

»Kleinen Meinungsaustausch!«, rief Pater Vittorini. Er

hätte fast gelacht, fing sich aber noch rechtzeitig und sagte einfach: »Der irische Priester macht sich wegen des italienischen Papstes Kopfschmerzen.«

»Bitte, Pater Vittorini!«, warf Kelly ein.

»Lass ihn nur weiterreden«, meinte Pater Brian.

»Vielen Dank für Ihre Erlaubnis«, sagte Vittorini, überaus höflich und mit einem freundlichen Kopfnicken. »Il Papa ist eine ständige Quelle ehrfurchtsvollen Irritiertseins eines Teiles, wenn nicht gar des gesamten irischen Klerus. Warum nicht einmal ein Papst namens Nolan? Warum nicht einmal ein grüner statt eines roten Hutes? Warum nicht, wenn wir schon dabei sind, die Peterskirche bis zum fünfundzwanzigsten Jahrhundert nach Cork oder Dublin verpflanzen?«

»Hoffentlich hat *das* niemand gesagt!«, entfuhr es Pater Kelly.

»Ich habe mich eben geärgert«, sagte Pater Brian. »Und in meiner Erregung könnte ich so etwas *angedeutet* haben.«

»Geärgert, warum? Und angedeutet – aus welchem Grunde?«

»Hast du gehört, was er da vom fünfundzwanzigsten Jahrhundert erzählt hat?«, fragte Pater Brian. »Also, wenn Flash Gordon und Buck Rogers durch das Oberlicht des Baptisteriums hereingeflogen kommen, dann sucht meine Wenigkeit schnellstens das Weite.«

Pater Kelly seufzte. »O Gott, schon wieder dieser faule Witz?«

Pater Brian spürte sein Blut heiß in die Wangen schießen, bemühte sich jedoch, es in kühlere Teile seines Körpers zurückzudrängen.

»Fauler Witz? Es geht weit darüber hinaus. Seit einem Monat heißt es doch nun schon Cape Canaveral hier und Flugbahnen und Astronauten dort. Man könnte meinen, wir hätten Nationalfeiertag: Jede halbe Nacht bleibt er wegen der Raketen auf. Ich meine damit, was ist denn das für ein Leben, sich von Mitternacht an von diesem Medusenapparat in der Halle berauschen zu lassen, der, falls man ihn nur ansieht, das Denkvermögen einfrieren lässt? Ich kann nicht einschlafen, weil ich das Gefühl habe, das ganze Pfarrhaus könnte jeden Augenblick in die Luft fliegen.«

»Ja, ja«, entgegnete Pater Kelly, »aber was hat das alles mit dem Papst zu tun?«

»Nicht mit dem neuen; mit dem vorletzten«, erklärte Brian matt. »Zeigen Sie ihm den Ausschnitt, Pater Vittorini.«

Vittorini zögerte.

»Zeigen Sie ihn her«, insistierte Brian.

Pater Vittorini brachte einen kleinen Zeitungsausschnitt zum Vorschein und legte ihn auf den Tisch.

Sogar verkehrt herum konnte Pater Brian die ungute Nachricht entziffern: PAPST SEGNET ANGRIFF AUF WELTRAUM.

Pater Kelly streckte zögernd einen Finger nach dem Ausschnitt aus. Halblaut, jedes Wort dabei mit dem Fingernagel unterstreichend, las er die Meldung vor:

CASTEL GANDOLFO, ITALIEN, 20. SEPT. – Papst Pius XII. segnete heute die Bemühungen der Menschheit zur Eroberung des Weltraums.

Der Pontifex maximus erklärte vor den Delegierten des

Internationalen Astronautischen Kongresses: »Gott hat nicht die Absicht, den Anstrengungen der Menschen zur Eroberung des Weltraums eine Grenze zu setzen.«

Die 400 Delegierten aus 22 Nationen wurden vom Papst in seiner Sommerresidenz empfangen.

»Dieser astronautische Kongress ist zu einer Zeit, da die Menschheit sich anschickt, die Tiefen des Weltraums zu erforschen, von ganz besonderer Bedeutung«, sagte der Papst. »Er sollte alle Menschen angehen. (…) Der Mensch muss Anstrengungen unternehmen, um sich in eine neue Beziehung zu Gott und seinem Universum zu setzen.«

Pater Kellys Stimme verklang.

»Wann ist diese Sache erschienen?«

»1956.«

»*So* lange ist das her?« Pater Kelly legte den Ausschnitt hin. »*Ich* hab sie nicht gelesen.«

»Anscheinend«, sagte Pater Brian, »lesen du und ich überhaupt nicht viel.«

»Jeder könnte so etwas übersehen«, erwiderte Kelly. »Es ist ein klitzekleiner Artikel.«

»Mit einer sehr großen Idee dahinter«, fügte Pater Vittorini hinzu, offensichtlich gut gelaunt.

»Der springende Punkt ist –«

»Der springende Punkt ist«, erklärte Vittorini, »dass meine Glaubwürdigkeit ernsthaft bezweifelt wurde, als ich zum ersten Mal von dieser Angelegenheit sprach. Wie wir jetzt sehen, bin ich kein Fingerbreit von der Wahrheit abgewichen.«

»Sicher«, sagte Pater Brian rasch, »doch, wie unser Dichter William Blake schon gesagt hat: ›Eine Wahrheit, mit böser Absicht gesagt, schlägt alle Lügen, die man zu erfinden wagt.‹«

»O ja«, entgegnete Vittorini mit unerschütterlicher Freundlichkeit. »Aber hat Blake nicht auch geschrieben:

Wer da bezweifelt, was er schaut,
Glaubt nie dir, dass auf Sand er baut.
Wenn Sonn' und Mond je Zweifel hegten,
Sie auf der Stell' verlöschen täten.

Äußerst passend«, fügte der italienische Priester hinzu, »für das Zeitalter der Raumfahrt.«

Pater Brian starrte diesen skrupellosen Menschen an.

»Ich wäre Ihnen dankbar, wenn Sie unseren Blake nicht gegen uns zitieren würden.«

»*Ihren* Blake?«, fragte der schlanke, blasse Mann mit dem sanft schimmernden, schwarzen Haar. »Seltsam, ich hatte ihn immer für einen Engländer gehalten.«

»Blakes Gedichte«, erklärte Pater Brian, »waren stets ein großer Trost für meine Mutter. Sie war es, die mir sagte, dass mütterlicherseits irisches Blut in seinen Adern floss.«

»Ich nehme es dankbar zur Kenntnis«, sagte Pater Vittorini. »Doch zurück zu diesem Zeitungsartikel. Da wir ihn nun gefunden haben, scheint mir der Augenblick günstig zu sein, die Enzyklika von Pius XII. etwas näher zu betrachten.«

Pater Brians angeborene Vorsicht, gleichsam ein zweites Nervensystem unter seiner Haut, prickelte – in Alarmzustand versetzt.

»Welche Enzyklika meinen Sie?«

»Natürlich die über die Raumfahrt.«

»So etwas *kann* er doch nicht gemacht haben?«

»Hat er aber.«

»Über die Raumfahrt? Eine spezielle Enzyklika?«

»Eine spezielle Enzyklika.«

Die Wucht dieser Enthüllung hätte die beiden irischen Priester fast gegen ihre Stuhllehnen geworfen.

Pater Vittorini fingerte zaghaft herum wie jemand, der nach einer Explosion aufräumen muss, pickte hier ein paar Fusseln von seinem Ärmel, dort ein paar Toastkrümel von der Tischdecke.

»Hätte es nicht genügt«, fragte Pater Brian mit ersterbender Stimme, »dass er den Astronauten die Hände schüttelte und zu ihnen ›gut gemacht!‹ und dergleichen sagte, nein, musste er auch noch lang und breit darüber schreiben?«

»Es hätte nicht genügt«, erwiderte Pater Vittorini. »Wie ich gehört habe, wollte er auch zu den Problemen des Lebens auf anderen Welten und dessen Auswirkung auf das christliche Denken Stellung nehmen.«

Jedes dieser genau akzentuierten Wörter drückte die beiden anderen Männer tiefer in ihre Stühle.

»Wie Sie *gehört* haben?«, fragte Pater Brian. »Sie haben sie also selbst noch nicht gelesen?«

»Nein, aber ich habe vor –«

»Sie haben viel vor und noch schlimmere Absichten. Manchmal, Pater Vittorini, reden Sie – und ich bedaure sehr, das sagen zu müssen – ganz und gar nicht wie ein Priester der Mutter Kirche.«

»Ich rede«, antwortete Pater Vittorini, »wie ein italienischer Priester, der irgendwie in einen ekklesiastischen Sumpf geraten ist und versucht, durch vorsichtiges Auftreten die Oberflächenspannung aufrechtzuerhalten, umringt von einer großen Herde Geistlicher namens Shaughnessy und Nulty und Flannery, die jedes Mal wie Karibus oder Büffel im Kreis herumtrampeln oder in Panik ausbrechen, wenn ich es wage, ›Päpstliche Bulle‹ auch nur zu flüstern.«

»Ich zweifle in meinem Innern überhaupt nicht daran« – und hierbei warf Pater Brian einen Seitenblick in die Richtung, wo er den Vatikan vermutete –, »dass Sie, wenn Sie nur hätten dort sein können, den Heiligen Vater zu diesem ganzen Raumfahrt-Affentheater angestiftet hätten.«

»Ich?«

»Ja, Sie! Sie sind es doch, oder, und gewiss nicht wir, der da tonnenweise Heftchen mit glänzenden Titelseiten anschleppt, auf denen Raumschiffe abgebildet sind und eklige grüne Ungeheuer mit sechs Augen und siebzehn Gliedmaßen, die auf irgendeinem Mond oder so hinter halb nackten weiblichen Wesen herjagen? Sie höre ich doch, wie Sie spät in der Nacht den Countdown von zehn, neun, acht bis hinunter zu eins zählen, im Gleichklang mit der Bestie Fernsehen, während wir in schmerzlicher Erwartung der zu befürchtenden Erschütterung, die uns die Plomben aus den Zähnen haut, daliegen. Ein Italiener hier und ein anderer in Castel Gandolfo – möge Gott mir vergeben – haben es geschafft, die ganze irische Geistlichkeit zu deprimieren!«

»Haltet Frieden!« sagte Pater Kelly schließlich. »Und zwar alle beide!«

»Und Frieden werde ich mir verschaffen, so oder so«,

erklärte Pater Brian und zog den Briefumschlag aus der Tasche.

»Steck das wieder ein«, sagte Pater Kelly, der spürte, was er enthalten musste.

»Bitte, gib das für mich Pastor Sheldon.«

Pater Brian erhob sich schwerfällig und blickte suchend umher, um die Tür und einen Weg aus dem Zimmer zu finden. Plötzlich war er verschwunden.

»Da sehen Sie, was Sie angerichtet haben!«, sagte Pater Kelly.

Pater Vittorini, ehrlich erschrocken, hatte aufgehört zu essen. »Aber Pater, ich hielt das die ganze Zeit für eine freundschaftliche Balgerei, bei der er Sprüche klopft und ich Sprüche klopfe, er in lauteren und ich in leiseren Tönen.«

»Scheint, Sie haben die Balgerei ein wenig übertrieben, und aus Scherz ist Ernst geworden!«, kommentierte Kelly. »Ah, Sie kennen William nicht so, wie ich ihn kenne. Sie haben ihn regelrecht zerfetzt.«

»Ich werde mein Bestes tun, die Sache zu flicken –«

»Sie flicken besser Ihren Hosenboden! Halten Sie sich da raus, das ist jetzt mein Job.« Pater Kelly schnappte sich den Briefumschlag vom Tisch und hielt ihn gegen das Licht: »Die Röntgenaufnahme der Seele eines armen Menschen. O Gott!«

Er eilte die Treppe hinauf. »Pater Brian?«, rief er. Er verlangsamte seine Schritte. »Pater?« Er klopfte an die Tür. »William?«

Im Frühstücksraum, wieder allein, erinnerte Pater Vittorini sich der letzten Flocken in seinem Mund. Sie schmeckten nach nichts mehr. Er brauchte eine ganze Weile, sie hinunterzuschlucken.

Erst nach dem Mittagessen gelang es Pater Kelly, Pater Brian im armseligen kleinen Garten hinter dem Pfarrhaus in die Enge zu treiben und ihm den Briefumschlag zurückzugeben. »William, ich möchte, dass du das zerreißt. Du darfst nicht mitten im Spiel aufgeben. Wie lange geht das nun schon so zwischen euch beiden?«

Pater Brian seufzte und nahm den Brief, zerriss ihn aber nicht. »Es ist so allmählich über uns gekommen. Zuerst habe ich ihm die irischen Schriftsteller vorbuchstabiert und er mir die italienischen Opern. Dann beschrieb ich ihm das *Book of Kells* in Dublin, und er führte mich durch die Renaissance. Dank sei Gott für seine Güte, dass er ihn diese päpstliche Enzyklika über die verdammte Raumfahrt nicht früher entdecken ließ, sonst hätte ich mich in ein Kloster versetzen lassen, wo die Patres ein Schweigegelübde ablegen müssen. Doch ich fürchte, er wäre mir selbst dorthin gefolgt und hätte mir die Countdowns von Cape Canaveral in Zeichensprache vorgezählt. Welch einen Advocatus Diaboli würde dieser Mann abgeben!«

»Pater!«

»Ich werde später dafür Buße tun. Es ist nur, weil dieser schwarze Otter, dieser Seehund, er jongliert mit dem Kirchendogma, als sei es ein rot-weiß gestreifter Gummiball. Schön und gut, sollen die Seehunde ihre Kapriolen machen, aber man darf sie doch nicht unter wahre Gläubige wie uns beide mischen! Verzeih den Hochmut, aber jedes Mal, wenn diese Piccolo-Spieler unter uns Harfenisten geraten, scheint es eine Variation des Grundthemas zu geben, habe ich nicht recht?«

»Was für cin rätselhaftes Gleichnis, William! Wir Kirchenleute sollten den anderen ein Beispiel im Zusammenleben sein.«

»Hat das auch jemand Pater Vittorini gesagt? Wir müssen uns wohl damit abfinden, dass die Italiener die Rotarier der Kirche sind. Keinem von denen hätte man zutrauen können, beim Letzten Abendmahl nüchtern zu bleiben!«

»Ich frage mich«, sinnierte Pater Kelly, »ob wir Iren das gekonnt hätten?«

»Wir hätten zumindest gewartet, bis es zu Ende gewesen wäre!«

»Also, sind wir nun Priester oder Barbiere? Wollen wir hier herumstehen und Haare spalten, oder wollen wir Vittorini mit seinem eigenen Messer glatt rasieren? Hast du einen Plan, William?«

»Vielleicht sollten wir einen Baptisten als Vermittler einschalten.«

»Bleib mir vom Leib mit deinem Baptisten! Hast du die Enzyklika studiert?«

»Die Enzyklika?«

»Hast du seit dem Frühstück Gras zwischen deinen Zehen wachsen lassen? Offensichtlich! Lesen wir dieses Raumfahrt-Edikt! Prägen wir es uns ein, bis wir's auswendig können, und dann greifen wir den Raketenmenschen auf seinem eigenen Gebiet an! Hier geht's zur Bibliothek. Wie lautet doch der Schlachtruf der jungen Leute heutzutage? Fünf, vier, drei, zwei, eins – Zündung?«

»So ähnlich jedenfalls.«

»Na, dann sag schon das Entsprechende, Mann! Und mir nach!«

Als sie zur Bibliothek kamen, trafen sie Pastor Sheldon, der diese gerade verließ.

»Es hat keinen Zweck«, erklärte der Pastor lächelnd, als er ihre fiebrigen Gesichter sah. »Sie werden es da drinnen nicht finden.«

»Was werden wir da drinnen nicht finden?« Pater Brian sah, wie der Pastor auf den Brief blickte, den seine Finger noch immer umkrampften, und steckte ihn rasch weg. »Was meinen Sie damit, Sir?«

»Ein Raketenschiff ist ein wenig zu groß für unsere beengten Räumlichkeiten«, sagte der Pastor in dem kläglichen Versuch, in Rätseln zu sprechen.

»Hat der Italiener etwa Ihr Ohr gewonnen?«, rief Pater Kelly verzweifelt.

»Nein, aber es schallt ein gutes Echo hier zu uns herüber. Ich wollte selbst ein bisschen nachschlagen.«

»Dann«, meinte Pater Brian mit einem Seufzer der Erleichterung, »sind Sie also auf *unserer* Seite?«

Pastor Sheldons Augen bekamen einen etwas traurigen Ausdruck. »Gibt es denn hier eine Seite, Patres?«

Sie gingen gemeinsam in das kleine Bibliothekszimmer, wo Pater Brian und Pater Kelly sich jeder unbehaglich auf die Kante eines harten Stuhles setzten. Pastor Sheldon blieb stehen und verfolgte aufmerksam ihr Unbehagen.

»Also, warum fürchten Sie sich vor Pater Vittorini?«

»Fürchten?« Pater Brian schien überrascht über dieses Wort, und leise rief er: »Eigentlich ärgern wir uns mehr.«

»Das eine führt zum andern«, gab Kelly zu. Er fuhr fort: »Sehen Sie, Pastor, hauptsächlich geht es darum, dass eine kleine Stadt in der Toskana mit Steinen nach Maynooth wirft, das, wie Sie wissen, ein paar Meilen vor Dublin liegt.«

»Ich bin Ire«, sagte der Pastor geduldig.

»Das meinen wir eben, Pastor, und umso weniger können wir Ihre große Ruhe angesichts dieser Katastrophe verstehen«, meinte Pater Brian.

»Ich bin Ire, stamme aber aus Kalifornien«, erklärte der Pastor.

Er gab ihnen Zeit, das zu schlucken. Als sie es verdaut hatten, stöhnte Pater Brian unglücklich: »Ach, das hatten wir vergessen.«

Und er schaute den Pastor an und sah dort eine noch unverblichene Bräune, die frische Farbe eines Menschen, der sein Gesicht selbst hier in Chicago dem Himmel zugewandt trägt wie eine Sonnenblume und auch das letzte bisschen Licht und Wärme, das er hier bekommen kann, ausnutzt, um sich seine Farbe und sein Wesen zu bewahren. Vor ihm stand ein Mann, der unter seiner Soutane noch immer die Figur eines Badminton- und Tennisspielers hatte und die festen, sehnigen Hände eines Handballers. Wenn er auf der Kanzel stand und seine Arme durch die Luft streichen ließ, konnte man ihn geradezu unter dem warmen kalifornischen Himmel schwimmen sehen.

Pater Kelly lachte einmal kurz auf.

»O holde Ironie des Schicksals! Pater Brian, hier haben wir unsern Baptisten!«

»Baptisten?«, fragte Pastor Sheldon.

»Nichts für ungut, Pastor, aber wir wollten gerade einen Vermittler suchen, und da kommen Sie, ein Ire aus Kalifornien, der die Winterstürme von Illinois erst sehr kurze Zeit kennt; sie haben noch den Duft frisch gemähten Rasens in der Nase und die Januarsonnenbräune im Gesicht. Wir dagegen, Pastor, wurden auf den Schlackenhalden Corks und Kilcocks geboren und großgezogen. Zwanzig Jahre Hollywood könnten uns nicht auftauen. Aber, nun ja, heißt es nicht, dass Kalifornien viel …«, er machte eine Pause, »sehr viel Ähnlichkeit mit Italien hat?«

»Ich merke, worauf du hinauswillst«, murmelte Pater Brian.

Pastor Sheldon nickte, und sein Gesicht hatte einen freundlichen und zugleich ein wenig traurigen Ausdruck. »Mein Blut ist wie das Ihre. Aber das Klima, das mich geformt hat, ist wie das Klima Roms. Sie sehen also, Pater Brian, als ich fragte, ob es denn hier eine Seite gäbe, sprach ich aus meinem Herzen.«

»Irisch und dabei doch nicht irisch«, klagte Pater Brian. »Fast, aber doch nicht ganz italienisch. Oh, das Schicksal spielt unserem Fleisch schon so manchen Streich.«

»Nur, wenn wir es ihm gestatten, William, Patrick.«

Beide Männer zuckten beim Klang ihrer Vornamen ein wenig zusammen.

»Sie haben mir immer noch nicht geantwortet: Wovor haben Sie Angst?«

Pater Brian konnte seine Hände einen Moment lang wie zwei verwirrte Kämpfer miteinander ringen sehen: »Also, es ist, weil – gerade wenn wir dabei sind, die Dinge auf der Erde in den Griff zu kriegen, gerade wenn der Sieg in Sicht scheint, die Kirche festeren Halt gewonnen hat – genau dann kommt Pater Vittorini daher –«

»Verzeihen Sie mir, Pater«, unterbrach ihn Pastor Sheldon, »genau dann kommt die Wirklichkeit. Genau dann kommen Weltraum, Zeit, Entropie, Fortschritt – eine Million Dinge stürmen ständig auf uns ein. Pater Vittorini hat die Raumfahrt nicht erfunden.«

»Nein, aber er schlachtet sie weidlich aus. Bei ihm ›beginnt alles im Mystizismus und endet in der Politik‹. Nun, das macht nichts. Ich stelle meinen Eichenknüppel in die Ecke, wenn er seine Raketen in die Ecke stellt.«

»Nein, das sollten wir lieber nicht tun«, erwiderte der Pastor. »Gewalt oder besondere Reisearten sollte man besser nicht verstecken, sondern das Beste daraus machen. Warum klettern wir nicht in diese Rakete, Pater, und lernen von ihr?«

»Lernen – was? Dass die meisten Dinge, die wir in der Vergangenheit auf Erden gelehrt haben, dort draußen auf dem Mars oder der Venus oder wohin, zum Teufel, Vittorini uns auch befördern möchte, nicht zutreffen? Adam und Eva mit unseren eigenen Raketenfeuern aus irgendeinem *neuen* Garten Eden auf dem Jupiter zu vertreiben? Oder, schlimmer noch, dass es kein Paradies gibt, keinen Adam, keine Eva, keinen Apfel der Verdammnis, keine Schlange, keinen Sündenfall, keine Erbsünde, keine Mariä Verkündigung, keine Geburt des Herrn, keinen Sohn Gottes? Sie können mit dieser Liste fortfahren, bis überhaupt nichts mehr übrig bleibt, auf einer verfluchten Welt nach der andern! Ist es *das,* was wir lernen müssen, Pastor?«

»Wenn es notwendig werden sollte, ja«, antwortete Pastor Sheldon. »Es ist der Weltraum des Herrn, und es sind die Welten des Herrn *in* diesem Raum, Pater. Wir sollten nicht versuchen, unsere Kathedralen mit auf die Reise zu nehmen, wenn wir nicht mehr benötigen als einen Handkoffer. Die Kirche kann in eine Kiste gepackt werden, nicht größer als für die liturgischen Gegenstände nötig, so viel wie diese Hände tragen können. Sie müssen Pater Vittorini zubilligen, dass die Bewohner südlicher Landstriche schon vor langer Zeit gelernt haben, in Wachs zu bauen, das in Harmonie mit den Bewegungen und Bedürfnissen der Menschen weich wird und seine Form wandelt. William, William, wenn Sie auf hartem Eis beharren, wird dieses beim Durchbrechen der Schallgrenze zerspringen oder im Feuersturm des Raketenstarts schmelzen, und Ihnen bleibt nichts.«

»Das ist mit fünfzig Jahren schwer zu lernen, Pastor«, meinte Pater Brian.

»Aber ich weiß, Sie werden es schaffen«, sagte der Pastor, während er ihm die Hand auf die Schulter legte. »Ich stelle Ihnen eine Aufgabe: Schließen Sie Frieden mit dem italienischen Priester. Versuchen Sie doch, heute Abend eine Gelegenheit zur Aussprache zu finden. Geben Sie sich Mühe, Pater. Und als allererstes, da unsere Bibliothek kläglich ist, suchen und finden Sie die Raumfahrt-Enzyklika, damit wir wissen, worüber wir uns die Köpfe heiß reden.«

Einen Augenblick später war der Pastor verschwunden.

Pater Brian lauschte dem verklingenden Geräusch der flinken Füße – als flöge ein weißer Ball hoch in der milden blauen Luft, und der Pastor eilte ihm entgegen, um einen sauberen Volley zu schlagen.

»Ein Ire und doch kein Ire«, sagte er. »Beinahe, aber doch nicht ganz Italiener. Und was sind wir jetzt, Patrick?«

»Ich fange an, mich das zu fragen«, lautete die Antwort.

Und sie gingen in eine größere Bibliothek, worin die bedeutenderen Gedanken eines Papstes über einen gewaltigeren Raum verborgen sein mochten.

Eine ganze Weile nach dem Abendessen an diesem Tag, ja fast schon vor dem Zubettgehen, eilte Pater Kelly, mit einer Mission betraut, durchs Haus, klopfte an Türen und flüsterte etwas.

Kurz vor zehn Uhr kam Pater Vittorini die Treppe herunter und schnappte überrascht nach Luft.

Pater Brian stand vor dem unbenutzten Kamin und wärmte sich an dem kleinen Gasofen, der auf der Feuerstelle stand, ohne sich sofort umzuwenden.

Ein Platz war frei gemacht und das seelenlose Fernsehgerät vor einen Halbkreis von vier Stühlen geschoben worden, zwischen denen zwei kleine Beisetztische mit zwei Flaschen und vier Gläsern standen. Pater Brian hatte das alles arrangiert und Kelly nicht gestattet, ihm dabei zu helfen. Jetzt drehte er sich um, denn Kelly und Pastor Sheldon traten ein.

Der Pastor blieb im Eingang stehen und musterte den Raum. »Fabelhaft« – und nach einer kurzen Pause – »möchte ich meinen. Lasst doch mal sehen …« Er las das Etikett der einen Flasche. »Pater Vittorini wird hier sitzen.«

»Bei dem Irish Moss?«, fragte Vittorini.

»Genau«, bestätigte Pater Brian.

Sichtlich erfreut nahm Vittorini Platz.

»Und wir andern sitzen wohl bei den Lacrimae Christi?«, meinte der Pastor.

»Ein *italienisches* Getränk, Pastor.«

»Ich glaube, ich habe davon gehört«, sagte Pastor Sheldon und setzte sich.

»Hier.« Pater Brian eilte hinüber und schenkte Pater Vittorini, ohne ihn dabei anzusehen, großzügig Irish Moss ein. »Eine irische Transfusion.«

»Gestatten Sie.« Vittorini nickte dankend und erhob sich, um seinerseits den andern einzuschenken. »Die Tränen Christi und die Sonne Italiens«, sagte er dabei. »Und jetzt, ehe wir trinken, muss ich Ihnen etwas gestehen.«

Die anderen sahen ihn abwartend an.

»Eine päpstliche Enzyklika über die Raumfahrt«, erklärte er schließlich, »gibt es gar nicht.«

»Das haben wir«, entgegnete Kelly, »vor ein paar Stunden auch entdeckt.«

»Verzeihen Sie mir, Patres«, sagte Vittorini. »Ich bin wie der Fischer am Ufer, der angesichts der Fische noch mehr Köder auswirft. Ich hatte schon immer den Verdacht, dass es keine solche Enzyklika gibt. Doch jedes Mal, wenn in der Stadt über dieses Thema gesprochen wurde, hörte ich so viele Priester aus Dublin ihre Existenz leugnen, dass ich langsam zur Überzeugung kam, es *müsse* sie einfach geben! Die andern wollten das nicht nachprüfen, weil sie fürchteten, sie könnte doch existieren. Ich dagegen, in meiner Hoffart, wollte der Sache nicht nachgehen, weil ich fürchtete, sie könnte *nicht* existieren. Ob römischer Hochmut oder irischer Hochmut kommt also auf dasselbe heraus. Ich werde mich bald zu den Exerzitien zurückziehen und eine Woche lang schweigen, Pastor, und Buße tun.«

»Gut, Pater, gut.« Pastor Sheldon erhob sich. »Ich habe Ihnen noch eine kleine Mitteilung zu machen. Ein neuer Priester kommt im nächsten Monat hierher. Ich habe lange darüber nachgedacht. Der Mann ist Italiener, geboren und aufgewachsen in Montreal.«

Vittorini schloss ein Auge und versuchte, sich ein Bild von dem Mann zu machen.

»Wenn die Kirche alles für alle Menschen bedeuten soll«, sagte der Pastor, »reizt mich der Gedanke an einen heißblütigen Menschen, aufgewachsen in einem kalten Klima, wie es bei diesem Italiener der Fall ist, genauso wie ich es faszinierend finde, wenn ich an mich selbst denke, einen kaltblütigen Menschen, aufgewachsen in Kalifornien. Wir brauchen einen weiteren Italiener hier, um uns ein wenig aufzurütteln, und dieser Südländer sieht aus wie einer, der sogar Pater Vittorini noch aufrütteln könnte. Möchte jemand jetzt einen Toast ausbringen?«

»Darf ich, Pastor?« Pater Vittorini erhob sich erneut, leicht lächelnd, während er mit dunklen, glühenden Augen vom einen zum andern blickte. Er hob sein Glas. »Irgendwo hat Blake doch einmal von den Mechanismen der Freude gesprochen? Das heißt, hat Gott nicht zuerst die Umwelt erschaffen und dann diese Natur in Furcht versetzt, indem er das Fleisch ins Leben rief, Spielzeugmänner und -frauen, wie wir es alle sind? Und so, glücklich auf den Weg geschickt, im besten Fall mit gutem Willen und scharfem Verstand ausgerüstet, sind wir nicht, in stillen Mittagsstunden, in mildem Klima, Gottes Mechanismen der Freude?«

»Wenn Blake das gesagt hat«, erklärte Pater Brian, »nehme ich alles zurück. Er hat nie in Dublin gelebt!«

Alle lachten miteinander.

Vittorini trank seinen Irish Moss, der ihm gehörig die Sprache verschlug. Die andern tranken den italienischen Wein und wurden heiter, und in dieser heiteren Stimmung rief Pater Brian leise: »Vittorini, wollen Sie nicht jetzt, so unheilig es auch sein mag, den Geist einschalten?«

»Kanal neun?«

»Kanal neun!«

Und während Vittorini an den Knöpfen drehte, sinnierte Pater Brian über seinem Glas Wein: »Hat Blake das *wirklich* gesagt?«

»Tatsache ist, Pater«, antwortete Vittorini, konzentriert auf die über den Bildschirm huschenden Phantome blickend, »dass er es gesagt haben könnte, wenn er heute leben würde. – Ich selbst habe es heute Abend geschrieben.«

Alle sahen den Italiener mit einer gewissen Bewunderung an. Dann gab das Fernsehgerät einen Summton von sich, das Bild wurde klar und zeigte eine Rakete, weit weg, kurz vor dem Start.

»Die Mechanismen der Freude«, sagte Pater Brian. »Ist das Ding, das Sie da gerade einschalteten, einer davon? Und ist die Rakete dort auf der Abschussrampe vielleicht ein weiterer?«

»Heute Nacht könnte sie einer davon sein«, murmelte Vittorini. »Wenn dieses Ding abhebt, mit einem Menschen darin, um die ganze Welt fliegt, und er am Leben bleibt, und wir bei ihm sind, obgleich wir hier sitzen. Das wäre dann wirklich etwas zum Freuen.«

Die Rakete machte sich bereit, und Pater Brian schloss einen Moment die Augen. Vergib mir, Jesus, dachte er, vergib einem alten Mann scinen Hochmut, und vergib Vittorini seine Boshaftigkeit, und hilf mir zu verstehen, was ich heute Nacht hier sehe, und lass mich, wenn nötig, bis zum Morgengrauen gut gelaunt wach bleiben, und lass die Sache gut ausgehen, das Ding sicher hinauf- und wieder herunterkommen, und denk an den Mann in diesem verrückten Apparat, Jesus, *denk* an ihn und sei bei ihm. Und hilf mir, Gott, in diesen Frühsommertagen, denn so gewiss wie das Schicksal werden Vittorini und die Nachbarskinder an diesem 4. Juli auf dem Rasen vor dem Pfarrhaus sein und Feuerwerksraketen abbrennen. Alle werden dann dort den Himmel beobachten wie am Tage des Jüngsten Gerichts, und hilf mir, o Herr, so zu sein wie diese Kinder vor dieser großen Nacht von Zeit und All, wo du ewig weilst. Und hilf mir vorwärtszugehen, Herr, um am nächsten Unabhängigkeitstag eine Rakete zu entzünden und neben dem italienischen Pater zu stehen, mein Gesicht von demselben Ausdruck erfüllt wie ein strahlendes Kindergesicht vor der flammenden Herrlichkeit, die du in Reichweite unserer Hand gebracht und uns annehmbar gemacht hast.

Er öffnete die Augen.

Stimmen vom fernen Cape Canaveral schrien im Wind der Zeit. Seltsame bedrohliche Trugbilder erschienen undeutlich auf der Mattscheibe. Er trank gerade den letzten Schluck Wein, als jemand leicht seinen Ellbogen berührte.

»Pater«, sagte Vittorini an seinem Ohr, »legen Sie Ihren Sicherheitsgurt an.«

»Das werde ich«, antwortete Pater Brian. »Das werde ich. Und vielen Dank.«

Er lehnte sich in seinem Stuhl zurück. Er schloss die Augen. Er wartete auf den Donner. Er wartete auf den Flammenstrahl. Er wartete auf die Erschütterung und auf die Stimme, die etwas Törichtes, Merkwürdiges, Verrücktes und Wunderbares lehren würde:

Wie man rückwärts zählt, immer weiter rückwärts … bis null.

MARTIN SUTER

BENJAMIN VON STUCKRAD-BARRE

Feierabend

SUTER: Möchtest du ein Eis?

STUCKRAD-BARRE: Na, selbstverständlich.

SUTER: Es gibt Stracciatella oder Himbeersorbet.

STUCKRAD-BARRE: Ich glaube, Himbeersorbet ist jetzt genau das Richtige.

SUTER: Ich gebe dir das mal so, und dann kriegst du einen Löffel. Du brauchst sicher auch eine Serviette. Ich brauche das nicht, aber …

STUCKRAD-BARRE: Weiße Hosen aus Athen, ja, für mich immer eine Serviette. Danke schön.

SUTER: Bitte schön.

STUCKRAD-BARRE: Das ist doch alles ganz wunderbar. Garten, Sonne, Eis – nach des Tages Mühen könnten wir das doch jetzt richtig genießen hier.

SUTER: Das könnten wir jetzt, ja.

STUCKRAD-BARRE: Findest du das Wort »genießen« auch so ekelhaft?

SUTER: Puh, das habe ich mir jetzt noch nie überlegt.

STUCKRAD-BARRE: Dafür bin ich ja da: neue Perspektiven.

SUTER: Das ist wahr. Und da mache ich natürlich gerne mit.

STUCKRAD-BARRE: Ich finde die Wörter »verwöhnen« und »genießen« sehr eklig. Aber jetzt ist beides der Fall.

SUTER: Ja, jetzt verwöhnen wir uns genussvoll.

STUCKRAD-BARRE: »Verwöhnen« ist auch oft so eine verklemmte Sexvokabel: »Verwöhnen Sie doch mal Ihre Frau« oder so. Furchtbar! *But then again …* Also hier mit dir im letzten Sonnenlicht dieses Tages sitzend, kommt mir das Wort »Lebensabend« in den Sinn.

SUTER: Das kommt mir öfters in den Sinn.

STUCKRAD-BARRE: Ganz schön eigentlich. Dieser Frühling hier kann jederzeit auch als Herbst durchgehen, die Blätter sind noch braun, könnten aber auch schon braun sein. Es ist diese Mischung aus einer schüchtern wärmenden Sonne und so einer Zwischenluft, Etagen von Kälte, sodass man nie weiß: Worauf will dieses Wetter jetzt hinaus?

SUTER: Ja, und wo kommt es her? Es war ja noch schlecht heute früh, oder?

STUCKRAD-BARRE: Eben. Wenn wir jetzt mal sagen, dieser Frühling ist eigentlich ein Herbst, dann klingt das Wort »Lebensabend« noch viel stimmiger. Wir sitzen zusammen auf einer …

SUTER: Feierabendbank.

STUCKRAD-BARRE: Man kann es gar nicht Bank nennen. Es ist ein richtig schön weiches Sofa draußen in deinem Garten. Wir schauen in die Sonne, essen ein Sorbet. Sorbet ist ja sowieso das Lebensabend-Eis schlechthin.

SUTER: Aber wir können es ein bisschen jugendlicher wirken lassen, indem wir es »chillen« nennen. Wir chillen in der Sonne auf einer Chill-Bank.

STUCKRAD-BARRE: Ich glaube, das wirkt sogar noch älter, wenn wir »chillen« sagen. Andererseits ist es ja auch völlig egal, wie alt wir sind oder wirken. Ich finde die Gewissheit ganz schön, auch erleichternd, dass irgendwann Schluss ist. Wenn ich diese Blutwäschefaschisten Elon Musk und Peter Thiel faseln höre darüber, wie sie auf dem Mars oder in der Tiefkühltruhe oder so mehrere Tausend Jahre alt werden wollen, ist mein einziger Gedanke: Ich nicht!

SUTER: Nein.

STUCKRAD-BARRE: Vor allem nicht, wenn die so alt würden.

SUTER: Und wie ich die kenne, würden die das nicht diskret tun. Die nicht.

STUCKRAD-BARRE: Viel lieber möchte ich mit dir hier den Lebensabend verbringen. Jetzt noch eine Taube füttern, dann ist es perfekt. Zwar verstellt diese noch oder schon bräunliche Hecke den Ausblick, aber wir wissen, da unten ist der See. Und darum geht es vielleicht im Alter: Der muss gar nicht zu sehen sein, man weiß einfach, er ist da, der See. Und dann so leicht wegdämmern. Ideal! Die Orientierung in Zeit und Raum verschwimmt allmählich, Wochentage werden längst nicht mehr unterschieden. Das gefällt mir schon sehr gut. Mir etwas zu bedeutsam jetzt zwar diese entfernt läutende Kirchenglocke ... Die hörst du doch auch, oder ist das in mir?

SUTER: Ich glaube nicht, dass es eine Kirchenglocke ist.

STUCKRAD-BARRE: Oha. Ja, dann wird es wirklich Zeit.

SUTER: Eine Hupe, glaube ich.

STUCKRAD-BARRE: Also ich finde »Lebensabend« als Wort und Idee wirklich schön. Es klingt so undramatisch. Sunset Boulevard. Wundervoll!

SUTER: Vor em Hus bim Brunne.

STUCKRAD-BARRE: Bitte was?

SUTER: Das ist eine Zeile aus einem alten Jodellied. Es heißt *Gruess vo'r Flueh*.

STUCKRAD-BARRE: Also hat ein Jodellied auch Wortanteil?

SUTER: Ja, es gibt ein paar bessere, die das haben.

STUCKRAD-BARRE: Und wo wird dann gejodelt? Im Refrain?

SUTER: Ja.

STUCKRAD-BARRE: Ach! Und wie würde man das übersetzen, was du da gerade gejodelt hast?

SUTER: Ich müsste es dir zuerst auf Berndeutsch sagen: Vor em Hus bim Brunne, altersschwach und chrumme, sitzt dr Ätti still und luegt dem Triibe naa. Was siis Härz möcht sääge und schiär nid ma trääge, gseht me sine füechte-n-Ouge-n-aa. Vor dem Haus beim Brunnen, altersschwach und krumm …

STUCKRAD-BARRE: Also statt dem Brunnen ist jetzt hier der Pool. Altersschwach und krumm – eigentlich momentan keiner von uns beiden übermäßig. Und dann?

SUTER: Sitzt dr Ätti, also da sitzt der Vater oder der Großvater still.

STUCKRAD-BARRE: Still, na ja. Das könntest natürlich du sein.

SUTER: Und schaut dem Treiben nach.

STUCKRAD-BARRE: Das bin ich. Ich bin das Treiben.

SUTER: Nein, das Treiben ist der Alpabzug.

STUCKRAD-BARRE: Der Alpabzug. Wenn also Heidi und der Geißenpeter da den Berg runterkommen mit den Tieren?

SUTER: Ja.

STUCKRAD-BARRE: Das ist aber im Spätsommer, oder?

SUTER: Ja, wenn die Jungen die Kühe von der Alp treiben.

STUCKRAD-BARRE: Das wird hier jetzt dargestellt durch den Autoverkehr. Die kommen alle vom Hotel Dolder herunter jetzt oder vom Golfplatz.

SUTER: Dann die nächste Zeile: Was siis Härz möcht sääge und schier nid ma trääge.

STUCKRAD-BARRE: Was sein Herz wohl sagen würde?

SUTER: Nein, sagen möchte. Und fast nicht tragen kann …

STUCKRAD-BARRE: Sehr schön. Ja.

SUTER: … sieht man seinen feuchten Augen an. Und dann kommt Johödudihüdijö, der Jodel.

STUCKRAD-BARRE: Damit war zu rechnen.

SUTER: Und am Anfang ist es noch: S isch es prächtigs Luege, wie die Chüejerbuebe vo dr Alp ab chömme. Und so weiter.

STUCKRAD-BARRE: Ihr habt die Konsonanten schon wirklich gern, ne?

SUTER: Ja, die helfen uns sehr.

STUCKRAD-BARRE: Andere auf Abstand zu halten.

SUTER: Genau. Schau, schon wieder dieses Phänomen von gestern: Die Sonne gibt sich alle Mühe, und dann kommen diese Schleierwolken und nehmen ihr die Kraft.

STUCKRAD-BARRE: Ja, und zwar schlagartig. Eben dachte ich noch, das Eis wird uns wegschmelzen hier, aber jetzt wird es gerade wieder härter. Ich esse allerdings auch ungewohnt langsam.

SUTER: Das macht nichts. Das sei gesund, heißt es.

STUCKRAD-BARRE: Das ist eben das Lebensabendtempo, die Sorbetzeitlupe. Hast du deines schon aufgegessen?

SUTER: Klar. Bevor es wieder härter wird.

IVAN TURGENEV

Wald und Steppe

Die Jagd mit Flinte und Hund ist an sich schön, für sich, wie man in alten Zeiten zu sagen pflegte; aber nehmen wir an, Sie seien nicht zum Jäger geboren: dennoch lieben Sie die Natur; Sie können folglich nicht umhin, unsereinen zu beneiden … Hören Sie.

Wissen Sie, zum Beispiel, welch ein Genuss es ist, im Frühling vor Tau und Tag hinauszufahren? Sie treten auf die Freitreppe. Am dunkelgrauen Himmel blinzeln hie und da noch Sterne; ein feuchter Windhauch weht Ihnen dann und wann in leichten Wellen entgegen; zu hören ist das verhaltene, undeutliche Flüstern der Nacht; leise rauschen die Bäume, von Schatten übergossen. Man legt einen Teppich in die Telega, stellt den Kasten mit dem Samovar zu Füßen. Die Beipferde schütteln sich, schnauben und treten geckenhaft vom einen Bein aufs andre; ein Pärchen eben erst erwachter weißer Gänse watschelt schweigend, langsam über die Straße. Hinter dem Flechtzaun, im Garten, schnarcht friedlich der Nachtwächter; jeder Laut scheint in der erstarrten Luft zu stehen, er steht und vergeht nicht. Da sind Sie eingestiegen, die Pferde ziehen an, laut fängt das Telega an zu rattern… Sie fahren – fahren vorbei an der Kirche, den Berg hinab nach rechts, über das Wehr … Der Teich beginnt kaum merklich zu dampfen. Ihnen ist ein wenig kühl, Sie bergen das Gesicht im Mantelkragen; Sie sind schläfrig. Die Pferde stampfen schmatzend durch die Pfützen; der Kutscher pfeift von Zeit zu Zeit. Doch da sind Sie schon vier Verst weit gefahren … Der Rand des Himmels rötet sich; in den Birken erwachen, ungeschickt mit den Flügeln flatternd, die Dohlen; die Spatzen tschilpen um die dunklen Heuschober herum. Die Luft wird heller, die Straße besser sichtbar, der Himmel klarer, die Wolken weißer, die Felder grüner. In den Hütten brennen rot die Kienspäne, hinter den Toren hört man verschlafene Stimmen. Und unterdessen entbrennt das Morgenrot; schon verbreiten sich am Himmel goldene Streifen, in den Schluchten ballen sich Dämpfe; hell singen die Lerchen, der erste morgendliche Wind weht – und still taucht schwimmend die Sonne auf. Ein Schwall von Licht ergießt sich; Ihr Herz erschauert wie ein erwachter Vogel. Alles ist frisch, heiter und froh! Weit ist ringsum die Sicht. Dort hinter dem Wald liegt ein Dorf; dort weiter weg ein zweites mit einer weißen Kirche, dort auf dem Berg das Birkenwäldchen; dahinter der Sumpf, zu dem Sie fahren … Schneller, stolze Rosse, schneller! vorwärts im gestreckten Trab! … Drei Verst sind es noch, nicht mehr. Rasch erhebt sich die Sonne, der Himmel ist klar… Es wird herrliches Wetter. Eine Herde aus dem Dorf kommt Ihnen entgegen. Nun haben Sie den Gipfel des Berges erklommen … Welch eine Aussicht! Der Fluss windet sich über zehn Verst weit dahin, matt durch den Nebel blauend; dahinter die grünen Schwemmwiesen; hinter den Wiesen sanft abfallende Hügel; in der Ferne tummeln sich rufend Kiebitze über dem Sumpf; durch den feuchten

Glanz, der sich in die Luft ergießt, tritt klar die Ferne hervor … anders als im Sommer. Wie frei atmet die Brust, wie unbeschwert bewegen sich die Glieder, wie gestärkt ist der ganze Mensch, erfasst vom frischen Atem des Frühlings! …

Oder ein Sommermorgen, im Juli! Wer, wenn nicht der Jäger, wüsste, was für eine Freude es ist, im Morgengrauen durch das Gebüsch zu streifen? Als grünes Band zieht sich die Spur Ihrer Füße durch das betaute, weiß schimmernde Gras. Sie biegen einen nassen Busch auseinander – und Ihnen schlägt der dort gestaute warme Geruch der Nacht entgegen; die Luft ist ganz durchtränkt von der frischen Bitterkeit des Wermuts, vom Honig des Buchweizens und des »Dotterkrauts«; in der Ferne steht der Eichenwald und glitzert und glüht in der Sonne; noch ist es frisch, doch schon spürt man die nahende Hitze. Den Kopf schwindelt es vom schmachtenden Überfluss der Düfte. Das Gebüsch nimmt kein Ende … Hier und da blinkt in der Ferne gelb der reifende Roggen, in schmalen Streifen rötet sich der Buchweizen. Da knarrt eine Telega, im Schritt folgt ihr ein Bauer, er stellt das Pferd in den Schatten … Sie haben ihn gegrüßt, sind weitergegangen – das Zischen der Sense erklingt in Ihrem Rücken. Die Sonne steigt höher und höher. Das Gras trocknet rasch. Eine Stunde vergeht, eine zweite … Der Himmel dunkelt an den Rändern; stechend schwül drückt die reglose Luft.

– Wo kann ich hier etwas trinken, Freund? – fragen Sie den Schnitter.

– Na dort, in der Schlucht ist ein Born.

Durch dichtes Haselgebüsch, um das sich wie Ketten

das Gras schlingt, steigen Sie hinab auf den Grund der Schlucht. Es stimmt: tief unten, am Fuß des Abhangs, verbirgt sich eine Quelle; ein Eichbusch streckt gierig seine gelappten Zweige über das Wasser; große silbrige Blasen erheben sich schaukelnd vom Grund, der bedeckt ist mit feinem samtenen Moos. Sie werfen sich auf die Erde, Sie haben sich sattgetrunken, sind aber plötzlich zu träge, sich zu bewegen. Sie liegen im Schatten, atmen die duftende Feuchtigkeit; Ihnen ist wohl, und die Büsche gegenüber glühen und vergilben gleichsam in der Sonne. Aber was ist das? Plötzlich fährt ein Windstoß durch die Zweige; die Luft ringsum erbebt: ist das nicht ein Donnern? Sie steigen aus der Schlucht … was ist das für ein bleierner Streifen am Horizont? Wird die Schwüle drückender? Zieht da eine Gewitterwolke auf?…Da zuckt ein schwacher Blitz … Aber ja, das ist ein Gewitter! Ringsum scheint noch hell die Sonne: noch könnte man jagen. Doch die Gewitterwolke wächst: ihr vorderer Rand streckt sich aus wie ein Ärmel, türmt sich zu einem Gewölbe. Das Gras, die Büsche, alles ist plötzlich gedunkelt … Schnell! dort ist anscheinend ein Heuschuppen … Schnell! … Sie haben ihn erreicht, sind eingetreten … Ist das ein Regen, sind das Blitze? Hier und da tropft Wasser durch das Strohdach ins duftende Heu … Doch schon spielt wieder die Sonne. Das Gewitter ist vorübergezogen; Sie treten ins Freie. Mein Gott, wie heiter glitzert alles ringsum, wie frisch und feucht ist die Luft, wie riecht es nach Walderdbeeren und Pilzen! …

Doch da bricht der Abend an. Das Abendrot lodert wie eine Feuersbrunst und hat den halben Himmel erfasst. Die

Sonne geht unter. Die Luft ist aus der Nähe irgendwie besonders durchsichtig, wie Glas; in der Ferne senkt sich leichter Dunst herab, der warm wirkt; mit dem Tau fällt ein roter Glanz auf die Wiesen, die eben noch von Strömen flüssigen Goldes übergossen waren; die Bäume, Büsche und Heuschober werfen lange Schatten … Die Sonne ist untergegangen; ein Stern hat sich entzündet und zittert im Feuermeer des Sonnenunterganges … Jetzt verblasst es; der Himmel wird dunkelblau; die Schatten verschwinden einer nach dem anderen, Dunst ergießt sich in die Luft. Es ist Zeit, nach Hause zu gehen, in die Bauernhütte, in der Sie übernachten. Die Flinte geschultert, gehen Sie schnell, ungeachtet der Müdigkeit … Und unterdessen bricht die Nacht herein; weiter als auf zwanzig Schritt ist nichts mehr zu sehen; das Weiß der Hunde ist im Dunkel kaum mehr zu erkennen. Dort über den Büschen hellt der Rand des Himmels auf … Was ist das? eine Feuersbrunst? … Nein, es ist der aufgehende Mond. Und dort unten, rechts, blinken schon die Lichter des Dorfs … Da ist schließlich auch Ihre Hütte. Durchs Fenster sehen Sie den weißgedeckten Tisch, die brennende Kerze, das Abendbrot …

Oder man lässt die Renndroschke anspannen und fährt in den Wald aufs Haselhuhn. Es macht Freude, sich auf dem schmalen Pfad vorzuarbeiten, zwischen zwei Wänden hohen Roggens. Die Ähren streifen Ihr Gesicht, Kornblumen winden sich um die Füße, Wachteln schnarren ringsumher, das Pferd geht trägen Trab. Da ist schon der Wald. Schatten und Stille. Die stattlichen Espen wispern hoch zu Ihren Häupten; die langen, hängenden Zweige der Birken bewegen sich kaum; eine mächtige Eiche steht wie ein Kämpfer neben einer schönen Linde. Sie fahren über einen grünen, von Schatten gemusterten Weg; große gelbe Fliegen hängen reglos in der goldenen Luft und schwirren plötzlich davon; Mücken winden sich zu einer Säule, die hell ist im Schatten, dunkel in der Sonne; friedlich singen die Vögel. Das goldene Stimmchen der Grasmücke erklingt in unschuldiger, schwatzhafter Freude: es passt zum Duft der Maiglöckchen. Weiter, weiter, tiefer in den Wald …

Der Wald wird zur Wildnis … Unbeschreibliche Stille befällt die Seele; und auch ringsum ist es schläfrig und still. Doch horch! da kommt Wind auf, die Wipfel beginnen zu rauschen, wie fallende Wellen. Durch das vorjährige braune Laub wächst hie und da hohes Gras; vereinzelt stehen Pilze mit ihren kleinen Hüten. Plötzlich springt ein Schneehase auf, der Hund jagt ihm mit schallendem Gebell hinterdrein …

Und wie schön ist derselbe Wald erst im Spätherbst, wenn die Schnepfen geflogen kommen! Sie halten sich nicht im tiefen Dickicht auf: sie muss man am Waldrand suchen. Es geht kein Wind, und es scheint auch keine Sonne, weder Licht noch Schatten, weder Bewegung noch Geräusch; in die weiche Luft ist Herbstgeruch ausgegossen, ähnlich dem Geruch von Wein; feiner Nebel steht über den gelben Feldern in der Ferne. Durch die kahlen Zweige der Bäume schimmert weiß der reglose Himmel; hie und da hängen an den Linden noch die letzten goldenen Blätter. Die feuchte Erde unter den Füßen gibt nach; lange trockene Halme glänzen im verblichenen Gras. Ruhig hebt und senkt sich die Brust, aber eine seltsame Unruhe befällt die Seele. So geht man entlang des Waldrands, sieht nach seinem Hund, und währenddessen kommen einem geliebte Bilder, geliebte Gesichter, tote wie noch lebende, in den Sinn, unverhofft erwachen längst entschlafene Eindrücke; die Vorstellungskraft schwingt sich auf und treibt wie ein Vogel dahin, und alles bewegt sich und steht klar und deutlich vor Augen. Bald erbebt das Herz und pocht heftig, stürzt leidenschaftlich voran, bald versinkt es unwiederbringlich in Erinnerungen. Das ganze Leben entrollt sich leicht und rasch wie ein Band; die ganze Vergangenheit, alle Gefühle, Kräfte, seine ganze Seele steht dem Menschen zu Gebote. Und nichts ringsumher, das ihn stören würde – weder Sonne noch Wind, noch Geräusch …

Oder ein klarer, etwas kalter, morgens frostiger Herbsttag, wenn sich die Birke, wie der Baum im Märchen, ganz in Gold, vom blassblauen Himmel abhebt, wenn die tiefstehende Sonne nicht mehr wärmt, aber heller strahlt als im Sommer, wenn das ganze Espenwäldchen durch und durch glitzert, so als wäre ihm heiter und leicht, kahl zu stehen, wenn der Reif erst weiß auf dem Grund der Täler schimmert und ein frischer Wind leise die abgefallenen, eingerollten Blätter erfasst und vor sich hertreibt – wenn dunkelblaue Wellen freudig über den Fluss dahineilen, die verstreuten Enten und Gänse gleichmäßig auf und ab schaukelnd; in der Ferne rattert, von Korbweiden halb verdeckt, eine Mühle, und bunt in der hellen Luft flatternd, kreisen schnell die Tauben über ihr …

Schön sind auch neblige Sommertage, obgleich der Jäger sie nicht liebt. An solchen Tagen kann man nicht schießen:

der Vogel, der vor Ihren Füßen aufflattert, verschwindet sofort im milchig-weißen Dunst des reglosen Nebels. Doch wie still, wie unaussprechlich still ist alles ringsum! Alles ist erwacht, und alles schweigt. Sie gehen an einem Baum vorüber – er rührt sich nicht: er liebkost sich selbst. Durch den feinen Dunst, der gleichmäßig in die Luft ausgegossen ist, erscheint vor Ihnen ein langer schwarzer Streifen. Sie halten ihn für einen nahen Wald; Sie nähern sich – der Wald verwandelt sich in eine hohe Wand Rainfarn am Wegesrand. Über Ihnen, ringsum – überall ist Nebel ... Doch jetzt erhebt sich ein leichter Wind – ein Fetzen des blassblauen Himmels tritt getrübt durch den verfliegenden, gleichsam verrauchenden Dunst, ein goldgelber Strahl reißt sich los, ergießt sich in einem langen Strom, prallt auf die Felder, stemmt sich gegen den Wald – und wieder zieht sich alles zu. Lange währt dieser Kampf; doch wie unsagbar prächtig und klar wird der Tag, wenn schließlich das Licht triumphiert und sich die letzten Wellen des erwärmten Nebels bald senken und wie Tischtücher ausbreiten, bald sich heben und in der tiefen, zärtlich strahlenden Höhe verschwinden ...

Ein andermal fahren Sie über abgeerntete Felder, in die Steppe hinaus. Zehn Verst weit haben sich die Felder vorgearbeitet – da schließlich ist die Große Straße. Vorbei an nicht enden wollenden Fuhrwerken, vorbei an Herbergen mit dem zischenden Samovar unter dem Vordach, dem weit geöffneten Tor und dem Brunnen, von einem Dorf zum andern, über unabsehbare Felder hin, an grünen Hanffeldern entlang, fahren Sie lange, lange. Elstern hüpfen von

Salweide zu Salweide; Weiber mit langen Heugabeln in den Händen streifen durchs Feld; ein Reisender im abgetragenen Nanking-Kaftan, das Felleisen auf den Schultern, schleicht müden Schrittes dahin; eine schwerbeladene Gutsbesitzerskutsche, bespannt mit sechs wohlgewachsenen und abgehetzten Pferden, schwimmt Ihnen entgegen. Aus dem Fenster lugt der Zipfel eines Kissens, und auf dem hinteren Wagentritt, auf einem Bastsack, sitzt, zur Seite gewandt, der Lakai im Mantel, bis an die Brauen mit Morast bespritzt. Da kommt das Kreisstädtchen mit seinen schiefen, erbärmlichen Holzhäuschen, seinen endlosen Zäunen, unbewohnten, aus Stein gebauten Kaufmannshäusern, der alten Brücke über die tiefe Schlucht … Weiter, weiter! … Da beginnen die Steppen. Man schaut vom Berg herab – welch Aussicht! … Runde, niedrige Hügel, beackert und von oben her eingesät, laufen in langen Wellen auseinander; mit Büschen bewachsene Schluchten winden sich zwischen ihnen; wie längliche Inseln dazwischen gestreut sind kleine Wälder; von Dorf zu Dorf verlaufen schmale Pfade; Kirchen schimmern weiß. Zwischen Weidengebüsch blinkt ein Flüsschen, von vier Wehren gestaut; weit in der Ferne stehen, wie Gänse, die Trappen; ein altes Herrenhaus schmiegt sich mit seinen Dienstgebäuden, seinem Obstgarten und der Tenne um einen kleinen Teich. Aber weiter, weiter fahren Sie. Die Hügel werden niedriger und niedriger, Bäume sind fast keine mehr zu sehen. Da ist sie endlich – die grenzenlose, unabsehbare Steppe!

Und an einem Wintertag durch die hohen Schneewächten den Hasen nachgehen, die scharfe Frostluft atmen, unwillkürlich blinzeln vom Glitzern des blendenden feinen Geflimmers des weichen Schnees, sich freuen am Grün des Himmels über dem rötlichen Wald! … Und die ersten Vorfrühlingstage, wenn ringsum alles glänzt und strahlt und es durch den schweren Dunst des geschmolzenen Schnees schon nach erwärmter Erde riecht, wenn auf den abgetauten Stellen, im schrägen Sonnenstrahl, zutraulich die Lerchen singen und sich mit heiterem Rauschen und Gebrüll, aus einer Schlucht in die andre, Bäche von Schmelzwasser ballen …

Doch es ist Zeit zu enden. Im Übrigen, ich sprach vom Frühling: im Frühling ist gut Abschied nehmen, im Frühling zieht es den Glücklichen in die Ferne … Leser, leben Sie wohl; ich wünsche Ihnen alles Gute.

SIMON FROEHLING

Kalte Freude

Du musst es wirklich probieren«, sagt Fadrina. »Versprichst du mir, dass du es probierst?«

»Schau mich an. Ich bin der größte Gfrörli überhaupt.«

Fadri sitzt, in seine dicke Achtzigerjahre-Vintage-Skijacke und den Wollschal gekuschelt auf dem verlassenen Badesteg im Schneidersitz, so gut das in gefütterten Blundstones geht. Die weiß-rot-hellblaue SKA-Mütze, die er für teures Geld auf dem Flohmi erstanden hat, tief in die Stirn gezogen.

»Genau deswegen!«

Fadrina hält sich mit einer Hand an der bestimmt eiskalten Leiter fest, die in den Fluss führt, ihre Beine, ihr Unterleib bereits im feindlich dunklen Wasser, das gefährlich schnell an ihnen vorbeizieht.

»Nur schon die Vorstellung.«

»Es ist wirklich das Beste, seit es Snickers als Glacé gibt.«

»Du isst so was?«

»Du lenkst ab!«

Dass sie nicht zittert, ihre Lippen nicht blau anlaufen.

»Ok, ok, ich probier's. Morgen. Versprochen.«

»Du musst einfach schnell kalt aufdrehen. Kein Übergang. Danach bist du wie neugeboren.«

Und weg ist sie. Abgetaucht.

Sie ist ihm ein Rätsel, diese Erscheinung zwischen Prinzessin und Marktfrau, Professorin und Muse. Er hingegen so eindimensional wie ein Brett, wie die Planken, auf denen er sitzt. Was findet sie bloß an ihm? Was fand sie an ihm, an diesem Abend vor ein paar Monaten im Schauspielhaus, bei der Saisoneröffnung, als sie sich das erste Mal begegnet waren?

»Fadrina, Fadri«, hatte der Dramaturg sie einander vorgestellt. Oder Grafiker. Oder arbeitete er in der Kommunikation? Der Typ jedenfalls, der mit seiner Ex-Freundin befreundet war und den er eigentlich gar nicht kannte.

»Das passiert nicht alle Tage, oder!?«, hatte er angefügt, als seien Fadrina und Fadri zwei von ihm erdachte Figuren und ihr gleichzeitiges Dasein von ihm höchstpersönlich inszeniert.

* * *

Der Schock ist heftiger, als er ihn sich vorgestellt hatte. Der Schock ist ein fieser Überfall von hinten, obwohl Fadri weiß, dass er kommt. Er lässt Funken regnen vor seinen Augen, nein, Eiskristalle. Der Schock will ihm den Atem abschnüren, das Leben aus ihm herauspressen. Er zieht alles zusammen, was weich ist an ihm. Lässt ihn seinen Mund öffnen zum Schrei, der als ein Schnauben entweicht. Immer wieder schnaubt er aus.

»Durch die Nase ein«, sagt er sich, »durch den Mund aus.«

Er schüttelt seine Hände, er tänzelt auf der Stelle, hat Angst auszurutschen, kann aber nicht still stehen. Das

Wasser bohrt ihm in die Brust, er dreht sich um, das Wasser drückt seine Schulterblätter auseinander, er legt den Kopf in den Nacken, sein Schädel will explodieren, er spürt es.

»Fuck, fuck, fuck!«, sagt er laut, zählt von zehn auf null, und dann nochmals, und dann kann er nicht mehr und bückt sich, um den Hahn zuzudrehen, ein Ziehen im unteren Rücken, tektonische Platte, denkt er, und Eiszeit, und Hilfe, und mein Kreislauf, hoffentlich kracht er nicht zusammen.

»Fuck, fuck, fuck!« Seine Bewegungen sind fahrig, als er nach dem Handtuch greift, das eine und dann das andere Bein über den Badewannenrand hievt, so schwer sind seine Beine, seine Arme, so angespannt seine Haut, und gleichzeitig scheint sie sich zu kräuseln, jedes einzelne Härchen hat sich aufgestellt.

»Mindestens zwei Minuten, vielleicht drei. Bis dein Körper nicht mehr ankämpft gegen die Kälte«, hört er Fadrinas Worte von gestern.

»Fuck you«, antwortet Fadri. Und lacht.

* * *

»Und?«

»Und was?«

»Hast du es probiert?«

»Ja.«

»Und?«

»Und was?«

»Depp«, sagt Fadrina, die sich an der eiskalten Leiter festhält, bis zum Nabel bereits im feindlich dunklen Wasser, und so tut, als wolle sie ihn vollspritzen.

Fadri weicht dem imaginierten Schauer aus, so gut das geht im Schneidersitz auf einem Badesteg. Der Fluss ist wirklich gefährlich schnell. Nur schon die Vorstellung.

»Ich glaub dir nicht«, sagt Fadrina, die so heißt, weil sie im Engadin geboren und aufgewachsen ist und den passenden Dialekt hat für ihren Namen.

»Pech für dich«, sagt Fadri, der so heißt, weil seine Alt-Achtundsechziger-Eltern, von denen er seine breite Züri-Schnurre geerbt hat, den Namen *cool* fanden.

»Beweis es. Wenn's so einfach war, kannst du auch in den Fluss.«

»Langsam steigern. Hast du selbst gesagt.«

»Also war's doch nicht so easy?«

Und er lacht sein Lachen von heute Morgen und weiß, was zu tun ist. Die Stiefel, die Jacke, die Mütze, der Schal, seine Hose, der Pullover, sein Unterhemd, und wenn er jetzt stirbt, schießt ihm durch den Kopf, wenn sein Kreislauf zusammenkracht, sein Herz stehen bleibt, dann ist es in Ordnung, dann hatte er immerhin diese Zeit. Mit dieser Frau, die heißt wie er und die er kaum kennt und doch besser als sich selbst.

Und taucht ins feindliche Dunkel, viel zu schnell.

DAVID VAN REYBROUCK

Ode an die nächtliche Autofahrt

Du bist an dem Punkt angekommen, an dem du kein Auto mehr vor dir siehst und keines mehr hinter dir. Der Rückspiegel? Dunkles Glas. Die Autobahn vor dir? Dunkler Asphalt. Du fährst mit eingeschaltetem Fernlicht und atmest tief durch.

Wie oft bist du diese Strecke gefahren? Die Autobahn von Amsterdam nach Brüssel. Für einen Bahnreisenden fährst du erstaunlich gern Auto. Vor allem nachts. Nur nachts eigentlich. Tagsüber: Gezockel, Gewimmel, schlechte Prosa. Nachts: Poesie. Das Brummen des Motors hörst du nicht mehr. Der Abfolge deiner Gedanken folgst du nicht mehr.

Du schwimmst.

Du schwimmst durch das schlafende Land. Du schwimmst und du denkst an deine Kindheit, als du auf dem Rücksitz eingeschlafen bist neben deinem älteren Bruder und erst aufgewacht bist, wenn du die Stimme deiner Mutter gehört hast. Ihre melodiöse Stimme. »Wir sind zu Hause.« Du denkst an deinen Vater, der die Scheinwerfer ausschaltete und den Motor abstellte. Die Augen geschlossen lassen. Nicht wollen, dass es real ist. Sich weiter verbergen wollen im Beutel der Nacht.

Schwimmen. Denken. Denken an die Lesung, die du gerade gehalten hast. Die Freunde, die du getroffen hast. Den

Redakteur, mit dem du dich unterhalten hast. Die frühere Liebste, mit der du essen warst. Ihr schallendes Lachen. Die Umarmung zum Abschied. Eine Liebe geht nie zu Ende, denkst du, sie ändert höchstens die Form.

Im Radio läuft ein langsamer, schwüler Song. Danach hast du keine Lust mehr auf Satie oder Philip Glass. Du stellst Radio und CD-Player aus und dimmst die Lichter des Armaturenbretts runter. Das Navi hast du gar nicht erst an der Scheibe befestigt. Du kennst den Weg. Es ist ein ruhigeres Fahren ohne Display, freier vor allem. Dunkler auch.

Das Hollands Diep. Rechts siehst du das dunkle Wasser. In einiger Entfernung: die Lichter einer Raffinerie. Von hier an ist die Autobahn viel leerer, bis Antwerpen. Die Niederlande und Belgien ähneln nachts dem französischen flachen Land am Tag: endlose Leere mit Ackerland und Feldern.

Oder Deutschland. Straßen, Straßen und Straßen und hin und wieder eine Stadt. Was war zuerst da: die Straßen oder die Städte? *Wir fahr'n fahr'n fahr'n auf der Autobahn.* Kraftwerk. Du fragst dich, ob es noch die Sendung gibt, die früher nach Mitternacht im deutschen öffentlich-rechtlichen Fernsehen ausgestrahlt wurde: Straßenfeger. Bilder aus einem fahrenden Auto gefilmt. Als säße man mit an Bord von Koblenz nach Hannover und würde durch die Windschutzscheibe blicken. Hin und wieder sah man eine anonyme rechte Hand am Steuer. Man konnte Videos davon kaufen.

Das Schönste aber sind Baustellen. Die Straße wird schmaler. Du drosselst das Tempo. Du fährst zwischen durchgezogenen gelben Linien und matt blinkenden Lichtern. Es gibt keinen Stau, du bist der Einzige. Dann siehst du sie: außerirdisch große Maschinen, die weißes Licht vor sich herschieben. Dampfende Erde. Teerschwaden. Schürfendes Geräusch. Die Schmiede der Götter. Und dazwischen hektische Kobolde mit Schutzhelmen. Nein, das hier ist für mich kein Zeitverlust. Es ist Mythologie.

Gleich darauf öffnet sich die Straße wieder in die Dunkelheit. Deine Scheinwerfer sind ein Schleppnetz für deine Gedanken. Du fährst und lebst in drei Zeitebenen zugleich. Du denkst an morgen. An das, was du tun musst. An heute. An früher. An den Tod natürlich auch, wie so oft. Du fährst und du denkst an Beckett: *»I have never been on a road to somewhere. I have just been on a road.«*

HENRY DAVID THOREAU

Töne

Während wir uns aber auf Bücher beschränken, und wären es auch die klassischen und auserlesensten, während wir nur bestimmte Schriftsprachen lesen, die an sich bloß Dialekte, Mundarten sind, laufen wir Gefahr, jene Sprache zu verlernen, welche alle Dinge und Ereignisse ohne Metapher sprechen und die allein umfassend und bleibend ist. Viel wird veröffentlicht, aber wenig gedruckt. Der Strahlen, welche durch den Fensterladen dringen, wird sich niemand erinnern, wenn der ganze Laden aufgestoßen wird. Keine Methode oder Disziplin kann die Notwendigkeit aufheben, immer auf dem Posten zu sein. Was ist ein Kurs über Geschichte, Philosophie oder Poesie, wie vortrefflich auch alles gewählt sei, was ist die beste Gesellschaft oder die bewunderungswürdigste Lebensroutine, verglichen mit der Disziplin, immer das zu sehen, was zu sehen ist? Willst du nur ein Leser sein, ein Lernender oder ein Seher? Lies dein Schicksal, sieh, was vor dir liegt, und schreite vorwärts in die Zukunft hinein!

Im ersten Sommer las ich keine Bücher; ich pflanzte Bohnen. Nein, oft tat ich noch etwas Besseres. Es gab Zeiten, in denen ich mich nicht entschließen konnte, die Blüte des Augenblicks irgendwelcher Arbeit des Kopfes oder der Hände zu opfern. Ich lasse gern einen breiten Rand an meinem Leben. An manchem Sommermorgen saß ich, nachdem ich mein gewohntes Bad genommen hatte, von Sonnenaufgang bis Mittag in Träumerei versunken, auf meiner sonnenbeschienenen Türschwelle zwischen Fichten, Walnußbäumen und Sumach in ungestörter Einsamkeit und Stille, während die Vögel ringsumher sangen oder leise durch das Haus flatterten, bis ich durch die an das westliche Fenster fallenden Sonnenstrahlen oder durch Wagengerassel auf der Landstraße daran erinnert wurde, daß die Zeit vergeht. In solchen Stunden wuchs ich wie das Korn in der Nacht; sie waren viel besser, als irgendwelches Werk meiner Hände gewesen wäre. Es war keine meinem Leben abgezogene, sondern um soviel dreingegebene Zeit. Ich verwirklichte das, was die Orientalen Beschaulichkeit und Arbeitsenthaltsamkeit nennen. Meistens kümmerte ich mich nicht darum, wie die Stunden verflogen. Der Tag stieg empor, als ob er mein Werk beleuchten wolle. Es war Morgen, aber siehe, nun ist es Abend geworden, und nichts Berichtenswertes ward getan. Statt zu singen wie die Vögel, freue ich mich stillvergnügt meines dauernden Glückes. Wie der Sperling, der auf dem Nußbaum vor meiner Tür sitzt, seinen Triller, so hatte ich mein Lachen, mein innerliches Lied, das er aus meinem Neste erklingen hören konnte. Meine Tage waren keine Wochentage, die den Stempel irgendeiner heidnischen Gottheit trugen, noch waren sie in Stunden zerhackt oder durch das Ticken einer Uhr zernagt, sondern ich lebte wie die Puri-Indianer, von denen es heißt, daß sie »für gestern, heute und morgen nur *ein* Wort besitzen und den Unterschied in der Bedeutung ausdrücken, indem sie für gestern rückwärts, für morgen vorwärts und für heute über den Kopf nach oben deuten«. Das erschien zweifellos meinen Mitbürgern als pure Faulheit; hätten mich aber die Vögel und Blumen nach ihrem Maß gemessen, so wäre ich nicht zu gering befunden worden. Es ist wahr, der Mensch muß in sich selbst den Antrieb finden. Der natürliche Tag ist ruhig genug; er wird ihm kaum ob seiner Trägheit Vorwürfe machen.

Ich hatte wenigstens in meiner Lebensweise vor andern, welche nach außen, nach Theater und Gesellschaft um Unterhaltung ausschauen müssen, den Vorteil voraus, daß mein Leben selbst meine Unterhaltung war, die nie aufhörte, neu zu sein. Es war ein Drama mit vielen Szenen und ohne Ende. Wenn wir immer nach der letzten und besten Methode, die wir kennenlernten, unsern Unterhalt verdienen und unser Leben regeln wollten, so würden wir überhaupt niemals von Langeweile befallen. Folge deinem Genius so dicht als möglich auf den Fersen, so wird er nicht versäumen, dir jede Stunde neue Aussichten zu eröffnen. Hausarbeit war ein angenehmer Zeitvertreib. Wenn mein Fußboden schmutzig war, so stand ich früh auf, und nachdem ich meine ganze Einrichtung hinaus auf das Gras gestellt hatte, wobei Bett und Bettstatt nur *eine* Last ausmachten, spritzte ich Wasser auf den Fußboden, bestreute ihn mit weißem Sand aus dem Teich und bürstete ihn rein und weiß. Um die Zeit, in der die Stadtleute sich zum Frühstück setzten, hatte die Morgensonne mein Haus schon genügend getrocknet, so daß ich wieder einziehen und meine Betrachtungen ununterbrochen fortsetzen konnte. Es tat mir wohl, all meine Hausgeräte auf dem Gras zu sehen, wo sie einen kleinen Haufen bildeten, wie ein Zigeunerbündel. Daneben stand mein dreibeiniger Tisch, von dem ich Bücher, Feder und Tinte nicht entfernte, zwischen den Fichten und Nußbäumen. Alles sah aus, als ob es froh wäre, hinausgekommen zu sein und sich nur ungern zurückbringen ließe. Manchmal kam ich in Versuchung, ein Segeltuch darüberzuspannen und mich draußen niederzulassen. Es war der Mühe wert, die Sonne auf die Sachen scheinen zu sehen und den freien Wind sie anwehen zu hören; so viel interessanter sahen die gewohnten Gegenstände da außen als in dem Hause aus. Ein Vogel sitzt auf dem nächsten Ast, Immergrün wächst unter dem Tisch, Brombeerranken schlingen sich um seine Füße; Tannenzapfen, Kastanienschalen und Erdbeerblätter sind auf dem Boden verstreut. Man gewinnt den Eindruck, als ob auf solche Weise diese Formen auf unsere Möbel, auf Tische, Stühle und Bettstätten deshalb übertragen worden wären – weil sie einst in ihrer Mitte gestanden hatten.

Mein Haus lag am Hügelhang, dicht am Rand eines größeren Waldes, inmitten von Harztannen und Walnußjungholz, ein halbes Dutzend Klafter vom Teich entfernt, zu dem ein schmaler Fußpfad den Hügel hinunterführte. In meinem Vorgarten wuchsen Erdbeeren, Brombeeren und Immergrün, Johanniskraut und Goldstab, Buscheichen und Sandkirschen, Heidelbeeren und Erdnüsse. Gegen Ende Mai zierte die Sandkirsche *(Cerasus pumila)* den Pfad mit ihren zarten Blütendolden, die zylindrisch um die kurzen Stengel stehen, welch letztere im Herbst, durch die Last der großen schönen Früchte niedergebogen, gleich Rankengewinden an beiden Seiten des Pfades überhingen. Ich kostete die Kirschen aus Höflichkeit gegen die Natur; sie waren kaum genießbar. Der Sumach *(Rhus glabra)* wuchs in Fülle um das Haus herum, arbeitete sich durch den Uferdamm, den ich angelegt hatte, und schoß im ersten Jahr um fünf bis sechs Fuß in die Höhe. Sein breites, gefiedertes, tropisches Blatt war hübsch, wenn auch fremdartig anzusehen. Die großen Knospen, welche im Spätfrühling plötzlich aus den trockenen Stöcken, die erstorben schienen, hervortrieben, entfalteten sich wie durch Zauberkraft zu anmutig zarten grünen Zweigen von einem Zoll im Durchmesser; und so unbesonnen wuchsen sie und belasteten sie ihre schwachen Gelenke, daß ich oft, wenn ich an meinem Fenster saß, einen frischen, zarten Ast plötzlich gleich einem Fächer zur Erde fallen hörte, der, ohne daß sich ein Lüftchen rührte, durch sein eigenes Gewicht abgebrochen wurde. Im August nahmen die Massen von Beeren, deren Blüten viele wilde Bienen angelockt hatten, ihre hochrote Farbe an und bogen und brachen abermals durch ihr Gewicht die zarten Zweige.

Während ich jetzt an diesem Sommernachmittag an meinem Fenster sitze, kreisen Habichte über meiner Lichtung. Das Gurren wilder Tauben, die zu zweien und dreien quer über meinen Ausblick schweben oder ruhelos auf den Ästen der Weißtannen hinter meinem Hause herumhüpfen, gibt der Luft Stimme und Klang; ein Fischreiher kräuselt die glasglatte Oberfläche des Teiches und bringt einen Fisch in die Höhe; eine Sumpfotter stiehlt sich aus dem Sumpf vor meiner Tür hervor und packt einen Frosch am Ufer; das Schilf beugt sich unter der Last der Riedvögel, die herüber- und hinüberflattern, und seit einer halben Stunde höre ich, bald hinsterbend, bald wieder auflebend gleich dem Flügelschlag eines Rebhuhnes, das Rollen der Eisenbahnwagen, welche die Reisenden von Boston auf das Land bringen. Denn so weit war ich nicht aus der Welt wie jener Junge, der, wie mir erzählt wurde, zu einem Farmer im östlichen Stadtgebiet gegeben wurde, bald aber durchbrannte und ganz krank vor Niedergeschlagenheit und Heimweh zu Hause ankam. Er hätte nie einen so langweiligen, abgelegenen Ort gesehen. Die Leute schienen alle irgendwohin fortgelaufen zu sein; ja nicht einmal die Dampfpfeife konnte man hören. Ich bezweifle, ob es jetzt noch einen solchen Ort in Massachusetts gibt:

Denn unser Dörfchen ist das Ziel geworden
Für einen jener schnellen Eisenspeere,
Und den auf weitem Feld Hinstürmenden
Beruhigt und hält das Wort des Friedens – Concord.

Die Fitchburger Bahnlinie berührt den Teich ungefähr fünfhundert Schritt südlich von meinem Wohnsitz. Gewöhnlich gehe ich ihren Dammweg entlang nach der Stadt und fühle mich gleichsam durch dieses Glied mit der Gesellschaft verbunden. Die Männer auf den Güterzügen, welche die ganze Linie abfahren, grüßen mich wie einen alten Bekannten; sie fahren so oft an mir vorbei und halten mich wahrscheinlich für einen Angestellten: und das bin ich auch. Ich möchte mit Freuden irgendwo auf diesem Erdkreis ein Streckenausbesserer sein.

Das Pfeifen der Lokomotive durchdringt meinen Wald im Sommer und Winter; es klingt wie der Schrei eines Falken, der über dem Bauernhofe schwebt, und benachrichtigt mich davon, daß viele rastlose Kaufleute oder unternehmungslustige Gewerbetreibende von der andern Seite her in unsere Stadt gebracht werden. Wenn sie nun unter dem gleichen Horizont zusammentreffen, schreien sie einander ein warnendes »Platz da!« zu, das oft im Umkreis zweier Städte gehört wird. »Hier kommen deine Kolonialwaren, Land! Hier neuer Mundvorrat, Landleute!« Keiner ist so unabhängig auf seiner Farm, daß er nein sagen könnte. »Hier ist euer Geld«, schreit die Pfeife des Landmannes. Bauholz rennt in einer Geschwindigkeit von zwanzig Meilen per Stunde gleich langen Mauerbrechern gegen die Stadtmauern, Stühle genug, daß sich alle Mühseligen und Beladenen darauf zur Ruhe setzen könnten. Mit solch ungeheurer schwerfälliger Höflichkeit bietet das Land der Stadt einen Sitz an. All die indianischen Heidelbeerhügel werden geplündert, all die Preiselbeerwiesen werden in die Stadt geharkt. Gegen Norden kommt die Baumwolle, gegen Süden geht das gewebte Tuch; gegen Norden geht die Seide, gegen Süden der Wollstoff, hinauf gehen die Bücher, aber bergab geht der Geist, der sie schreibt.

Wenn ich die Lokomotive sehe, wie sie mit ihrer Wagenschleppe dahineilt in planetarischer, oder vielmehr kometengleicher Bewegung – denn der Beschauer weiß nicht, ob sie mit dieser Geschwindigkeit oder in derselben Richtung je wieder in das System treten wird, da ihre Bahn nicht aussieht wie eine in sich selbst zurückkehrende Kurve –, mit ihrer Dampfwolke, die bannergleich in goldenen und silbernen Windungen hinter ihr herflattert, gleich mancher flaumigen Wolke, die ich hoch im Himmel oben ihre Masse dem Lichte entfalten sah, als wollte dieser wandernde Halbgott, dieser Wolkenbezwinger gesonnen sein, den Sonnenuntergangshimmel zur Livree seines Gefolges zu machen;

wenn ich höre, wie das eiserne Roß, Feuer und Rauch aus seinen Nüstern stoßend, mit seinem Donnerschnauben die Hügel erdröhnen, mit seinen Hufen die Erde erbeben macht, dann scheint es mir, als ob die Erde jetzt eine Rasse trage, die würdig sei, sie zu bewohnen. Wenn alles so wäre, wie es scheint, und die Menschen zu edlen Zwecken die Elemente zu ihren Dienern machten! Wenn die Wolke, die über der Dampfmaschine schwebt, die Ausdünstung heldenhafter Taten oder so segenspendend wäre wie die, welche über das Feld des Landmannes zieht, dann würden die Elemente und die Natur selbst mit Freuden dem Menschen Begleiter sein.

Ich beobachte das Vorüberkommen des Frühzuges mit dem gleichen Gefühl wie den Sonnenaufgang, der kaum regelmäßiger vor sich geht. Die Wolkenschleppe erstreckt sich weit zurück, sie steigt höher und höher zum Himmel hinauf, während der Zug hinunter nach Boston fährt; eine Minute lang verhüllt sie mir die Sonne und wirft Schatten drüben über mein Feld, ein himmlischer Zug, dem gegenüber der kleine Zug, der über die Erde kriecht, nur der Widerhaken des Speeres ist. Der Wärter des eisernen Rosses war früh auf an diesem Wintermorgen, um bei Sternenlicht zwischen den Bergen seinen Hengst zu füttern und aufzuzäumen. Auch das Feuer wurde früh geweckt, das ihm Lebenswärme geben, ihn forttreiben sollte. Wäre das Unternehmen nur so unschuldig wie früh! Wenn alles in tiefem Schnee liegt, so schnallen sie ihm seine Schneeschuhe an und pflügen mit gigantischem Pflug eine Furche von den Bergen bis zum Meere, in welche die Wagen gleich nachgeschleppten Sämaschinen all die ruhelosen Menschen und bewegliche Ware als Saat in das Land ausstreuen. Den ganzen Tag über rast der Feuerhengst über das Land und hält nur an, damit sein Herr zur Ruhe komme; sein Stampfen und trotziges Schnauben weckt mich um Mitternacht, wenn er in einer entlegenen Waldschlucht den schnee- und eisumschlossenen Elementen die Stirne bietet; seinen Stall erreicht er erst, wenn der Morgenstern scheint, um abermals ohne Ruhe und Schlummer zur Weiterreise aufzubrechen. Oder manchmal höre ich ihn am Abend die überflüssige Energie des Tages hinauspusten, damit sich seine Nerven beruhigen und Hirn und Leber sich kühlen zu einigen Stunden ehernen Schlafes. Wäre doch das Unternehmen so heroisch und achtunggebietend, als es groß angelegt und unermüdlich ist!

Weit durch unwegsame Wälder, die einst nur der Jäger bei Tag durchstreifte, schießen nun in finsterer Nacht die hellerleuchteten Salonwagen, ohne daß ihre Bewohner etwas von der Außenwelt wissen; in diesem Augenblick halten sie an einem glänzend erleuchteten Bahnhofe in der Stadt, wo eine gesellige Menge versammelt ist, im nächsten Augenblick im schaurigen Moor, um Fuchs und Eule zu schrecken. Das Kommen und Gehen der Züge bildet jetzt die Einschnitte im Leben des Dorfes. Es geschieht mit solcher Regelmäßigkeit und Präzision, und das Pfeifen wird so weit gehört, daß die Farmer ihre Uhren danach richten; so regelt eine gut betriebene Institution ein ganzes Land. Haben die Menschen nicht einigermaßen an Pünktlichkeit gewonnen, seit die Eisenbahnen erfunden wurden? Sprechen und denken sie nicht rascher auf dem Bahnhof als früher auf der Posthaltestelle?

Es liegt etwas Elektrisierendes in der Atmosphäre des Bahnhofs. Ich staune ob der Wunder, die er wirkte, und manche meiner Nachbarn, von denen ich ein für allemal geweissagt hätte, daß sie nie eine so pünktliche Fahrgelegenheit nach Boston benutzen würden, sind bereit, wenn die Bahnglocke läutet. Etwas ›eisenbahnmäßig‹ tun ist zur Redensart geworden; es bleibt auch nicht ohne Eindruck, wenn man so oft und eindringlich von irgendeiner Macht gewarnt wird, ihr aus dem Wege zu gehen. In diesem Fall gibt es keinen Aufenthalt durch die Verlesung des ›Aufruhrparagraphen‹, kein Schießen über die Köpfe des Pöbels. Wir haben ein Fatum, eine *Atropos* geschaffen, die nie von ihrem Wege weicht. (Da habt ihr einen Namen für eure Lokomotive!) Die Leute wissen, daß zu einer bestimmten Stunde und Minute diese Blitze nach bestimmten Punkten des Kompasses geschleudert werden; und doch stören sie niemand in seinem Geschäft, und die Kinder gehen auf anderem Geleise zur Schule. Wir leben dafür um so stetiger. Wir werden alle zu Söhnen Tells erzogen. Die Luft ist voll unsichtbarer Pfeile. Jeder Pfad, mit Ausnahme des deinigen, ist der des Schicksals. So bleibe denn in deinem eigenen Geleise!

Was mir den Handel lieb macht, sind sein Unternehmungsgeist und sein Mut. Er faltet nicht seine Hände und betet zu Jupiter. Ich sehe diese Leute täglich mit mehr oder weniger Zuversicht und Zufriedenheit an ihr Geschäft gehen, wo sie mehr leisten, als sie selbst vermuten, und möglicherweise besser verwendet sind, als sie mit allem Vorbedacht hätten planen können. Der Heroismus jener Männer, welche eine halbe Stunde bei Buena Vista in der Front standen, imponiert mir weniger als die stetige heitere Tapferkeit derjenigen, welche im Schneepflug ihr Winterquartier aufgeschlagen haben; die nicht nur den ›Drei-Uhr-früh-Mut‹ besitzen, den Bonaparte für den seltensten erklärte, sondern deren Mut auch nicht so früh zu Bett geht; die nur schlafen, wenn der Sturm schläft oder wenn die Sehnen ihres eisernen Hengstes gefroren sind. Heute, am Morgen des großen Schneesturmes, der noch immer rast und das Blut in den Adern erstarren macht, höre ich aus dem Nebelstreifen ihres gefrorenen Atems heraus den gedämpften Ton der Lokomotivglocke, der meldet, daß der Zug wirklich kommt, ohne große Verspätung, trotz des Vetos eines neuenglischen Schneesturmes. Ich sehe die schnee- und reifbedeckten Pflugführer; ihre Köpfe ragen über die Schaufel des Pfluges heraus – der etwas anderes als Gänseblümchen und Feldmausnester umkehrt –, wie Felstrümmer der Sierra Nevada, die einen Außenplatz in der Schöpfung einnehmen.

›Handel treiben‹ heißt – es klingt erstaunlich –: voll Vertrauen und Heiterkeit, stets auf dem Posten, abenteuerlustig und unermüdlich sein. Der Handel verfährt übrigens ganz natürlich in seinen Methoden, in viel höherem Grade natürlich als viele phantastische Unternehmungen und sentimentale Versuche, und daher datiert auch sein Erfolg. Es erfrischt und erfreut mich, wenn der Güterzug an mir vorüberrasselt und ich die Waren rieche, die ihren eigentümlichen Duft die ganze Strecke von Long Wharf bis zum Champlainsee verbreiten, und ferne Länder an meinem geistigen Auge vorüberziehen lasse, Korallenriffe, die Südsee, tropische Himmelsstriche, die ganze weite Erde. Ich fühle mich mehr als Weltbürger, wenn ich die Palmblätter sehe, die im nächsten Sommer so viele Flachsköpfe Neuenglands schützen sollen, den Manilahanf und die Kokosnußhülsen, alte Taue, Packtücher, altes Eisen und rostige Nägel. Diese Wagenladung zerrissener Segel ist jetzt lesbarer und interessanter, als wenn sie in Papier und gedruckte Bücher verwandelt worden wäre. Wer kann so anschaulich die Geschichte der Stürme, denen sie ausgesetzt waren, schildern, wie diese Risse es vermögen? Das sind Druckbogen, die keiner Korrektur bedürfen. Hier kommt Bauholz aus den Wäldern von Maine, das beim letzten Hochwasser nicht in die See geflößt wurde und jetzt um vier Dollar per Tausend gestiegen ist, weil so viel fortgerissen und zersplittert wurde: Tannen-, Fichten-, Zedernholz – erste, zweite, dritte und vierte Qualität, und doch noch kürzlich alles von der gleichen Qualität, als es über dem Bären, dem Elch und dem Karibu im Winde rauschte. Hinter ihm rollt Kalk vorbei aus Thomaston – eine Prachtware. Er wird tief in die Berge hineingefahren, ehe er zum Löschen kommt. Dort Ballen von Lumpen in allen Farben und Qualitäten, der niedrigste Zustand, zu welchem Baumwolle und Leinwand herabsinken, das Ende der Kleider, Muster, wie sie nirgends mehr angepriesen werden, wenn nicht in Milwaukee. Die schönsten Artikel in englischem, französischem und amerikanischem Kattun, Gingham, Musselin und so weiter, aus alten Vierteln der Mode und der Armut zusammengelesen, werden in Papier von *einer* Farbe – oder nur wenig verschiedenen Schattierungen – verwandelt, auf das wahrhaftige Geschichten vom wirklichen, hohen und niederen Leben und auf Tatsachen beruhende Erzählungen gedruckt sind. Dieser große geschlossene Wagen riecht nach Salzfischen, dem starken Neuengland- und Handelsgeruch, der mich an Meeresufer und Fischereien erinnert. Wer hat noch keinen Salzfisch gesehen, so gründlich für diese Welt gerüstet, so daß nichts ihn verderben kann und seine Ausdauer die der Heiligen erröten macht? Mit dem man kehren oder die Straßen pflastern und Späne machen kann, hinter dem das Ochsengespann sich mitsamt seiner Ladung vor Sonne, Wind und Regen schützt und den der Krämer, wie das in Concord auch einmal geschah, als Zeichen vor die Türe hängt, wenn er sein Geschäft eröffnet, bis sein ältester Kunde nicht mehr sicher sagen kann, ob es etwas Animalisches, Vegetabilisches oder Mineralisches ist; und der doch wieder so weiß wie Schnee wird und sich als ausgezeichneter Stockfisch zum samstäglichen Mittagessen erweist, wenn er in den Topf getan und gekocht wird. – Dann folgen spanische Felle, deren Schweife noch die Krümmung und Erhebungswinkel besitzen, welchen sie hatten, als die Ochsen, denen sie gehörten, über die Pampas der spanischen Ebene hingaloppierten. Sie sind der Inbegriff allen Eigensinnes und ein Beweis, wie hoffnungslos und unheilbar alle konstitutionellen Laster sind. Ich gestehe, daß ich tatsächlich, nachdem ich die wirkliche Veranlagung eines Menschen kennengelernt habe, nicht mehr hoffen kann, ihn zum Guten oder Schlimmen in diesem Leben zu ändern. So sagt der Orientale: »Ein Hundeschwanz kann erwärmt, gepreßt und rundum verbunden werden, und nachdem man die Arbeit von zwölf Jahren darauf verwendet hat, wird er dennoch seine natürliche Form behalten haben.« Die einzige wirksame Kur gegen solche Hartnäckigkeit, wie diese

Schwänze sie aufweisen, besteht darin, Leim daraus zu machen, was, soviel ich weiß, auch damit geschieht; dann halten und kleben sie fest. Hier kommt eine Tonne Sirup oder Branntwein an John Smith, Cuttingsville, Vermont, irgendeinen Krämer in den Grünen Bergen, der den Import für die Farmer bei seiner Waldlichtung vermittelt; vielleicht beugt er sich jetzt über seinen Ladentisch, um über die neuesten Warenlöschungen an der Küste und über ihren Einfluß auf seine Preise nachzudenken; seinen Kunden erzählt er dann zum zwanzigsten Male an diesem Morgen, daß er mit dem nächsten Zuge erstklassige Ware erwartet. Es steht schon im Lokalblatt von Cuttingsville.

Während diese Dinge nordwärts fahren, gehen die andern gegen Süden. Ein zischender Ton veranlaßt mich, von meinem Buche aufzublicken, und ich sehe eine hohe Tanne, die weit fort auf einem Hügel des Nordens geschlagen wurde und jetzt über die Grünen Berge und den Connecticut-Fluß herübergeflogen kommt. Gleich einem Pfeil jagt sie innerhalb von zehn Minuten durch die Stadt und wieder hinaus, so daß fast kein anderes Auge sie zu sehen bekommt; dahin geht sie, um ›Mast zu sein auf stolzem Schiff‹*. Und horch! Hier kommt der Viehzug, der die Herden bringt von tausend Hügeln, Schafhürden, Pferde- und Kuhställe in der Luft, Treiber mit ihren Stecken und Hirtenknaben inmitten ihrer Herden, alles außer den bergigen Matten herüberwirbelnd, wie Blätter, die der Septemberwind von den Bergen jagt. Die Luft ist erfüllt vom Blöken der Kälber und Schafe, dem Brüllen der Ochsen, als ob ein ganzes

* John Milton ›Das verlorene Paradies‹, I.

Hirtental vorüberzöge. Wenn der alte Leithammel da vorne mit seiner Glocke rasselt, dann hüpfen wahrlich die Berge wie Widder und die kleinen Hügel wie Lämmer. Hier in der Mitte eine Ladung Treiber, deren Beruf dahin ist; sie stehen auf gleicher Stufe jetzt wie die Getriebenen, aber noch immer klammern sie sich an ihre überflüssigen Stekken, die Zeichen ihrer Würde. Wo sind aber ihre Hunde? Für sie ist es eine allgemeine Herdenflucht; sie sind ganz hinausgeworfen und haben die Spur verloren. Ich meine, ich höre sie hinter dem Peterbore-Hügel bellen oder den Westabhang der Grünen Berge hinaufkeuchen. Auch ihr Beruf ist dahin. Ihre Treue und ihr Scharfsinn stehen jetzt unter pari. Sie werden sich, in Ungnade gefallen, still zu ihren Hundehütten zurückschleichen oder vielleicht wild laufen und sich mit dem Wolf oder dem Fuchs verbünden. So ist euer pastorales Leben hinweggeblasen, fort. Aber die Glocke läutet, und ich muß aus dem Geleise gehen und die Wagen vorüberlassen. –

Was ist für mich die Eisenbahn?
Ich werde niemals sehen,
Wo sie zu End mag gehen.
Sie füllt die Gräben auf dem Plan,
Baut Dämme, dran die Schwalben nisten,
Die Brombeeren ihr Leben fristen –
Der Sand weht über die Halde …

Doch ich gehe quer darüber wie über einen Holzpfad im Walde. Ich will mir nicht die Augen beizen und die Ohren vergällen lassen von ihrem Rauch und Dampf und Zischen.

Jetzt, wo die Wagen vorüber sind – und die ganze ruhelose Welt mit ihnen – und die Fische im Teich das Gerumpel nicht mehr hören, jetzt bin ich mehr als allein. Den übrigen langen Nachmittag werden meine Betrachtungen vielleicht nur von dem schwachen Gerassel eines Wagens oder eines Karrens auf der fernen Landstraße unterbrochen.

An manchen Sonntagen hörte ich die Glocken von Lincoln, Acton, Bedford oder Concord – wenn der Wind von daher wehte –, eine zarte, süße, sozusagen natürliche Melodie, die würdig war, hier in die Einsamkeit gebracht zu werden. Bei genügender Entfernung und Höhe über den Wäldern erhält dieser Ton einen gewissen vibrierenden Klang, als ob die Tannennadeln am Horizont Saiten einer Harfe wären, über die er hinweggleitet. Jeder Ton erzeugt, in der größtmöglichen Entfernung vernommen, die gleiche Wirkung, ein Mitschwingen der Lyra des Weltalls, gerade wie die davorliegende Atmosphäre einen fernen Bergkamm durch den blauen Hauch, den sie darüber breitet, unsern Augen anziehend macht. Zu mir drang dann eine Melodie, die von der Luft geboren schien und mit jedem Blatt, mit jeder Nadel im Walde Zwiesprache gepflogen hatte, jener Teil des Klanges, den die Elemente aufgenommen, umgeformt und im Echo von Tal zu Tal getragen hatten.

Das Echo ist in gewissem Sinne ein selbständiger Ton, und hierin liegt sein Reiz und sein Zauber. Es ist nicht nur eine bloße Wiederholung desjenigen im Glockenklang, was der Wiederholung wert war, sondern zum Teil des Waldes Stimme selbst; die gleichen unbedeutenden, aber von einer Waldnymphe gesungenen Worte und Noten.

Am Abend klang das ferne Muhen einer Kuh am Horizont über dem Wald so angenehm und melodisch herüber, daß ich es anfänglich für die Stimme gewisser Minnesänger hielt, die mir manchmal ein Ständchen brachten und jetzt wohl über Tal und Hügel wanderten; bald aber war ich nicht unangenehm enttäuscht, als sich herausstellte, daß es die gewöhnliche, natürliche, langgezogene Musik einer Kuh war. Ich beabsichtige nicht, ironisch zu sein, sondern darzutun, daß ich den Gesang jener Jünglinge zu würdigen weiß, wenn ich erwähne, daß er mir mit der Musik der Kuh verwandt erschien und beide sich schließlich in einem Naturlaut auflösten.

Regelmäßig um halb acht Uhr, nachdem der Abendzug vorüber war, sangen die Nachtschwalben eine halbe Stunde lang ihre Vesper auf einem Baumstumpf bei meiner Tür oder auf dem First meines Hauses. Sie pflegten mit der Präzision einer Uhr innerhalb fünf Minuten einer bestimmten, auf den Sonnenuntergang bezüglichen Zeit ihren Gesang anzustimmen. Ich hatte eine seltene Gelegenheit, mit ihren Gepflogenheiten vertraut zu werden. Manchmal hörte ich vier oder fünf von ihnen in verschiedenen Teilen des Waldes, immer um einen Takt hintereinander und so nah bei mir, daß ich nicht nur das Glucksen in der Kehle nach jeder Note hören konnte, sondern auch oft jenen eigentümlich surrenden Ton, wie ihn eine Fliege im Spinnennetz erzeugt, nur verhältnismäßig lauter. Manchmal flog eine im Walde, nur ein paar Fuß von mir entfernt, beständig im Kreise um mich herum, als ob sie mit einem Faden an mich gebunden wäre, wahrscheinlich, wenn ich in die Nähe ihrer Eier gelangt war. Sie sangen manchmal die ganze Nacht hindurch und waren vor und um Tagesanbruch so sangesfroh wie je.

Wenn die andern Vögel schweigen, so stimmt die Toteneule ihren Gesang an, wie die Trauerweiber ihr altes U-lu-lu. Weise Mitternachtshexen! Es ist nicht das offene, einfache Tuwit-tuhu der Dichter, sondern ein ungemein feierliches Kirchhofslied, die gegenseitigen Tröstungen eines durch Selbstmord geendeten Liebespaares, das in einem Hain der Unterwelt sich der Qualen und Wonnen der irdischen Liebe erinnert. Und doch höre ich es gern, wenn ihr Wehklagen, ihre schmerzerfüllten Antworten den Wald durchhallen; es erinnert an Musik und singende Vögel; es erscheint mir als die dunkle, die tränenvolle Seite der Musik, Trauerlaute, Seufzer, die gerne gesungen werden möchten – Ahnungen und trübe Vorbedeutungen, Geister von gefallenen Seelen, die einst in Nacht auf Erden wandelten und Taten der Finsternis verübten, und jetzt an den Orten, welche Zeugen ihrer Übertretungen waren, die begangenen Sünden unter Weherufen und Klagegesängen abbüßen. Sie eröffnen mir einen neuen Sinn für die Mannigfaltigkeit und Größe dieser Natur, die unsre gemeinsame Wohnung ist. »Oh-o-o-o, wär' ich nie gebor-r-r-ren!« seufzt die eine an dieser Seite des Teiches und kreist mit der Ruhelosigkeit der Verzweiflung zu einem anderen Aste der grauen Eichen, und »Wär' ich nie gebor-r-r-ren«, echot eine andre voll bebender Ergriffenheit von jenseits, und »gebor-r-r-ren« klingt es leise aus dem fernen Lincoln-Wald herüber.

Auch eine Schreieule brachte mir ihr Ständchen. In der Nähe klang es wie der melancholischste Ton in der Natur, als ob sie in ihrem Lied das Stöhnen eines Sterbenden verewigen wollte – das Stöhnen eines armen, schwachen Geschöpfes, das die Hoffnung hinter sich gelassen hat und jetzt beim Betreten des dunklen Tales heult wie ein Tier und schluchzt wie ein Mensch. Dieses Schluchzen wird noch ergreifender durch eine gewisse gurgelnde Melodie – ich verfalle immer auf die Buchstaben *gl*, wenn ich anfangen will, sie zu beschreiben; es ist der Ausdruck jenes Gemütszustandes, in welchem jeder gesunde und mutige Gedanke zu gelatineartigem, schimmligem Brei zerfließt. Es erinnerte mich an Dämonen, an das Geheul von Idioten und Wahnsinnigen. Aber jetzt antwortet eine andere drüben im Wald, und durch die Entfernung tönt es wirklich melodisch: Huh-huh-huh-hurruh-huh; sie regt in der Tat fast nur angenehme Gedankenverbindungen an, ob sie sich bei Tag oder Nacht, im Sommer oder Winter hören läßt.

Ich freue mich darüber, daß es Eulen gibt. Sie sollen das blödsinnige, wahnsinnige Heulen für die Menschen besorgen. Es ist ein Ton, wie er wunderbar zu Sümpfen und dämmerigen Wäldern paßt, die kein Tageslicht durchdringt; er weckt den Gedanken an eine weite, unentwickelte Natur, die vom Menschen noch nicht erforscht ist. Sie stellen das Dämmerdunkel dar, die unbefriedigten Gedanken, denen wir alle unterworfen sind. Den ganzen Tag scheint die Sonne auf das wilde Moor, wo die einsame Sprossenfichte steht, mit Flechten grau behangen; kleine weiße Sperber kreisen darüber, die Schwarzmeise zwitschert leise zwischen dem Immergrün, und Rebhuhn und Kaninchen verstecken sich darunter; aber jetzt dämmert ein trauriger, dem Orte angemessenerer Tag herauf, und eine andere Gattung von Geschöpfen erwacht, um dem, was die Natur hier denkt und schafft, Ausdruck zu verleihen.

Spät am Abend hörte ich das ferne Rollen von Wagen, die

über eine Brücke fuhren – ein Ton, der nachts weiter gehört wird als wohl irgendein anderer –, dann Hundegebell und manchmal wieder das Brüllen einer Kuh, fern aus einem Stall herüber. Mittlerweile dröhnte das ganze Ufer von dem Trompeten der Ochsenfrösche, den Geistern hartgesottener alter Weintrinker und Schlemmer, die noch immer ohne Reue in ihrem stygischen See einen Kanon zu singen versuchen. Die Waldnymphe möge mir den Vergleich verzeihen, denn wenn auch fast keine Wasserpflanzen hier wachsen, so sind doch Frösche da. – Gerne möchten sie ihre heiteren Bräuche beim festlichen Mahle aufrechterhalten, obgleich ihre Stimmen rauh und feierlich tief geworden sind – eine Ironie auf ihre Lustigkeit –, der Wein seine Blume verloren hat und nur noch eine Flüssigkeit ist, die ihren Wanst auftreibt, und der holde Rausch, der die Erinnerung an die Vergangenheit auslöscht, nie mehr kommt, sondern statt seiner nur Übersättigung und Völle. Der Senior, mit dem Kinn auf einem Herzblatt, das seinem schlabbrigen Maul als Serviette dient, tut einen tiefen Zug des einst verschmähten Wassers und gibt den Becher weiter mit dem Rufe: »Tr-r-runk, Tr-r-runk!«, und sofort kommt über das Wasser aus einer fernen Bucht die gleiche Losung herüber, wo der nächste an Alter und Umfang bis zu seinem Strich hinunter trinkt; und wenn diese Zeremonie ihre Runde am Ufer gemacht hat, dann ruft der Zeremonienmeister voll Befriedigung: »Tr-r-runk!«, und jeder wiederholt es der Reihe nach bis hinunter zum aufgeschwollensten, schlotterigsten Dickwanst, damit nur ja die Regel nicht verletzt wird. Der Becher kreist fort in der Runde, bis die Sonne den Morgennebel zerstreut; da verschwinden die Schlemmer; nur der

Patriarch ist noch nicht unter dem Wasser, sondern heult von Zeit zu Zeit sein »Tr-r-runk« und wartet vergebens auf Antwort.

Ich bin nicht sicher, ob ich je von meiner Lichtung aus einen Hahn krähen hörte, und überlegte mir schon, ob es nicht der Mühe wert sei, nur der Musik wegen als Singvogel ein Hähnchen zu halten. Das Krähen dieses einst wilden indischen Fasanes ist gewiß der merkwürdigste Gesang, den ein Vogel hervorbringt, und wenn man die Hühner, ohne sie ans Haus zu binden, bei uns in Freiheit leben ließe, so würde er zum berühmtesten Ton in unsern Wäldern werden, mehr als das helle Geschrei der Gänse und das Heulen der Eulen; dazwischen denke man sich das Gegacker der Hennen, das die Pausen ausfüllt, wenn das Trompetengeschmetter ihres Herrn verstummt ist! Kein Wunder, daß der Mensch diesen Vogel zu seinen Haustieren gesellte – von den Eiern und Schenkeln gar nicht zu reden. An einem Wintermorgen durch einen Wald zu gehen, in dem diese Tiere hausen – durch ihren heimatlichen Wald –, und die jungen wilden Hähne auf den Bäumen krähen zu hören, klar und schrill, daß es meilenweit hintönt über die mitklingende Erde und die schwächeren Laute der anderen Vögel verschlingt – man denke es sich nur! Es könnte Nationen alarmieren. Wer möchte nicht gern früh aufstehen und früher und früher an jedem folgenden Tag seines Lebens, bis er unsagbar gesund, reich und weise würde? Der Gesang dieses fremden Vogels wird von den Dichtern aller Völker neben dem ihrer einheimischen Sänger gefeiert. Jeder Himmelsstrich sagt dem tapfern Gockelhahn zu. Er ist einheimischer als die Einheimischen selbst. Seine Gesundheit ist immer gut, seine Lungen fest, seine Stimmung liegt nie danieder. Selbst der Matrose auf dem Atlantischen und Stillen Ozean wird von seiner Stimme geweckt; aber sein durchdringender Ruf erweckte mich nie aus meinem Schlummer. Ich hielt keine Katze, keinen Hund, keine Kuh, kein Schwein und keine Hühner; man hätte sagen können, es fehle an häuslichen Lauten. Da gab es kein Butterfaß, kein Spinnrad, kein Zischen der Teemaschine, kein Kinderweinen, nichts Anheimelndes. Ein altmodischer Mann wäre verrückt geworden oder vor Langeweile gestorben. Nicht einmal Ratten sind in der Wand, die wurden ausgehungert oder vielmehr nie hereingelockt – nichts ist zu hören als Eichhörnchen auf dem Dach und unter dem Fußboden, eine Nachtschwalbe auf dem First, ein Nußhäher, der unter dem Fenster schreit, ein Hase oder Murmeltier unter dem Haus, eine Toten- oder eine Katzeneule dahinter, eine Herde Wildgänse oder ein lachender Taucher auf dem Teich – und in der Nacht ein bellender Fuchs. Nicht einmal eine Lerche oder eine Golddrossel, diese sanften Bewohner der Pflanzungen, besuchten je meine Lichtung. Keine jungen krähenden Hähne, kein Hühnergegacker im Hofe; kein Hof, sondern unumzäunte Natur, die sich bis zur Türschwelle ausdehnt; junger Wald, der unter den Fenstern in die Höhe treibt, wilder Sumach und Brombeerranken, die durch den Keller brechen; eigensinnige Pechtannen, die gegen die Schindeln reiben und knarren, um sich Platz zu schaffen, und die ihre Wurzeln tief unter das Haus erstrekken; statt eines vom Sturmwind losgerissenen Dachfensters oder Ladenflügels eine hinter dem Haus abgehauene oder mit den Wurzeln herausgerissene Tanne als Brennmaterial.

Es führt kein Pfad zum Vorgartentor im tiefen Schnee – es gibt kein Tor, keinen Vorgarten – und keinen Pfad zu der zivilisierten Welt!

SIMONE LAPPERT

Vom Schiff aus Sonntag

Häfen, Stege und Anlegestellen faszinieren mich seit jeher. Das Glucksen der Boote und das Wippen der Masten, die Tatsache, dass ein oder zwei Seile ein Kursschiff an Land halten können, wenn nur die Knoten richtig sitzen, das sonnengebleichte Pastell von Fischernetzen und ausrangierten Bojen, die Möwen, die mit blitzweißen Bäuchen und sehr ernsten Augen die Mole bewachen oder aus der Luft das Geschehen kommentieren, all das löst auf wunderbare Weise akutes Fernweh in mir aus, ganz egal, ob in Genua oder in Rapperswil.

Ok, es ist gut möglich, dass ich da einen kleinen Tick habe. Mein Freund sagt, ich hätte ein »ausgeprägtes maritimes Faible«, was vielleicht daran liegt, dass ich, neben einigen gestreiften Shirts, eine Jacke besitze mit aufgedruckten Segelschiffen, Seilknoten und ein paar kryptischen Zeilen aus einem französischen Seemannslied.

Oder auch daran, dass der erste Kettenanhänger, den ich mir je gekauft habe, ein kleiner goldener Anker war und meine Lieblingsbrosche in einem goldenen Rahmen die elfenbeinfarbene Plastiksilhouette eines Matrosen zeigt, der Ziehharmonika spielt, im Rücken ein Leuchtturm. Sehr kitschig, ich weiß. Fakt ist, dass mir so gut wie jede Ausrede recht ist, um den Fuß auf die lackierten Holzplanken eines

Schiffs zu setzen und dem Horizont entgegenzuschippern. Dabei muss es nicht unbedingt das Meer sein.

Als ich noch in Basel wohnte, bin ich so oft es ging mit der Rheinfähre gefahren. Und in Zürich liebe ich es, am Bürkliplatz auf einem der Stege zu sitzen, die Enten und Schwäne zu beobachten und aufs nächste Schiff zu warten.

Vor ein paar Tagen war mir die Welt und der Schreibtisch und überhaupt alles zu viel. Also habe ich ganz unvernünftig beschlossen, den Alltag mal für zwei Stunden am Ufer vor sich hin lärmen zu lassen und eine kleine Seerundfahrt zu machen, um den Kopf frei zu kriegen.

Das Schöne ist ja, dass man in der Schweiz mit einem normalen öv-Ticket anstatt Zug oder Tram einfach das Schiff nehmen kann. Eine Freundin, die gerade anrief, hatte spontan auch Zeit, und so standen wir eine halbe Stunde später in einer Schlange mit Tourist:innen auf dem Steg zum Schiff nach Küsnacht. Wir ergatterten ein Tischchen auf dem oberen Deck, bestellten Apfelpunsch und schauten aus dem Fenster.

Es war Montagnachmittag und somit eigentlich der absolut glanzloseste Teil der Woche.

»Aber auf dem Schiff fühlt sich irgendwie sofort alles wie Sonntag an«, sagte die Freundin und rührte in ihrem Punsch.

Ich nickte. Ja, dachte ich, vielleicht ist es diese unumgängliche Langsamkeit, die Schiffen anhaftet, sogar wenn sie mit LED-Leuchten und Holzimitat aus Plastik ausgestattet sind. Und immer winken ein paar Leute, wenn ein Schiff an- oder ablegt, irgendwie bleibt es etwas Besonderes. Oder vielleicht liegt es auch daran, dass die Schweiz ein küstenloses Land ist, man aber an Deck kurz vor Erlenbach dann doch ein bisschen das Gefühl hat, auf dem Meer zu sein.

Meine Freundin hat jedenfalls recht, so vom Schiff aus gesehen ist auch ein Montag ein Sonntag.

PAULO COELHO

Die kleinen Freuden

Der Meister sagt:

»Wir müssen unseren Körper pflegen – er ist der Tempel des Heiligen Geistes und verdient unseren Respekt und unsere Zuwendung.

Wir müssen unsere Zeit so gut wie irgend möglich nutzen – müssen für unsere Träume kämpfen und all unsere Kräfte auf diese Anstrengung konzentrieren.

Doch dürfen wir dabei nicht vergessen, dass das Leben aus kleinen Freuden besteht. Sie sind da, um uns anzuspornen, unserer Suche zu helfen, uns Augenblicke der Ruhe in unseren alltäglichen Kämpfen zu geben.

Es ist keine Sünde, glücklich zu sein. Es ist nicht falsch, dann und wann bestimmte Regeln, die die Ernährung, den Schlaf, die Freude betreffen, zu übertreten.

Fühlt euch nicht schuldig, wenn ihr dann und wann Zeit mit Nichtigkeiten vertut. Es sind die kleinen Freuden, die uns großen Antrieb geben.«

ELENA FISCHER

Das beste Nicht-Geburtstagsgeschenk

Ein neuer Monat war wie ein neues Leben. An jedem Monatsanfang versuchte meine Mutter das Monatsende wiedergutzumachen. An jedem Monatsanfang sagte meine Mutter: »Lass uns etwas unternehmen.«

Ich lauschte auf das leise Quietschen aus dem Wohnzimmer. Meine Mutter würde gleich aufwachen. Sie wälzte sich auf der großen Luftmatratze hin und her. Abends pumpte sie Luft hinein, morgens ließ sie die Luft wieder heraus und faltete ihr Bett zu einem Paket zusammen, das sie hinter das Sofa schob.

Dann hörte ich, wie meine Mutter mit nackten Füßen in der Küche hin und her lief. Sie füllte Wasser in den Wasserkocher, sie öffnete den Backofen, holte ein Backblech heraus, schob es wieder hinein und schloss den Backofen.

Ich lag in meinem Bett und träumte von unserem Urlaub. Die letzten Tage hatte ich immer wieder Fotos von der Nordsee mit Fotos aus Frankreich verglichen. Natürlich hatte ich doch noch einen Nordsee-Katalog geholt. Als ich mit dem Katalog unter dem Arm nach Hause gekommen war, hatte meine Mutter nur die Augenbrauen hochgezogen, aber nichts gesagt.

Dann war etwas Merkwürdiges passiert. Je länger ich die Fotos aus Frankreich betrachtete, desto blasser wurden die von der Nordsee. Je länger ich auf endlose, von Palmen gesäumte Strandpromenaden, bunte Altstädte, riesige Jachten in Häfen und Crêpes mit Schokolade starrte, desto mehr Lust bekam ich, nach Frankreich zu fahren. Am Ende war ich mir nicht einmal mehr sicher, ob es überhaupt ein richtiger Urlaub war, wenn man in Deutschland blieb.

Und als meine Mutter an diesem Morgen mit warmen Croissants und einem Milchkaffee in mein Zimmer kam, war ich schon längst überzeugt.

»In Frankreich schmeckt das alles tausendmal besser«, sagte sie.

»Okay, wir fahren nach Frankreich!«, sagte ich mit vollem Mund.

Meine Mutter führte einen kleinen Tanz auf und verbeugte sich. *»Merci, Madame!«*

Ich schätze, das waren die einzigen französischen Wörter, die sie kannte. Außer *Croissant* und *Crêpe* natürlich.

Und dann sagte meine Mutter: »Lass uns etwas unternehmen. Lass uns in die Stadt fahren. Du darfst dir ein neues Kleid aussuchen.«

Wir parkten den Nissan in einer Tiefgarage am Fluss. Von dort aus musste man zehn Minuten in die Stadt laufen, aber das war es wert. Die Tiefgarage war die billigste von allen. Außerdem spazierte man am Fluss entlang.

Der Fluss teilte unsere Stadt in zwei Hälften. Auf unserer Seite gab es einen Abschnitt, in dem man grillen durfte. Wenn es warm war, versammelten sich dort Großfamilien. Sie waren so groß, dass man nicht wissen konnte, wer der Vater von wem war oder der Onkel oder die Schwester oder die Cousine. Aber es spielte auch keine Rolle, denn jeder gehörte zu jedem. Die Frauen saßen auf bunten Decken, die Männer spielten Boule oder Frisbee. Später legten sie riesige Spieße auf den Grill. Die Kinder tobten herum, und manchmal stritten sie. Aber dann suchten sie sich einfach jemand anderen zum Spielen.

Manchmal lagen Lea und ich nach der Schule am Fluss im Gras. Lea war meine beste Freundin. Wir lagen zusammen am Ufer und machten Hausaufgaben. Jedenfalls machte ich Hausaufgaben. Lea kommentierte währenddessen die Kleider der Leute, die an uns vorbeispazierten. Lea hatte einen richtigen Klamottentick. Ihre Kleider waren wie: genug Geld zu haben, um ans Meer zu fliegen, und zwar erster Klasse; ein Drei-Gänge-Menü zu bestellen, ohne hungrig zu sein; oder shoppen zu gehen, ohne dass die alten Sachen kaputt waren.

Als meine Mutter und ich im Zentrum angekommen waren, wollte ich unseren Secondhand-Laden ansteuern, aber meine Mutter hielt mich am Arm fest.

»Nein, heute bekommst du etwas ganz Neues.«

»Aber …«, sagte ich, aber meine Mutter legte mir den Finger auf die Lippen.

Und so kam es, dass ich den ganzen Mittag in einer Umkleidekabine im größten Kaufhaus der Stadt verbrachte. Meine Mutter brachte mir ein Kleid nach dem anderen. Ich probierte alle an, und in allen kam ich mir fremd vor. Ich hatte keine Lust auf geblümtes Lila oder auf bunte Streifen.

»Wir suchen einfach weiter«, sagte meine Mutter.

Aber das mussten wir gar nicht.

Mein Kleid hing nicht bei den anderen. Es hing versteckt bei den Jeans. Ich wusste sofort, dass ich das perfekte Kleid gefunden hatte. Es war, als stünde mein Name drauf. Es war zitronengelb und passte so gut, als wäre es extra für mich geschneidert worden. Die Träger waren zwei Fingerbreit und doppellagig. Auf jeder Seite ließ sich die Länge mit einem Knopf anpassen. Und das Beste war: Die Knöpfe sahen aus wie Sonnenblumen.

»Und, wie findest du es?«, fragte ich, als ich aus der Umkleidekabine trat.

»Diese Knöpfe!«, sagte meine Mutter. »Wunderschön! Sind die aus Porzellan?«

Meine Mutter liebte Sonnenblumen. Ganz in der Nähe unserer Wohnung wuchsen Abertausende. Manchmal, wenn meine Mutter Trost brauchte, sagte sie: »Hey, Billie, lass uns zu den Sonnenblumen gehen!« Wir blieben so lange, bis die gelben Blätter in der untergehenden Sonne glühten. »Sie sind clever«, sagte meine Mutter. »Sie drehen sich immer ins Licht.« Niemals hätte sie eine Sonnenblume abgeschnitten und in eine Vase gestellt. »Gewalt hat viele Gesichter«, sagte meine Mutter, »und Blumen abschneiden ist eins davon.«

Die Verkäuferin schlug das Kleid in pinkfarbenes Seidenpapier ein und legte es dann in einen weißen Karton. Den Karton steckte sie in eine weiße Tüte. In diesem Moment wusste ich, dass ich die Verpackung niemals wegwerfen würde.

Meine Mutter und ich verließen das Kaufhaus Hand in Hand. Wir spazierten durch die Sonne, und meine Mutter fragte: »Hast du Lust auf ein Eis?«

Wir gingen ins Venezia, und ich durfte den Paradise Garden bestellen, den größten Eisbecher, den das Café zu bieten hatte.

»Du isst nicht, du malst«, lachte meine Mutter, als ich Erdbeere, Maracuja und Kokos mischte und die neu entstandene Sorte Flamingo nannte.

Nachdem ich die dickflüssige Masse durch den Strohhalm gesaugt hatte, bestellte meine Mutter die Rechnung. Sie gab ein großzügiges Trinkgeld.

Dann sagte sie: »Heute springen wir vom Zehnmeterturm. Heute ist ein guter Tag dafür.«

Ihren Blick kannte ich schon. So schaute sie, wenn sie sich selbst überrascht hatte. Spontaneität war für meine Mutter das, was für andere Leute Routine war: Sie gab ihr Halt.

Ich hatte nachts schon oft davon geträumt zu springen. Aber jedes Mal war ich, kurz vor dem Eintauchen ins Wasser, davongeflogen. Wenn ich aufwachte, klopfte mein Herz von innen heftig gegen meine Brust.

Kurz bevor wir am Schwimmbad ankamen, fing es an zu regnen, und in der Ferne donnerte es. Die Ticketverkäuferin wollte uns nicht mehr einlassen.

»Kassenschluss ist eine Stunde vor Ende der Badezeit«, sagte sie durch das vergitterte Fenster hindurch und legte ihre dicken Finger mit den rot lackierten Nägeln und den billigen Ringen auf die Tischplatte vor sich. Daneben lag ein Päckchen Zigaretten. Es war geöffnet, und eine Zigarette schaute heraus. Bestimmt würde sie bald eine Raucherpause machen.

»Wir könnten uns reinschleichen«, flüsterte ich meiner Mutter ins Ohr, aber meine Mutter schüttelte den Kopf und machte dieses Geräusch mit der Zunge, wie immer, wenn sie fand, dass ich Unsinn erzählte. Dann wandte sie sich an die Ticketverkäuferin.

»Diese junge Lady« – meine Mutter zeigte auf mich – »hat etwas zu erledigen. Und es ist« – sie schaute demonstrativ auf ihre Armbanduhr – »62 Minuten vor Ende der Badezeit.« Sie verschränkte die Arme vor der Brust. Obwohl sie so zierlich war, wirkte die Geste.

Bis auf ein paar Schwimmer war fast keiner mehr da. Wir stellten unsere Taschen ins Gras und zogen uns bis auf die Unterwäsche aus. Zum Glück trug meine Mutter eine normale Unterhose und keines von ihren »Ich-bin-verabredet-und-muss-heiß-aussehen«-Höschen.

Sie sprang zuerst. Meine Mutter ging, den Blick nach vorne gerichtet, ans Ende der Plattform, stand einen Moment lang ganz ruhig. Dann streckte sie die Arme nach oben, als wollte sie den Himmel mit den Fingerspitzen berühren, und faltete die Hände. Ihr Körper spannte sich wie ein Bogen und tauchte schließlich beinahe lautlos ins Wasser ein. Ihr Kopfsprung war perfekt.

»Jetzt du«, lächelte sie, als sie sich am Beckenrand hochzog und das Wasser aus ihrem Haar strich. »Es geht nicht darum, dass es schön aussieht. Es geht darum, dass du dich traust.«

Meine Mutter hatte immer genau die richtigen Worte.

Ich stieg die Metallleiter nach oben. Meine Mutter wurde kleiner, die blaue Fläche bedrohlicher. Ich stellte mir vor, der Turm sei ein Felsen und das Schwimmbecken das Meer. Ich stellte mir vor, ich sei eine Meerjungfrau und das Meer meine Heimat.

Und dann sprang ich. Als ich mit zittrigen Beinen aus dem Wasser stieg, zog meine Mutter ein Päckchen aus ihrer Tasche. »Für das mutigste Mädchen, das ich kenne«, sagte sie. Ich strich mit den Händen über das Einwickelpapier. Es knisterte. Darin war ein roter Badeanzug. Auf der Vorderseite prangte eine Haifischflosse, darunter stand BEWARE OF THE SHARK! Es war der coolste Badeanzug, den ich jemals gesehen hatte.

»Wo hast du den denn her?«, fragte ich.

Meine Mutter lachte. »Aus dem Kaufhaus. Du hast so lange gebraucht, ich hätte noch zehn andere Sachen kaufen können.«

Ich schlang meine Arme um sie.

»Und woher wusstest du, dass ich springen würde?«

Sie zuckte mit den Schultern. »Ich bin deine Mutter.«

Das alles hier, das war das beste Nicht-Geburtstagsgeschenk, das ich jemals bekommen hatte.

Nachweis

Der Verlag dankt folgenden Rechteinhaber:innen für die Genehmigung zum Abdruck:

Ray Bradbury (1920, Waukegan – 2012, Los Angeles)
Die Mechanismen der Freude. Auszug aus der gleichnamigen Erzählsammlung. Copyright © 1962 by the HMH Publishing Company, renewed 1990 by Ray Bradbury. Aus dem amerikanischen Englisch von Peter Naujack. Copyright der deutschsprachigen Übersetzung © 1985 Diogenes Verlag AG Zürich

Anton Čechov (1860, Taganrog – 1904, Badenweiler)
Freude. Aus: ders., *Ein unbedeutender Mensch. Erzählungen 1883–1885.* Erschienen 1976 in der Diogenes Verlag AG Zürich. Aus dem Russischen von Ada Knipper und Gerhard Dick. Copyright der deutschsprachigen Übersetzung © 1964, 1965 Aufbau Verlage GmbH & Co. KG, Berlin

Paulo Coelho (*1947, Rio de Janeiro)
Die kleinen Freuden. Aus: ders., *Maktub.* Copyright © 1994 by Paulo Coelho. Mit freundlicher Genehmigung von Sant Jordi Asociados Agencia Literaria S. L. U., Barcelona, Spanien, www.santjordi-asociados.com. Aus dem brasilianischen Portugiesisch von Maralde Meyer-Minnemann. Copyright der deutschsprachigen Übersetzung © 2024 Diogenes Verlag AG Zürich

André Comte-Sponville (*1952, Paris)

Lieben heißt sich freuen. Aus: ders., *Liebe.* Copyright © 2012 by Éditions Albin Michel. Aus dem Französischen von Hainer Kober. Copyright der deutschsprachigen Übersetzung © 2014 Diogenes Verlag AG Zürich

Elena Fischer (*1987, Mainz)

Das beste Nicht-Geburtstagsgeschenk (Titel von der Herausgeberin). Aus: dies., *Paradise Garden.* Copyright © 2023 Diogenes Verlag AG Zürich

F. Scott Fitzgerald (1896, Saint Paul – 1940, Los Angeles)

Die intimen Fremden. Aus: ders., *Der letzte Kuss. Erzählungen.* Aus dem amerikanischen Englisch von Christa Hotz und Alexander Schmitz. Copyright der deutschsprachigen Übersetzung © 2009 Diogenes Verlag AG Zürich

Simon Froehling (*1978)

Kalte Freude. Originalbeitrag für diese Anthologie. Copyright © 2025 by Simon Froehling

Franz von Assisi (1181/82, Assisi – 1226, ebenda)

Von der vollkommenen Freude. Aus: ders., *Die Werke.* Übersetzt von Wolfram von den Steinen. Erschienen 1979 in der Diogenes Verlag AG Zürich

Katja Früh (*1953, Zürich)

Raucher in der Nacht. Als Kolumne mit dem Titel »Mit den Rauchern kann ich sprechen« erschienen in *Das Magazin*, Zürich, vom 9. November 2023. Copyright © 2023 by Katja Früh

Patricia Highsmith (1921, Fort Worth – 1995, Locarno)

Die neue Stadt. Auszug aus der Erzählung »Der Morgen des ewigen Nichts«. Aus dem amerikanischen Englisch von Melanie Walz. Copyright © 2002 Diogenes Verlag AG Zürich.

Lídia Jorge (*1946, Boliqueime)

Eine Liebe. Copyright © Lídia Jorge, A Instrumentalina, 1992. By arrangement with Literarische Agentur Mertin Inh. Nicole

Witt e. K. Frankfurt am Main, Germany. Aus dem Portugiesischen von Karin von Schweder-Schreiner

Simone Lappert (*1985, Aarau)

Baden im Jetzt und *Vom Schiff aus Sonntag*. Als Kolumnen mit dem gleichen Titel erschienen in der *Schweizer Illustrierten*, Zürich, vom 16. August 2024, Nr. 33 und 08. November 2024, Nr. 45. Copyright © 2024, Simone Lappert

Thomas Meyer (*1974, Zürich)

»Was ich schon alles eingeatmet habe vor lauter Liebe!«. Originalbeitrag für diese Anthologie. Copyright © 2025 by Thomas Meyer

Friedrich Nietzsche (1844, Rücken – 1900, Weimar)

Morgenröte. Aus: ders., *Werke in drei Bänden. Band 1.* Erschienen 1954 im Carl Hanser Verlag

David van Reybrouck (*1971, Brügge)

Ode an die nächtliche Autofahrt. Aus: ders., *Oden*. Copyright © 2018 David Van Reybrouck. Aus dem Niederländischen von Waltraud Hüsmert. Copyright der deutschsprachigen Übersetzung © Insel Verlag Berlin 2019. Alle Rechte vorbehalten

Kristina Schilke (*1986, Tscheljabinsk)

Das Genesungsgeschenk. Aus: dies., *Alles was lebt.* Copyright © 2025 by Gans Verlag, Berlin

Meir Shalev (1948, Nahalal – 2023, Alonei Abba)

Glücksmomente. Aus: ders., *Mein Wildgarten*. Copyright © 2017 by Meir Shalev. Aus dem Hebräischen von Ruth Achlama. Copyright der deutschsprachigen Übersetzung © 2017 Diogenes Verlag AG Zürich

Martin Suter (*1948, Zürich) & Benjamin von Stuckrad-Barre (*1975, Bremen)

Feierabend. Aus: dies., *Kein Grund, gleich so rumzuschreien.* Copyright © 2024 Diogenes Verlag AG Zürich

Henry David Thoreau (1817, Concord – 1862, ebenda)
Töne. Aus: ders., *Walden oder Leben in den Wäldern.* Aus dem amerikanischen Englisch von Emma Emmerich und Tatjana Fischer. Copyright der deutschsprachigen Übersetzung © 1971 Diogenes Verlag AG Zürich

Ivan Turgenjev (1818, Orjol – 1883, Bougival)
Wald und Steppe. Aus: ders., *Aufzeichnungen eines Jägers.* Aus dem Russischen von Peter Urban. Copyright der deutschsprachigen Übersetzung © 2004 by Manesse Verlag, Zürich, in der Penguin Random House Verlagsgruppe GmbH

Robert Walser (1878, Biel – 1956 bei Herisau)
Der nachträgliche Aufstieg. Aus: Jochen Greven (Hrsg.) *Sämtliche Werke in Einzelausgaben. Band 4: Kleine Dichtungen.* Copyright © 1978 und 1985, Suhrkamp Verlag AG Berlin. Alle Rechte vorbehalten

Kolumne
320 Seiten
Auch erhältlich als eBook

Wenn man Thomas Meyer um Rat fragt, bekommt man ihn auch. Und wie! In pointierten Texten beantwortet er Fragen zu Partnerwahl und Beziehungen aller Art, zwischenmenschlicher Kommunikation, Haustieren, Moral, Glück und Respekt. Dabei geht es Meyer nicht darum, einfache Lösungen anzubieten – er lenkt den Blick vielmehr auf die Fragenden selbst und lädt auf inspirierende und provokante Weise zu neuen Sichtweisen ein.

Roman
288 Seiten
Auch erhältlich als eBook und Hörbuch-Download

Eher zufällig wird Andreas Durrer zum gefeierten Künstler – als »Dürrst« jedoch droht er bald an sich selbst unterzugehen. Sein Weg vom Jugendlichen, der seiner Oberschichtsherkunft den Rücken zukehrt, über besetzte Häuser, unzählige Partys, Vernissagen und Betten meist fremder Männer bis in die psychiatrische Klinik und wieder hinaus ist kein linearer. Das Leben ist eine wilde Tour, auf der Dürrst ab und an das Ziel aus den Augen, doch fast nie die Hoffnung verliert.